1817

勸服

PERSUASION

Jane Austen

珍・奧斯汀

葉佳怡——譯

目錄

系列導讀一

社會與人性的觀察家：談珍・奧斯汀的長篇小說

高瑟濡（臺灣大學外國語文學系副教授）

《傲慢與偏見》：所謂「全世界最幸運的家庭」

當我跟伊莉莎白・班奈特（Elizabeth Bennett）差不多年紀時，《傲慢與偏見》（*Pride and Prejudice*, 1813）的愛情故事吸引了我所有的注意力與想像力。她並非大姐珍（Jane）那種楚楚動人的第一眼美女，卻是五位姊妹中最有想法、最聰穎、自尊心也最強的一位。而正如同二十世紀末的全英國女性，都曾為BBC電視影集版（一九九五年）裡，柯林・佛斯（Colin Firth）所飾演的達西先生（Mr. Darcy）那帶點傻氣與微慍的愛慕眼神著迷一般，遠在東方的現代少女也同樣曾嚮往身邊有個屬於自己的達西先生。即便自己無論是在社交、職場或愛情上，笨拙與平凡的等級，明明比較接近每天不忘記錄卡路里與體重的那位圓潤迷糊傻大姐布莉琪・瓊斯[1]，卻也仍然幻想相愛的兩人能在互相碰撞、彼此傷害，甚至在對方面前出糗而自慚形穢時，能從對方眼中體悟到自己的傲慢與偏見，並一同羞愧反省。

在珍・奧斯汀（Jane Austen）所創造出來的世界中，達西先生跟伊莉莎白可謂是理想典型的「白富美」配「高富帥」。雖然一般讀者都會同意，嚴格來說奧斯汀的角色中並沒有徹頭徹尾的大壞蛋，但若一定要推派渣男代表，那應該就是那些擅長利用自己的費洛蒙，誘惑純潔少女逾矩、私訂終身或甚至大膽私奔，最後卻能輕易屈服於財勢而背叛承諾、始亂終棄的危險男人。少數惡女們也不遑多讓，玩弄各種小手段賣力釣金龜婿，一旦遇到更可口的獵物，瞬間就能轉彎。但是奧斯汀筆下的「白富美」，儘管各自也有小缺點及小盲點，在求偶的競爭市場中被標示高低不等的價值，卻毫無例外都對感情直率而沒有心機。她們所能提供的珍寶，往往不是能贈予夫家的社會地位與嫁妝，或甚至也不是足以誇耀的過人聰慧、才藝與美貌，而是一顆清楚而富有常識（common sense）的腦袋。她們的美，則展現在其如何努力平衡自身情慾和社會要求，如何在群體中定義與扮演自身角色，如何在謹慎斟酌（discretion）的自我節制下追求自我。

至於所謂的「高富帥」，達西先生因為社會地位高而備受尊敬，即令是平常詼諧幽默、談笑風生的班奈特先生（Mr. Bennett），在他的智慧沉著與成熟自信面前，也不禁要收斂幾分。與同樣富有的賓利先生（Mr. Bingley）不同的是，達西先生與《理性與感性》（*Sense and Sensibility*, 1811）中的布蘭登上校（Colonel Brandon）及《艾瑪》（*Emma*, 1815）中的奈特利先生（Mr. Knightley）一樣，皆為大地主，他所擁有的大莊園彭伯里（Pemberley），是他之所以有資格被讚譽為「超絕高富帥」的源頭，也是讓伊莉莎白愛上他的觸媒。相較於以錢咬錢的資本家，這三位大地主的共同魅力，以及種種英雄救美帥氣作為背後的支持力量，並非房地資

1 Bridget Jones，英國女作家Helen Fielding筆下《BJ單身日記》（*Bridget Jones's Diary*, 1996）的女主角。該部小說的靈感即來自於《傲慢與偏見》，電影改編版（二〇〇一年）也邀請到當時人氣爆表的柯林・佛斯出演現代版的達西先生——馬克・達西（Mark Darcy）。

產（estate）所創造的財富及賦予的社會地位，而是他們勇於承擔大家長責任後散發的領袖風範與魄力，是親力親為管理莊園大小事務後培養出來的判斷力、決斷力與行動力，是用心關照上下所有家族成員時所展現的仁慈與善良，也是能善用智慧和權勢導正偏差、讓波瀾四起的社會回歸平衡的手腕。

最重要的是，相較於那些經濟還無法獨立，所以需要阿諛奉承、委屈順服的窩囊繼承人們（heirs），例如《理性與感性》中的愛德華．費勒斯（Edward Ferrars）與約翰．韋勒比（John Willoughby），以及《艾瑪》中的法蘭克．邱吉爾（Frank Churchill），抑或是從事牧師或海軍職業的非繼承人們，達西先生的彭伯里、布蘭登上校的戴拉弗（Delaford），以及奈特利先生的丹威爾（Donwell Abbey）等莊園的富裕繁榮，象徵著這三位「高富帥」在當時英國社會複雜網絡中所享有的珍貴自由。或許在奧斯汀小說的社會背景中，也只有這樣的達西先生，才能將班奈特一家從原本可預期的悲慘命運中解救出來，甚至使之一躍成為小說敘事者戲稱之「全世界最幸運的家庭」。

《理性與感性》：非關理性或感性抉擇的宿命

在《理性與感性》中，與珍和伊莉莎白一樣姊妹情深的艾蓮娜．達希伍德（Elinor Dashwood）和瑪莉安．達希伍德（Marianne Dashwood），最終可說也是仰仗大地主布蘭登上校而得以雙雙掙脫悲劇宿命。兩對姊妹同樣生活在長子繼承制（primogeniture）的陰影下，但正如執導這部小說一九九五年電影改編版本的李安導演所深刻體會到的，失去了父親與兄長保護的達希伍德姊妹們，其所面臨的禮教束縛、經濟困窘以及社會地位帶來的限制，比起還有父親守護、仍可維持仕紳家庭生活水準的班奈特姊妹們要殘酷許多。無論是乾柴烈火型的瑪莉安，或是悶騷型的艾蓮娜，她們從小在優渥順遂的環境下培育出上等品味、教養與美德，卻在失怙後，由於繼承了大筆遺產的同父異母兄長，自私冷血地吝於提供經濟資助，因而得承受在婚姻市場中大幅貶值的命運，令人不禁為之惋惜而欷噓。

雖然乍看之下，達西先生很明顯因為自身的各種優勢而言行舉止傲慢，伊莉莎白則太過相信自己的第一眼直覺而總是太快對人下評斷，然而這兩人不止在衝突中揭露彼此的缺點，也在自省中看到自己有著跟對方一樣的缺點，因而才更能彼此寬容、理解。同樣的，雖然艾蓮娜顯然代表理性而瑪莉安代表感性，然而其實兩人都兼具理性與感性，差別在於艾蓮娜以理性節制與壓抑她豐沛的情感，務求不因一己之私情而為他人、尤其是家人帶來痛苦折磨，瑪莉安則忠實於自己的情感，不受外界目光左右，轟轟烈烈去愛，最後也用全身心靈去承受被背叛的屈辱與傷痛。

在這部直接以「理性與感性」命名的小說中，奧斯汀傳達了她對於這兩項特質的複雜矛盾態度。她小心翼翼讓極可能會被批評為任性自私的瑪莉安擁有許多美好特質，而雖然不少讀者對於瑪莉安最後的結局不太滿意，甚至質疑只有單方愛慕的婚姻，對於感情豐富的瑪莉安不知到底要算獎賞還是處罰。但就當時的社會而言，布蘭登上校所能提供給達希伍德一家的物質生活與社會地位，遠遠超出她們原本所能夢想的。此外，布蘭登上校的年紀（三十五歲）雖然是瑪莉安（十六歲）的兩倍，但身為「高富帥」的他，絕不單僅能引導瑪莉安學習控制收斂感性，而是反而能寵愛甚至溺愛她，給予她更多個人空間與自由。至於瑪莉安，這樣的結局也允許她繼續沉陷於心碎與幻滅中，直到她能打從心底真正超脫，一方面佐證那段感情的真摯與深刻，一方面也能為她從瑪莉安派讀者那裡贏得更多憐惜。

兩相比較之下，艾蓮娜在感情路上所受的磨難其實並不亞於瑪莉安，但她的愛情與婚姻伴侶卻平淡普通許多。雖說她與愛德華彼此吸引，但愛德華因為與璐西（Lucy Steele）私訂終身而被母親斷絕關係，在經濟上還是得仰賴布蘭登上校給予的教區牧師職位。若單以結果論來看，可見奧斯汀對於以理性壓抑感性、重視群體勝過個人主體的行為，也並非毫無保留地支持。關於這點，可從另外兩位與艾蓮娜有類似個性與命運的女主角中得到更多佐證：《傲慢與偏見》中的珍．班奈特就是因為過於矜持內斂，達西先生才會懷疑她對賓利先生的感情，甚至試圖拆散兩人，避免已用情至深的好友賓利先生受到傷害；《勸服》（*Persuasion*, 1817）中的安．艾略特（Anne Elliot）則接受了教母羅素夫人（Lady Russell）的勸服，在種種現實考量下拒絕了溫斯沃斯上校（Captain Wentworth）的求婚，但懊悔卻隨著時間與青春的流逝越來越深。

從現代觀點來看，或許問題的癥結從來都不是在理性與感性之間作抉擇。誤會解開後，賓利先生仍然熱情地回到珍．班奈特身邊，而溫斯沃斯上校在見識過活潑外向的路易莎．穆斯格羅夫（Louisa Musgrove）那絲毫不考慮後果的莽撞行為後，也願意放下七年多以前被拒絕的屈辱，重新愛上冷靜沉著、善良可靠的安。跟韋勒比一樣都是私訂終身的愛德華，可以信守一個已被證實是錯誤的承諾，直到女方主動背叛、轉移目標到費勒斯家的新繼承人——愛德華的弟弟身上。《艾瑪》中的法蘭克．邱吉爾在珍．菲爾費克斯（Jane Fairfax）的堅持下，努力配合守住兩人私訂終身的祕密，甚至與艾瑪公開調情做為煙霧彈，直到可能反對珍．菲爾費克斯的舅媽過世後，才得以在舅舅的許可與祝福下結婚。無論是上述哪個例子，無論是選擇公開放閃或默默甜蜜，備受折磨的永遠都是投入真愛與謹守道德份際的那方。因此，問題的癥結說到底，還是抵擋不住財富壓力與誘惑的那方，而讓渣男惡女成為渣男惡女的根源，則是那允許財富操控人類情感、引誘人背叛的社會經濟制度。

在六部小說中，另一個同樣讓不少讀者感到不滿意的結局，當數《艾瑪》裡，艾瑪．伍德豪斯（Emma Woodhouse）與奈特利先生幾乎毫無任何情慾元素鋪陳的結合了。由於這部小說的敘事觀點幾乎完全站在艾瑪的視角，而既然艾瑪堅信自己不需要、也不想要進入給女性太多束縛的婚姻中，又把大半時間與精力投注在教育自己自願照顧的海莉葉（Harriet Smith）並幫她找到好歸宿，以及幻想法蘭克．邱吉爾對自己理所當然的著迷中，再加上艾瑪受限與偏頗的視角，正是故事情節中造成各種誤解的源頭，因此無論是奈特利先生坦承自己對艾瑪多年的愛慕，或是艾瑪在海莉葉的告白威脅下體認到奈特利先生對自己的重要性，對於讀者來說，都是結局前突如其來的大爆點。

此外，艾瑪具備不少類似現代拉子的特質，而這也讓因此欣賞她的讀者們（特別是現代女性讀者們），難以接受她最後仍不能免俗地進入婚姻中。艾瑪是一隻驕傲的孔雀，她充分瞭解、也能充分利用自己所擁有的各種優勢，包括聰明才智、權威自信、心智力量以及財富地位等。在所有奧斯汀的女主角中，她是唯一有資格排拒婚姻，且能在各方面都與男主角相抗衡的角色，即便她有不少小缺點，尤其是以自我為中心的優越感，對於周遭的人事物又似乎一直做出錯誤判斷，但她在與奈特利先生的爭論中，卻總是能提出讓讀者也不得不贊同的觀點。她的目光完全聚焦在海莉葉與珍這兩個女性角色上，她似乎對男性缺乏情慾想像，因此感受不到艾爾頓先生（Mr. Elton）對她的追求，而法蘭克的猛獻殷勤也對她起不了致命誘惑，不可能造成實質傷害。她懂得欣賞海莉葉的女性美，並站在如同雕刻家畢馬龍[2]的男性主宰地位上，夢想將海莉葉型塑成她心中的理想女性，並為之找到足以匹配的對象。她對於珍的敵意，除了是因為嫉妒她足以與自己匹敵的教養與聰慧之外，或許更多是來自於無法進入對方的心靈世界、對她的人生無法有任何參與及影響。

像這樣一位女子的婚姻，在歷史與社會的脈絡下自有特別意義。奧斯汀創作的年代，也是浪漫詩人們創作的年代，他們同樣都經歷了工業革命、貴族沒落、社會階級鬆動、法國大革命、拿破崙戰爭等經濟、社會與政治各方面的遽變。這些現實社會中的難題與挑戰，雖然常被奧斯汀的讀者忽略，但也從未在作品中缺席。《艾瑪》與《勸服》即可被視為是奧斯汀在動亂時代中，對於婚姻關係與領導階級的重新想像。前者描繪具有自我反省意識與能力的統馭者，在不斷辯證與互相警惕中自我精進，而後者則主張以美德與能力作為衡量菁英領導階級的新標竿，取代完全由血統決定、已日趨墮落的世襲制。

2 Pygmalion，古羅馬詩人奧維德（Ovid）作品《變形記》（*Metamorphoses*）中的賽普勒斯雕刻家。他用雕刻在象牙上體現出自己心中的理想女人形象，卻不由自主愛上這個自己一手創造出來的成品，甚至渴望能在現實生活中找到一模一樣的女人。

若從這樣的角度來審視艾瑪這個角色，那麼她的缺點正是掌握權勢者在毫無節制下的自我膨脹，也正是她在成長為理想統治者的過程中，必須要有所自覺且加以克服的。因為她在財勢、地位與智慧各方面都凌駕於海莉葉之上，所以她自詡為監護人，就像艾爾頓太太自詡為珍的監護人一樣。她不經意地濫用海莉葉對自己的仰慕與情感，毫不質疑自己握有操控海莉葉人生的權利與義務，對海莉葉的身世之謎肆意灌注自己的豐富想像，進而武斷判定與她素未謀面的馬汀先生（Robert Martin）配不上自己想像中的海莉葉。她不僅熟悉社會階級的分層架構，也能獨立於外在社經條件去判斷個人的德行、品味與能力，她打從心底對艾爾頓太太的膚淺與勢利眼感到不恥，自己卻在情緒受法蘭克的鼓動高漲時，公開嘲笑貝茲小姐（Miss Bates）的愚鈍，侮辱了一個與達希伍德姊妹有類似悲劇遭遇的善良熟齡單身女子。艾瑪的缺點不僅源自於軟弱的父親與家庭教師的寵溺，也是當時社會制度對統治階級的縱容，更是當時女性生活經驗受限制的產物。

對於這樣的艾瑪來說，在她缺乏領導者典範的世界裡，她與奈特利先生之間的友伴式婚姻（companionate marriage）是彌足珍貴的。他們在許多方面很相似，但在許多觀點上是互補的，而艾瑪年紀輕輕就已經有足夠的能力與膽識，能抵抗奈特利先生對自己的操控，保有獨立思考判斷的可能。這樣的兩人能從多元角度檢視彼此的盲點，在履行大家長義務時，能時刻提醒彼此收斂權力。更重要的是，奈特利先生的大莊園與事業，不僅能讓艾瑪的聰慧與精力能有實質上的用武之地，更能帶艾瑪脫離海布里（Highbury）這個封閉世界的桎梏，開拓她的眼界，成為真正理想的統治者。

《勸服》中的安．艾略特與艾瑪一樣出身好家庭，兩人的命運卻有如天壤之別。母親同樣早逝的安，雖然有值得信賴與尊敬的教母在身邊，也曾有過青春美貌與摯愛戀人，但教母羅素夫人正是七年多前勸說她拒絕年輕海軍軍官溫斯沃斯上校求婚的關鍵人物。而這位如今身價暴漲歸來的前男友不但仍對此耿耿於懷，甚至多次在安的面前與穆斯格羅夫姊妹們調情，讓她心中充滿懊悔與愧疚。她也有姊妹，卻過著最孤獨的生活。已出嫁的小妹瑪莉．穆斯格羅夫（Mary Musgrave），跟伊莉莎白的母親班奈特太太一樣，老愛裝病博取他人關注。而仍小姑獨處、待價而沽的大姊伊莉莎白．艾略特（Elizabeth Elliot），則是被父親寵壞、奢華膚淺的嬌縱大小姐，年近三十仍夢想能憑藉美貌擄獲金龜婿。

青春活潑的艾瑪集大家的寵愛及尊敬於一身，她確信自己能掌握自己、甚至他人的人生，她的故事只有喜劇中常見、無傷大雅的誤解元素，有如班奈特先生風格般戲謔嘲諷的敘事聲音（narrative voice），藏不住奧斯汀本人對艾瑪的特別偏愛。《勸服》全篇則如秋天般瀰漫著淡淡憂傷，在令人窒息的環境下早已褪色、甚至眼看即將要枯萎的安，終於在能接受她、並懂得欣賞她的人群中，一次又一次證明自己能在急難中處變不驚，能默默為病痛、哀傷與驚慌失措者提供實質協助與感情撫慰，在過程中慢慢恢復原有的美貌、光澤與活力，也慢慢贏回溫斯沃斯上校的愛慕。

安的父親艾略特爵士（Sir Walter Elliot）雖然貴為從男爵（baronet），是六部小說中少數有貴族頭銜的父親，卻是最糟糕的父親，也是桎梏安的源頭。《傲慢與偏見》中，腦袋清楚的仕紳班奈特先生，雖然一直懈怠自己教育妻女的責任，樂於以超然的旁觀者視角，笑看所有人、尤其是他妻子的荒謬言行，直到事態嚴重到幾乎要無法收拾。但在莉迪亞（Lydia）私奔事件中得到教訓的他，最後還算終能體會到自己身為父親的責任。《艾瑪》中體弱多病的伍德豪斯先生只懂得關心自己與他人的健康，把教育女兒的責任，全都推到在家中原本理應沒有權威地位的家庭女教師身上，也難怪會養成艾瑪天不怕地不怕的個性。然而，最起碼這兩位父親與女主角之間的關係是親密的，他們很清楚也很懂得欣賞女兒的優點，並至少能讓女兒的個性自由發展。艾略特爵士卻是個揮霍無度、只注重外表虛榮的父親。即便已快散盡家財，被迫得移居物價水準較低的巴斯（Bath）、並將凱林奇府（Kellynch Hall）出租，他也還念念不忘妝點門面與排場，以維持與自己身分相匹配的外在形象。在母親艾略特女士（Lady Elliot）於十三年前過世後，安一直得生活在這樣價值觀錯亂的家庭裡，多年來被忽略甚至貶抑得一文不值，比外人還不如。

溫斯沃斯上校的姊夫克勞夫特上將（Admiral Croft）取代艾略特爵士入住凱林奇府，象徵在拿破崙戰爭中，以實力證明自己、並獲得相對應獎賞的海軍英雄們，將英勇的海軍魂帶回國內，成為新時代的領袖典範。他們在船上遵守嚴明的團隊紀律，擁有統御下屬的能力，敢冒險能吃苦，並能與袍澤共患難。這些都正是戰後動亂中的英國、尤其是道德逐漸崩壞的上流社會所迫切需要的特質。當平常喜歡擦脂抹粉、細心保養肌膚、在家中擺滿鏡子以便隨時能顧影自盼的艾略特爵士，自以為是地批評長年歷經風吹雨打的海軍臉上常見的粗糙肌膚時，他自我暴露的淺薄更加強而有力地凸顯出兩者之間的鮮明差距。

這樣一群足以為人表率的新時代菁英，最能與之匹配的佳偶自然也非一般上流社會所吹捧的、像穆斯格羅夫姊妹般有才藝有教養的時尚高雅女子。如果說伊莉莎白在彭伯里看到達西先生的魅力，那麼安便是從溫斯沃斯上校的姊姊克勞夫特夫人身上，看到自己可以嚮往的未來。也就是說，克勞夫特夫人與克勞夫特上將兩人形影不離、鶼鰈情深的婚姻，為安開啟了重新定義求偶條件與婚姻生活的想像空間。在十五年的婚姻中曾多次伴隨夫婿橫渡海洋的克勞夫特夫人，有著健康的心智與體魄，能長期忍受海上的各種氣候變化，從未抱怨船上的簡單設備，與夫婿同甘共苦而甘之如飴，全心全意支持夫婿的職業。而在多次近乎「美德測試」的事件中，安證明了自己也能像克勞夫特夫人一樣，成為海軍軍官的最佳伴侶。她與溫斯沃斯上校的未來，雖然仍可能有戰爭的威脅，卻必然會充滿新奇與冒險，等著相愛的兩人一起去體驗。

《曼斯菲爾德莊園》：自由轉換視角的全知敘事者

《曼斯菲爾德莊園》（*Mansfield Park*, 1814）中的芬妮・普萊斯（Fanny Price），有著比安更強烈的疏離感，她雖然從小在二姨丈湯瑪斯・伯特倫爵士（Sir Thomas Bertram）家的富裕環境中長大，卻始終只是離鄉背井、寄人籬下的外人。從十歲開始，她除了因為缺乏歸屬感而充滿不安與焦慮，更得承受勢利眼的大姨媽諾里斯太太（Mrs. Norris）的差別待遇。這樣一位邊緣角色的視角，甚至也不是這部小說的唯一敘事核心。在六部小說中，這是唯一採用全知敘事者、並讓其大量自由穿梭於其他角色內心的作品。這樣的敘事手法，一方面更加凸顯芬妮的弱勢地位，一方面讓其他角色也有獲得讀者理解甚至同情的可能，挑戰讀者習慣將男女主角簡化為道德模範的傾向。其中芬妮與瑪莉・克勞佛（Mary Crawford）這對朋友與情敵，便與艾瑪及艾爾頓太太之間形成有趣的對比。

當艾爾頓先生追求艾瑪未果後，為了療情傷而前往社交勝地巴斯的他，很快就結識並迎娶艾爾頓太太回家。雖然艾瑪對艾爾頓先生自始自終毫無半點興趣，但看到艾爾頓先生將這樣一位在各方面都讓她難以忍受的女人當作自己的替代品，內心也難免因為嚴重質疑艾爾頓先生求偶的品味而感到受辱。然而，雖然艾爾頓先生的確只看中艾爾頓太太略遜於艾瑪、但也算得上是優渥的身家背景，在艾爾頓太太這個角色身上也確實有不少艾瑪的影子。在艾瑪的眼中，艾爾頓太太舉止傲慢、高高在上、喜歡炫富、頤指氣使、以上流人士自居，卻頂多只是東施效顰的新興資產階級，缺乏悠遠的家族歷史以及真正的高雅教養。她之所以對與自己有類似缺點的艾爾頓太太懷有敵意，或許是因為自己為海莉葉設想的計畫因她而落空，或許是因為艾爾頓先生竟然為了這樣的女人就可以這麼迅速從自己造成的傷害復原，或許是因為她真心嫌惡這些缺點卻未察覺自己也有類似表現，但也或許是因為所謂「微小差異式的自戀」（narcissism of minor difference），也就是說，無論有無自覺，她或許都認為自己才真正有資格，艾爾頓太太只是山寨版的拙劣冒牌貨，而且深信兩者的表現有程度與本質上的差異。

由於艾瑪的視角是小說唯一的主要敘事核心，所以讀者看到的艾爾頓太太，幾乎就是艾瑪眼中的艾爾頓太太，而這個可笑角色的主要作用之一，乃在於做為反射與嘲諷艾瑪的鏡子。在《曼斯菲爾德莊園》的前兩卷中，芬妮跟瑪莉兩人的視角在敘事上卻有同等份量，如果說芬妮是最弱、存在感最低的女主角，那麼瑪莉便是搶盡女主風采的最強女二。這兩人都因從小寄人籬下而有受創的不愉快過去，也都與自己的哥哥有深厚感情。低下的家庭地位形成芬妮膽怯、羞澀、內斂的個性，對於被其他家人忽略的芬妮來說，艾德蒙在其人格養成與道德教育上扮演極為重要的角色，也難怪他最後會發現芬妮比瑪莉更適合自己。至於克勞佛兄妹倆，他們在雙親過世後，雖然有叔父克勞佛上將（Admiral Crawford）與叔母克勞佛太太的照顧與寵愛，但這兩位長者的驚世婚姻，以及克勞佛上將在喪妻後放縱的男女關係，對於兩兄妹的婚姻觀與道德觀難免有深遠的負面影響。

由於自由轉換的敘事觀點，讀者可窺知瑪莉與艾德蒙的確兩情相悅，然而兩人的關係卻似乎複製了克勞佛上將的婚姻。瑪莉不喜歡宗教，自然排斥艾德蒙接受任命為牧師，更加嫌棄這個職業的收入水平。艾德蒙的妹妹瑪莉亞（Maria），在結婚後仍與亨利．克勞佛（Henry Crawford）藕斷絲連、糾纏不清，遭致被夫家離緣的命運，瑪莉卻仍執意袒護哥哥，縱容其玩弄女人、只享受征服過程的癖好，拒絕跟艾德蒙一起嚴厲譴責兩人的不倫戀，甚至怪罪芬妮拒絕亨利的求婚。這對情侶在這場家庭醜聞風波中的立場與態度迥異，使艾德蒙終於認清兩人之間的鴻溝而下定決心分手。比起《理性與感性》中、為了財富而遺棄瑪莉安的韋勒比，艾德蒙的確似乎有充足理由結束這段戀情，但非因自己行為不檢而被拋棄的瑪莉，所受的傷害絕對不下於瑪莉安。敘事聲音對於瑪莉內心世界的描寫，使得瑪莉的存在不僅只是做為凸顯芬妮美德的陪襯，而是藉由兩個角色的對比，鼓勵讀者進一步深入省思家庭教育與生活環境對人格形成的影響，以及人與人之間的情感如何介入個人的道德選擇。

伯特倫（Bertram）與克勞佛兩家年輕人籌劃演出伊莉莎白．英奇巴爾德（Elizabeth Inchbald）劇作《海誓山盟》（*Lover's Vow*, 1798）的情節，即是很好的一個觀察切入點。在過程中，所有參與者似乎都各懷鬼胎，連起先反對這個提議、看似道德感較高的艾德蒙與芬妮，也並非完全無懈可擊。艾德蒙原本因劇作內容涉及禁忌議題而反對此計畫，但終究無法忍受瑪莉與其他男人在演出時可能有親密接觸，最後還是選擇妥協加入。除了道德方面的疑慮，芬妮的反對也難免摻雜私人情緒，包括她自己的膽怯個性以及對瑪莉的羨慕與嫉妒。兩人最後都參與其中，與所有人一起目睹亨利與瑪莉亞以演出為藉口公然調情，也與所有人一起縱容兩人的行為，即便是當芬妮拒絕亨利的求婚時，也因為顧慮到瑪莉亞的形象，而選擇不向伯特倫爵士揭露兩人的不當舉止。這樣因為私情而無法擇善固執到底的兩人，似乎也沒有立場譴責瑪莉在亨利與瑪莉亞事件後所採取的態度，亦或是責怪她在情感上無法感激於已有恩、卻行為放縱的克勞佛上將。

在此脈絡下，也應能從不同角度來思考潛藏在遙遠的安地卡島（Antigua）、踩著奴隸的血汗、支撐伯特倫一家富裕生活的殖民地農莊（plantation of slavery），以及這部作品中引發爭議的緘默態度。個人明顯反對奴隸制度的奧斯汀，在這部作品中給了讀者一個道德兩難的課題：得益於奴隸制度的帝國統治者，對待自家人不見得是冷酷無情的暴君，而得其羽翼庇護者如芬妮，在周圍所有人都保持緘默的氛圍下，又要如何才能有足夠的道德勇氣去質疑、更遑論去譴責一個做壞事的好人。

《諾桑格寺》：向哥德小說女王致敬

奧斯汀生長與創作的年代，不只是工業、政治、經濟與社會大革命的年代，也是堪稱為文學大革命的年代，她並未像威廉．華茲渥斯（William Wordsworth）一樣正式發表所謂「文學實驗」的宣言（Preface to *Lyrical Ballads*, 1800, 1802），但她叫好又叫座的小說創造了前所未有的獨特風格，提升了小說此一文類的文學地位。正如同她對當代社會重大議題的回應，她也同樣在多部作品中回應當代流行的文類與文學風格，探討文學對個人與社會的影響，《曼斯菲爾德莊園》裡的業餘戲劇演出，只是其中一個例子。

最早完成、但在奧斯汀身後才與《勸服》一起出版的《諾桑格寺》（*Northanger Abbey*, 1817），即是透過諧擬（parody）手法向自己喜愛的哥德小說女王安．拉德克利夫（Ann Radcliffe）致上敬意。於是乎女主角凱瑟琳．莫蘭（Catherine Morland）的角色設定，無論是家世背景、外貌個性、才能興趣等，都被刻意拿來與典型的哥德小說女主角相比，卻壓根沾不上半點邊，甚至與之完全相反。這樣一位在各方面都平凡無奇，被男主角亨利．提爾尼（Henry Tilney）譽為「天然呆」（natural），甚至帶著些許小男孩淘氣與活力的健康寶寶，在哥德小說裡絕對是有如鳳毛鱗爪的異類，卻正是哥德小說眾多女讀者的寫照。她們都是有教養、有閒情逸致的識字姑娘，在受限的生活圈中，過著平靜無波的日子，於是藉由閱讀哥德小說，她們跟著女主角一起在具有異國風情的遙遠國度（例如義大利或法國）、或遙遠的浪漫年代（例如十五、十六世紀）中長途跋涉，靠著豐富想像力去體驗現實生活中不可能遭遇到的新奇與恐怖經歷。

像《諾桑格寺》這樣的大莊園，曾經是隸屬於羅馬教廷的天主教修道院，在亨利八世與教廷決裂，使英國國教脫離教廷管轄，並解散全英格蘭的天主教修道院後（十六世紀中葉），這些房地產就成了富貴家族世代傳承的私有宅第。如此具有悠久歷史的特殊建築，本就是哥德小說創作靈感的來源，更是眾多哥德小說的空間背景，也難怪已受哥德小說制約的凱瑟琳（Catherine），一進入到《諾桑格寺》，就不由自主地被那些哥德小說家從現實生活中挪用到虛構世界裡的元素所吸引，一步一步踏入她自己所建構的哥德化現實中。

然而，奧斯汀並非意圖如華茲渥斯般譴責哥德小說對廣大讀者帶來的負面影響。事實上，在小說的文學地位仍然低下的年代，奧斯汀在這部作品中大力捍衛這個年輕文類，她甚至認為甘願自貶身價的小說家，以及不敢大方承認自己喜愛閱讀小說的讀者，都是虛偽矯情的。她讓亨利．提爾尼譴責凱瑟琳無法區分現實與虛構，卻也讓他讚揚能帶來愉悅感的好小說，他甚至主張有問題的不是小說，而是讀者自身的判斷能力，正如《曼斯菲爾德莊園》裡面的戲劇演出，也只是被濫用為公開調情的藉口。

《勸服》中的安．艾略特與班威克上校（Captain Benwick），以及《理性與感性》中的瑪莉安．達希伍德則同為自然詩與浪漫敘事詩的愛好者，前者如湯姆生（James Thomson）與古柏（William Cowper），後者如史考特爵士（Sir Walter Scott）與拜倫（Lord Byron）。這三人的個性顯然與亨利．提爾尼、凱瑟琳．莫蘭、克勞佛兄妹與伯特倫兄妹有天壤之別。他們都多愁善感，具有容易感到孤獨的特質，特別渴望能找到與自己產生靈魂共鳴的伴侶。在遇到同好與知己時，他們能感受到特殊的親密感，迫不及待會有想要掏心掏肺一吐滿腔熱情的衝動，也期待對方能有與自己相同頻率及熱度的回應。無論韋勒比是否真心喜愛詩，在他的刻意殷勤鼓勵下，瑪莉安自然一股腦兒投入兩人一起讀詩的浪漫。還無法從未婚妻過世的哀痛中走出的班威克上校，光是與安暢談詩，就有抒發悲傷的療癒功效。

無論是戲劇、哥德小說、自然詩與浪漫敘事詩，都是奧斯汀所鍾愛的文學，然而她也同時提醒讀者假戲真作的致命誘惑，辨別現實與虛構的重要性，以及縱放情感、沉溺於感傷中自悲自憐的危險。安雖然也喜愛詩，卻鼓勵班威克上校不要偏食，也應嘗試涉獵傳達積極光明能量的散文作品。做為小說家的奧斯汀，與詩人之間或許存在著本質上的差異，她是社會與人性的觀察家，她沒有激進的言論思想，卻也非故步自封的保守主義者，她不做高高在上的道德說教，而是以超然的角度、包容體諒的心、機智風趣的幽默感，去笑看芸芸眾生的弱點與荒謬，也讓讀者在笑中看盡人間百態。

系列導讀二

我們的珍·奧斯汀

馮品佳（交通大學外文系講座教授，中研院歐美所合聘研究員）

珍・奧斯汀曾經說過，自己的作品只是「在一小塊（兩吋寬的）象牙上精雕細琢，結果差強人意」的小品。對於珍迷（Janeites）而言，奧斯汀的小說當然絕對不只如此。即使她已經過世兩百年，奧斯汀的小說仍然廣受世界各地讀者喜愛，歷久不衰。然而，這位出生於十八世紀末的作家對於二十一世紀的讀者到底有什麼相關性？特別是華文世界的讀者，接觸到的是翻譯後的文字，與奧斯汀所書寫的十八、十九世紀英國社會更是距離遙遠，為何我們仍然深深受到這位隱士型作家筆下所建構的世界所吸引呢？奧斯汀的小說到底為何能夠具有這種穿越語言時空隔閡的魅力呢？

英國國家廣播電台曾經分析美國的珍迷現象，除了讀者對於十九世紀初英國文化的嚮往之外，就是小說中男女主角的羅曼史最具吸引力。不論是《傲慢與偏見》及《諾桑格寺》中舞會結下的情緣，《艾瑪》與《曼斯菲爾德莊園》中青梅竹馬兄妹式的感情昇華，《理性與感性》中的薄情郎與癡心男女，或是《勸服》中的第二次戀情，打動了不同世代的讀者，也是後世言情小說所不斷模仿的對象，並且透過層出不窮的改編電影，持續召喚新生代的珍迷進入奧斯汀的愛情魔法世界。在欲望流竄的當代社會，奧斯汀筆下各種發乎情而又止乎禮的感情篇章或許更能引人入勝。

愛情當然是奧斯汀小說的主軸，而婚姻則是她每一位女主角的最終歸依。這樣鮮明的「婚姻情節」（marriage plot）使得讀者對於奧斯汀本人的感情世界感到好奇。終身雲英未嫁的奧斯汀是如何編織出如此多姿的愛情故事？她理想中的婚姻究竟是何樣貌？眾所周知奧斯汀以書寫英國社會的風態（manners）見長，她筆下各種愛情故事的樣貌，應該也源自於她對於當時英國中產階級求偶故事敏銳的觀察，特別針對女性如何能在以父權為主、財富至上的社會氛圍中覓得良人抒發己見。

至於她自己的婚姻經驗，身為閨秀作家，後世對於奧斯汀的生平知之有限，再加上她過世之後，奧斯汀的姊姊焚毀了她大量的書信，使得女作家的真實人生始終是諱莫如深。除了她曾經訂婚、卻又在第二天解除婚約之外，就只有書信中提到的幾位可能戀人供後人臆測。由奧斯汀戲劇化的悔婚故事可以推測她對於婚姻的重視，就像《傲慢與偏見》中女主角伊莉莎白．班奈特即使面臨母親與經濟的壓迫，也不願意接受表哥或是達西的求婚。現實世界的奧斯汀也面臨到父親逝世之後的經濟窘境，與母親姊姊相依為命，但是對於自己選擇不婚仍然無怨無悔。從班奈特先生的口中我們也可以了解婚姻幸福的定義不是金錢，而是男女才智相當，所以能夠互相尊重。

而奧斯汀筆下的女主角到底誰才是珍／真的化身，讀者的首選可能是活潑直率的伊莉莎白，因為她聰慧明理，雖然生長於鄉村卻雍容大度，面對貴族姨媽的咄咄逼人仍然可以不卑不亢。另一位可能的人選則是《勸服》中二十六歲卻因失去初戀而容顏憔悴的安．艾略特。安最貼近奧斯汀的年齡與心態，代表的是成熟的女性智慧，這也是她能夠逆轉勝、從年輕貌美的情敵手中奪回戀人的致勝關鍵。《理性與感性》年方雙十、忍辱負重的的大姊艾蓮娜可能是十九世紀理想的女性代表，但是敢愛敢恨的小妹瑪莉安或許更能獲得現代女性的青睞。

美國作家法樂（Karen Joy Fowler）在小說《珍・奧斯汀讀書會》（*The Jane Austen Book Club*）中，敘述六位性格迥異的男女，如何在閱讀奧斯汀的六本小說之後走向不一樣的人生道路，以讀書會的方式介紹了奧斯汀的作品在當代社會的意義。不論是年近七旬的老太太、或是三十上下的年輕女性、甚至是四十餘歲的男性工程師，每個角色都透過閱讀奧斯汀的小說找到生命追尋的目標。法樂的詮釋絕對不是對於奧斯汀過度的讚美，而是領悟到這些經典文學對於人類所具有的重要啟發。奧斯汀筆下栩栩如生的人物以及對於人心及社會風態深刻的描述，超越了時空地理的限制，為不同世代的讀者創造出與個人生命息息相關的意義，這也是她的小說可以持續廣受世界各地讀者喜愛最主要的原因吧！

1

華特・艾略特爵士是凱林奇府的主人，宅邸位於英格蘭西南部的薩默塞特郡[1]。他自娛時什麼書都不讀，就讀《從男爵名錄》[2]，閒暇時用來打發時間，沮喪時用來尋求慰藉。光想到早期被封爵者數量之少，如此珍稀，存續至今的子嗣也不多，他的內心就湧起感佩之情；等到翻過上世紀末那些多如牛毛而價值銳減的從男爵位，就輪到自家家史，此時無論家中瑣事多麼令人不快，都能自然化為憐憫與輕蔑；就算其它頁面無法帶來撫慰，他讀到此時也總能興致盎然，於是閱讀名錄中最愛的一卷時總要翻開此頁：

---

1 薩默塞特郡（Somersetshire）位於英格蘭西南部，鄰近布里斯托灣（Bristol Channel）。凱林奇（Kallynch）則為虛構地名。

2 從男爵（baronetage）是詹姆士一世於一六一一年創立的世襲爵位，地位只比無法世襲的騎士（knight）高，嚴格來說不屬於王室以下的貴族（公／侯／伯／子／男爵）。一般人通常敬稱從男爵與騎士為爵士（Sir）。

凱林奇府之艾略特家族

華特・艾略特出生於一七六〇年三月一日。一七八四年七月十五日，他與格洛斯特郡南方公園區之鄉紳詹姆斯・史蒂文森之女伊莉莎白結婚。他與夫人（過世於一八〇〇年）的長女伊莉莎白出生於一七八五年六月一日，次女安出生於一七八七年八月九日，死產男嬰出生於一七八九年十一月五日，三女瑪莉出生於一七九一年十一月二十日。

以上字句是書中印刷的原始內容，不過華特爵士為自己及家人另外補上了資訊，在瑪莉的出生日期之後，他寫上「一八一〇年十二月十六日，她與薩默塞特郡厄波克羅斯村之鄉紳查爾斯・穆斯格羅夫之繼承子嗣查爾斯結婚。」另外還補上妻子過世的精確日期。

接下來撰書者以既定格式描述了這個尊貴家族的興起，包括他們如何在英格蘭西部的柴郡落腳，以及刊載在《貴族名錄》中的內容：他們家族中曾有人在郡長辦公室服務，也有人連續擔任三屆國會議員，在英王查理二世即位的第一年，他們總是盡忠職守，確實捍衛從男爵的尊嚴，另外還有他們娶的那些不是叫瑪莉就是叫伊莉莎白的女人；所有內容剛好填滿兩張十二開本的頁面，最後還印了家徽與銘言：「凱林奇府之主宅位於薩默塞特郡，」之後又再次出現華特的手寫字跡：

「預定繼承子嗣[3]為第二代華特爵士的曾孫：威廉・華特・艾略特紳士[4]。」

華特・艾略特爵士是個虛榮的傢伙，看人看事都徹頭徹尾的虛榮。他年輕時非常帥氣，即便五十四歲了，長相仍相當體面。很少有女性比他更在意外表，甚至很少有新貴的僕從比他更為了社會地位而沾沾自喜。他認為天生美貌的恩典僅次於世襲爵位，而他同時擁有兩者，更值得自己付出最崇高的尊重與敬愛。

正因集俊秀容貌及地位於一身，他確實找到一位傑出得連自己都配不上的妻子。艾略特太太生前是名了不起的女性，既明理又可親，除了年輕時一時迷戀而失察成為艾略特夫人之外，她的決斷與言行從未出現需要赦免的錯誤。十七年的婚姻生活，她總對丈夫的各種失敗行徑一笑置之，或幫忙圓場，甚至隱惡揚善地宣揚丈夫可敬的一面，雖然稱不上全世界最幸福的人，但確實因為日常義務及孩子與朋友而知足常樂。因此，當她發現即將蒙主寵召，被迫放棄人世的一切，自然不可能無動於衷。她離世時留下的大女兒十六歲，二女兒十四歲，正是母親最害怕無法陪在身邊的年紀，更別說把管教及引導的責任託付給她們那位過度自負的傻父親。不過她有一名非常親密的友人，明理又處世得體，因為兩人關係緊密，這位友人後來也搬來凱林奇，就住在距離她不遠之處。艾略特夫人常受惠於她的仁慈與建議，焦慮的她為了確定管教女兒的原則與方向，生前幾乎都是靠這位友人的幫忙。

---

3 預定繼承子嗣為下一代血緣最親近的男性親屬，如果華特爵士之後有了兒子或更親近的男性親屬，原本的預定繼承子嗣就會被取代。

4 紳士（Esq.，Esquire 的縮寫）：貴族的尊稱，置於姓氏之後。

身邊親友都以為這名友人會跟華特爵士結婚，但沒有。艾略特夫人過世已經十三年，他們仍只是來往頻繁的鄰居及密友。那位友人始終是寡婦，華特爵士始終是鰥夫。

這位友人是羅素夫人，有點年紀的她心性篤定，手頭又寬裕，當然沒想再婚，也省得向他人解釋，畢竟比起**沒**再婚的女性，大家更愛議論**有**再婚的女性；不過維持單身的華特爵士就得不停應付他人的質疑。正如大家所知，華特爵士一直表現得像個好父親，甚至表示為了親愛的女兒保持單身而自豪（但其實他不是沒想過再婚，還有過一、兩次努力後以失望告終的經驗）。他真的願意為了大女兒放棄一切，但不可能有多甘願就是了。伊莉莎白十六歲時就成功肩負起母親的權利與身分地位；而且就跟華特爵士本人一樣長相好看又氣勢驚人，兩人對外始終搭配得非常融洽。他的另外兩個孩子就沒什麼價值可言。瑪莉勉強還有點重要性，是因為她與查爾斯．穆斯格羅夫結婚後獲取的地位；安雖然心智優雅，個性又甜美，任何真正懂她的人一定會給予高度評價，卻在父親及姊妹眼裡一無是處：她說的話沒有分量，也總為了他人犧牲自己的利益。她就僅僅是安。

不過對於羅素夫人而言，安無疑是她最珍視也最看重的教女，安是她的最愛，甚至算得上朋友。羅素夫人熱愛她的三名教女，但只能在安身上看到她母親的身影。

安．艾略特幾年前還是個漂亮的女孩，但很早就芳華褪去；不過即便是在最青春煥發的年歲，父親就不是太欣賞她（尤其她擁有與父親完全不同的清秀五官與柔和黑眼珠），如今她色衰又瘦弱，更無法吸引父親的重視[5]。他知道安的前景並不樂觀，以前還盼望她的名字列入愛書《從男爵名錄》的另一頁[6]，現在卻已不抱期待。若要說誰能跟門當戶對的家族聯姻，伊莉莎白是唯一的希望，畢竟瑪莉只算是嫁入富有的地主名門，兩家聯姻只給對方增添光彩，卻沒給艾略特家帶來好處。不過總有一天，他相信伊莉莎白會跟適當的對象結婚。

確實有些時候，二十九歲的女人可能比十九歲更顯秀美。更何況普遍來說，如果沒有生病或焦慮的問題，那是個青春魅力幾乎仍未流失的年紀。伊莉莎白的情況正是如此。她在十六歲時成為大家口中的艾略特小姐[7]，現在也一如十三年前那般好看。因此，或許我們可以體諒華特爵士忘記她年紀早已不小，而且明明眼見家族親友逐漸老去，容貌衰弛，卻還始終傻子般地深信自己及伊莉莎白青春永駐；好吧，就算他是半個傻子吧。但安確實變得憔悴，瑪莉的容貌也愈顯粗劣，周遭所有人的樣子都越來越糟，尤其羅素夫人臉上蔓延到太陽穴的魚尾紋更令他著惱。

伊莉莎白倒不像父親那樣對自己滿意。長達十三年來，她被視為凱林奇府的女主人，必須沉著果斷地主掌家中事務，容貌氣質都不可能比實際年齡來得小。這十三年來，她在家以女

5 在現代，「芳華正盛」（bloom）通常指涉年輕人較佳的肌膚、健康與外貌等身材條件，但是在珍．奧斯汀的時代，「芳華正盛」更意味著在婚配市場中擁有較優越的性魅力與競爭力。

6 若安與從男爵結婚，就能與華特爵士共列名錄中。

7 大女兒才會被稱為「艾略特小姐」。

主人之姿送往迎來，負責制定家規，甚至開啟了當地四馬輕便馬車[8]的風潮；郡內若有社交場合，她也一定依階級規定緊隨著羅素夫人離開客廳或餐廳。十三年來，只要每次寒冬的霜雪紛飛，一定都是由她為郡內少數像樣的名門舞會開舞[9]。十三年來，只要每次春醒花開，她也會跟父親一起到倫敦旅行，享受多采多姿的娛樂世界。以上一切她都記得，再加上清楚意識到已經二十九歲，心中多少也有些遺憾與恐懼。她對自己的容貌一如過往秀美感到滿意，但也擔心所剩時間不多，未來一、兩年間，如能出現擁有從男爵家世的合適追求者，將令她再開心不過。或許她就能再像年輕時那般享受捧讀《從男爵名錄》的時光，而非像現在這樣一秒也不想碰它。畢竟每次翻開，她只能讀到自己的出生日期，卻沒有結婚日期（三姊妹中只有小妹例外），簡直令人厭惡。曾經不止一次，父親都將翻到此頁的書留在她附近的桌上，她只好一邊別開眼神一邊闔上，再把書遠遠推開。

此外，每當想到那本書及其中記錄的家族史，她就會憶起另一件令她失望之事。那位預定繼承子嗣，也就他父親大力擁護的繼承者威廉．華特．艾略特紳士，曾經使她期待落空。她沒有兄弟，所以自小得知這位堂兄將會繼承父親的從男爵之位，就把這人認定為未來丈夫。她的父親也一直認定兩人該結婚。華特．艾略特爵士一家本來與他往來並不熱絡，但艾略特夫人過世後，華特爵士便想盡辦法拉近關係，雖然種種示好始終沒得到熱烈回應，他卻不願放棄，還擅自認定對方不過是因為年輕才容易害羞。某次他們去倫敦出遊，正是伊莉莎白剛出落得標緻動人的年紀，這位艾略特先生才被迫與兩人初次見面。

他當時年紀還很輕，剛開始攻讀法律，伊莉莎白覺得他非常和善可親。他們邀請他來凱林奇府，也確定這項安排完全合他的意。於是，那趟旅行後直到年底，凱林奇府上上下下都在談論並期待他的到來，但他始終沒出現。隔年春天，兩人又在倫敦見到他，他一樣和善可親，父女倆受到鼓舞，再次邀請他來作客，期待卻又落空。等他們再次聽到消息時，他已經跟別人完婚了。他沒有為了追求名利順水推舟接下艾略特家的爵位，反而為了換取自由跟出身較低的富家女聯姻。

華特爵士對此感到憤恨難當。他是艾略特家的大家長，這項婚事理當徵詢他的意見，更何況他還曾與這位年輕人在公開場合一起露面，根據他的觀察，「一定有很多人看到我們，一次是在塔特索爾賽馬市集，另外兩次是在下議院大廳。」他嚴詞表達不滿，卻沒被當作一回事。艾略特先生沒有道歉的意思，還表示如果華特爵士認為他不值得家族關照，那麼就當作沒他這個人也無妨。雙方自此再也沒有往來。

儘管事隔多年，伊莉莎白仍因兩人的尷尬過往感到憤怒。她喜歡艾略特先生這個人，更何況他是父親的繼承人，也是能與華特．艾略特爵士長女匹配的對象，伊莉莎白必須靠他維繫名門家族的傲人地位。頂著從男爵名號的姓氏從A到Z如此繁多，但她就是沒再看上任何對象。

8 輕便馬車（Chaise）一般用一至兩匹馬拉動足矣，用上四匹馬顯示出凱林奇家特別奢侈鋪張。
9 地方舞會皆由當地階級最高者開舞。

不過既然他可悲地自毀前程，即便現在（一八一四年夏天[10]）因為喪偶別著黑絲帶，她也無法再留戀這種人了。如果艾略特先生沒有自掘墳墓，第一段婚姻帶來的恥辱或許會淡去，反正兩人也沒生孩子。偏偏根據幾名愛嚼舌根的親切友人指出，艾略特先生曾對華特·艾略特爵士一家出言不遜，蔑視自己身上的名門血脈，甚至對即將繼承的榮耀態度輕慢。諸如此類的言行實在不可原諒。

伊莉莎白在意的就是這些事了：有時糟蹋他人好意、有時自找苦吃，生活有時狀似單調卻又優雅，有時狀似富饒卻又貧瘠。不過正是這些情緒填補了漫長無事的鄉居社交生活，畢竟她出外向來沒什麼實用事務得辦，在家也沒培養什麼才藝或技能。

不過現在又有需要掛心的問題盤據她的心頭：父親越來越擔心錢的問題。伊莉莎白很清楚，父親之所以愛讀《從男爵名錄》，就是為了暫時忘卻沉重的帳單支出，以及財務代理人薛波先生對於家中窘境的種種惱人暗示。凱林奇府的地產不少，但持有者卻缺乏戒慎恐懼的處理態度。艾略特夫人還在世時管理產業有方，支出節制，也懂存錢，因此收入剛好足以支應生活；但自從她過世後，家中沒了心態正確之人，華特爵士總是入不敷出。要他削減開支絕無可能，畢竟一切都是為了展現家族地位應有的格局。儘管理由正當，他現在不只累積了堆積如山的債務，到處都是閒言耳語，已經到了瞞不住的地步。上一次兩人去倫敦時，他就稍微暗示過女兒：「我們有辦法減省開支嗎？你有想到任何可以減省開支的項目嗎？」不得不實在地說，伊莉莎白確實婆婆媽媽的大驚小怪了一陣子，之後卻還是認真提出兩項撙節措施：削減一些不必要的慈善支出，同時暫緩重新粉刷客廳的計畫。除了這兩項應變措施，她後來又沾沾自喜地決定不再每年從倫敦帶禮物給安。然而儘管這些措施本身不差，卻對家族的整體困境幫助不大，沒過多久，華特爵士就發現必須對伊莉莎白全面吐實。伊莉莎白找不出更有效的措施，只能跟父親一樣哀嘆自己命苦又時運不濟。他們都想不出不用犧牲面子或應有享受的省錢方法。

華特爵士能處理的產業本來就不多[11]，再加上眼前債務太龐大，就算全部轉讓出去也於事無補。他勉強願意把這些產業拿去抵押，但出售未免有損身分。不可能。這麼做會為他的名聲帶來莫大的恥辱。凱林奇府的產業必須完完整整地傳遞下去，就跟他當初接手時一模一樣。

這對父女決定找來兩位可信賴的朋友提供建議，一位是住在附近市場小鎮的薛波先生，另一位就是羅素夫人。他們似乎盼望其中一人能突然靈光乍現，能在不損及凱林奇府生活品味及尊嚴的前提下，找出降低開支並脫離窘境的好主意。

---

10 一八一四年夏天正是拿破崙被放逐到厄爾巴島，歐洲獲得短暫和平，隔年二月拿破崙重返巴黎，戰事重啟，直至六月滑鐵盧戰役後，拿破崙戰爭才真的宣告終結。《勸服》的故事正好介於這段短暫和平至戰事再起的期間。因此，論者威廉．德舍維奇（William Deresiewitz）指出，《勸服》是一本講述個人愛與失落的故事，也是這個國家戰爭與和平的故事。

11 華特爵士大部分的財產都得遵循世襲制度留給繼承人，只有少部分不受此限。

2

薛波先生是名性格仔細練達的律師。他對華特爵士自有看法，也有一定程度的影響力，但寧願讓別人去講出那些逆耳忠言。他表示自己沒有任何看法，為了脫身，他暗示華特爵士接受羅素夫人的意見，畢竟她判斷力絕佳。既然眾人皆知她通曉事理，薛波先生期待她能提出大刀闊斧的解決方案，也希望這對父女採納建議。

羅素夫人為此煞費苦心，認真思考了不少解決方案。她這人行事穩當，但無法貪快，這次又面臨兩項彼此衝突的重要考量，更是難以下定決心。她個性嚴肅正直，極度注重榮譽；但無論就她或一般人通情達理的觀點而言，名門本來就有派頭要維護，因此，她很想顧及華特先生的感受及家族名聲。她是一名樂善好施的好女人，擅長與他人建立關係，言行端正，謹守教條，舉止簡直能作為優良教養的楷模。她受過良好教育，大體來說行事理性又有原則，但就是太看重人的出身背景。她非常在意階級及社會地位，有時會因此盲目地忽視名門人士所犯的錯誤。她是騎士的遺孀，面對位階比較高的從男爵，儘管對方有諸多不是，她也希望為其維護尊嚴。華特爵士是她的舊識、體貼的鄰居、熱心的地主、摯友的丈夫、安和兩個姊妹的父親，不過據她認定，光是華特爵士的從男爵身分，就值得在出手幫忙時付出同理心與關懷。

他們一定得削減開支，這點無庸置疑，但為了盡可能減少他與伊莉莎白的痛苦而焦慮不已。她透過精細計算做出各種撙節計畫，即便當時沒人認為安會對此議題感興趣，羅素夫人仍出人意料地徵詢了她的意見，最後交給華特爵士的定案也多少受到安的影響。安的修改建議看重的是實效，而非派頭。她希望更積極地解決問題，最好是全面性改革，才能更快擺脫債務；除了公平公正的原則之外，此刻其它一切都不該放在心上。

「若能說服你父親照計畫進行，」羅素夫人看著列在紙上的計畫，「這事就成功一半了。只要他能遵守這些原則，所有債務都能在七年內還清。我希望也能說服他和伊莉莎白，凱林奇府的尊貴地位不會因為這些節約措施有所減損，只要是講理的人，都會知道華特・艾略特爵士是個行事有原則之人，因此更不可能傷害他的尊嚴。其實，許多皇室家族早已做過他眼下得做的事──又或許該做卻沒做？──總之他絕不會是個案。我們的言行若是帶來痛苦，通常是因為過於特立獨行。我真的很希望成功說服他。我們的態度一定要嚴正而果決，畢竟誰欠的債務誰就得清償，就算你父親貴為紳士，也是一家之主，我們確實得照顧他的心情，但更要維護他誠正的人格。」

安希望父親循此準則行事，也希望他朋友積極勸說。為了盡速解決所有債務，他得刻不容緩地全方位撙節，如果無法盡到這項義務，安看不出來強顧面子有什麼意義。她希望事先強調這點，好讓計畫感覺更像應盡的責任。她確信羅素夫人深具影響力，但也清楚她會心軟得無法看清事實；安相信，對華特爵士及伊莉莎白而言，全面改革和折衷改革都差不多困難。根據她對這對父女的認識，從馬車撤掉兩匹馬的痛苦，就跟要他們撤掉四匹馬沒什麼兩樣，而羅素夫人的計畫中卻充滿這種折衷妥協。

安的強硬計畫可能造成何種反應也無關緊要，因為他們連羅素夫人的提案也不願採納——無法忍受！天理不容！「什麼！所有生活享樂都得犧牲！旅行、倫敦、僕從、馬匹和餐飲全得縮減，如果必須過得這麼綁手綁腳又毫無體面，根本連沒有爵位的紳士還不如！不，我寧可立刻搬出凱林奇府，也不要在此過得如此屈辱。」

「搬出凱林奇府！」薛波先生一聽這話就有了反應。畢竟他的利益可能因為華特爵士的撙節計畫受到影響，但若華特爵士不改變，目前困境也無從改善。他說：「既然能作主的人都這麼說了，我也沒什麼好保留，我得坦承完全同意這項判斷。凱林奇府向來好客，又得維護名門尊嚴，如果繼續住在這棟屋內，華特爵士就不可能改變其中的物質生活風格。不過要是搬到它處，華特爵士就能自行決定生活樣貌，無論最後發展出何種模式，都會因為適當主導一切而備受尊敬。」

華特爵士於是決定搬出凱林奇府。經過幾天的自我質疑及猶豫之後，他終於確定未來的居住地，也為這項巨大改變做好初步規劃。

他們原本有三個候選地點：倫敦、巴斯[12]或直接在郡內另找一間房子。安一心希望能夠留在郡內；如果能在郡內落腳，他們就能繼續與羅素夫人往來，距離瑪莉家也不會太遠，還能偶爾以觀賞凱林奇府的草坪與小樹叢自娛，所以她希望能在附近找間較小的房子。不過命運與安作對，每每使她盼望落空。她一點也不喜歡巴斯，頻率就是不合，但巴斯終究成為他們未來的落腳處。

華特爵士原本屬意倫敦，但薛波先生不信任他在倫敦能夠節制開銷，於是巧妙地說服他轉而投向巴斯的懷抱。對於像他這樣陷入財務困境的紳士而言，巴斯安全多了，畢竟相對而言，他不用花太多錢就能擺出值得敬重的派頭。巴斯確實也有兩項他們看重的實質優點，首先，比起倫敦，巴斯距離凱林奇村較近，只有五十英里，此外，羅素夫人每年冬天也會去巴斯待上一陣子。羅素夫人一開始就希望他們搬到巴斯，華特爵士和伊莉莎白逐漸被說服，相信定居巴斯也不會失去社會地位與生活享樂後，心中著實感到滿意。

羅素夫人明白安的想法，卻不得不出言反對：要求華特爵士搬到凱林奇府附近的小房子實在太丟臉了。如果真這麼做，安一定會比原本想像的更感屈辱，更別提華特爵士會有多麼不愉快。至於安對巴斯的厭惡，羅素夫人認定純粹是偏見與誤會使然：首先，在艾略特夫人過世後，安在巴斯讀過三年書，其次，之後她又與羅素夫人在巴斯待過一年，剛好情緒狀況也不太好。

總之羅素夫人很愛巴斯，也寧可相信那是個適合他們的所在。至於這位年輕朋友的健康狀況呢，只要一年中較溫暖的月份，安都能待在羅素夫人位於凱林奇村的住處，應該就不會出太

12 巴斯（Bath）同樣位於薩默塞特郡內，是由羅馬人建立的城市，以溫泉聞名，曾在十八世紀成為大受歡迎的療養聖地及有錢人的度假去處。

大的問題。其實，搬到巴斯對安的身心都有好處，她平日太少出門，在外不受關注，對生活當然提不起什麼興致。搬到巴斯有助於拓展她的社交圈，進一步改善現況。她希望安可以多認識一些人。

華特爵士之所以不樂意在凱林奇村內搬家，背後還有個重要原因，也就是這個節約計畫中無從避免且非常實際的附帶前提——凱林奇府必須出租。他不只得放棄凱林奇府，還得親眼見到它落入他人之手。這項試煉委實殘酷，心智比華特爵士更堅毅的人都難以承受。因此這事得盡量保密，決不能對外洩漏絲毫風聲。

華特爵士無法忍受外人得知是他打算出租房子。薛波先生曾提過「登廣告」一事，之後卻再也不敢提起，因為只要出現類似建議，華特爵士都會立刻輕蔑地駁斥，就連稍微透露他有租房意願都不行。他唯一能接受的劇本，就是有出乎意料的對象主動想租下凱林奇府，而他同意對方還得是個天大的恩惠。

人們總能為自己的偏好迅速找出各種理由！羅素夫人之所以樂見華特爵士一家搬離薩默塞特郡，就還有一個絕佳的理由：羅素夫人不喜歡伊莉莎白的一名密友。對方是薛波先生的女兒，最近因為婚姻不順搬回父親家，另外還帶來兩個拖油瓶。她是一名機巧的年輕女性，非常懂得曲意奉承，至少很懂在凱林奇府中討人歡心。羅素夫人認為這段友情並不得體，曾多次委婉警告伊莉莎白必須有所節制，但伊莉莎白仍非常享受她的陪伴，甚至讓她多次留宿。

確實，羅素夫人對伊莉莎白沒什麼影響力。她愛伊莉莎白純粹是出於責任感，而非打從心從未底喜愛。伊莉莎白對她一貫虛應敷衍，保持表面上的禮貌關係，想做什麼總是一意孤行，從未因羅素夫人的勸告改變心意。好幾次，羅素夫人極力說服伊莉莎白帶安一起去倫敦旅行，表示把安排拒在外實在是非常不公又丟臉的自私安排，另外還有一些小事，她也想根據經驗幫助伊莉莎白做出更好的判斷，卻總是無功而返。這位艾略特小姐就要照自己的意思來，尤其這次更與羅素夫人大唱反調，堅持與克雷太太交好，她寧可把心力投注於這個理應保持友好即可的外人身上，也不願照顧更值得關心及信賴的小妹。

根據羅素夫人的判斷，這個克雷太太的地位跟伊莉莎白完全不相襯，性格也只會對伊莉莎白造成危害。不過一旦搬家，就能斷了兩人之間的聯繫，身為艾略特小姐的伊莉莎白也有機會結交一些更符合身分的親密友伴。這可是當下最要緊的事了。

3

「請容我冒昧指出，華特爵士，」某天早上在凱林奇府，薛波先生放下手頭報紙後開口，「現在正是對我們有利的關口。戰爭顯然結束了，許多有錢的海軍軍官即將回到英國本土，而且全需要找個地方安家。這可是千載難逢的好時機，華特爵士，一定會出現很多適合承租凱林奇府的候選人。他們很多人都因為戰爭賺了不少錢。如果此時出現一名對凱林奇府有興趣的海軍司令官……」

華特爵士說，「那他是個非常幸運的人，薛波先生，我只能這樣說。得到凱林奇府簡直像是中了大獎。無論這些海軍軍官在海上拿下過多少船，分到多少財寶，都比不上凱林奇府這艘『大船』——咦？薛波？」

薛波先生聽出華特爵士的雙關語，非常識趣地笑了，接著補充說：

「請容我更大膽地指出，華特爵士，談到做生意這檔事呢，跟海軍這群紳士來往向來令人愉快。我對他們做生意的風格略有所知，講白一點，他們出手非常闊綽，作為房客人選絕不比任何其它行業的人來得差。因此，華特爵士，我想冒昧建議的是，如果凱林奇府要出租的流言傳了出去——我們確實得考量這個可能性，畢竟我們都清楚，世間流言多，想將一切行動與意圖保密有多困難——更何況，地位高的代價就是惹人注目。就拿我來說吧，約翰．薛波想隱瞞任何家務事都沒問題，沒人會對我的私事感興趣，但華特．艾略特爵士的動見觀瞻勢必惹人注目，想躲也躲不掉。因此，我想再進一步指出，就算我們多小心，要是有人還是知道凱林奇府要出租的消息，我也不會太驚訝。一旦真發生這種情況，我想說的是：對租房有興趣的人一定會蜂擁而來，我認為應該優先考慮那些富有的海軍朋友——另外再容我補充說明，一旦有人上門，我兩個小時內就能趕來，省去你們得親自商談的麻煩。」

華特爵士點點頭，沒說話，沒過多久卻又起身，一邊在房內踱步一邊挖苦地開口：「就我想來，大部分海軍紳士都沒想過能身處這樣一棟氣派的房內吧。」

「他們一定會認真觀察四周，然後感謝自己的好運，」此時也在現場的克雷太太開口了。她似乎只有在凱林奇府才有辦法重獲健康光彩，薛波先生只好把她一起帶來。「不過我也很同意父親的說法，海員真的是不錯的房客人選。我對這個行業很了解，除了出手大方之外，他們行事可說俐落又仔細！華特爵士，你有不少珍貴畫作，留給他們照顧一定沒問題。房內及周遭環境都會被打理得非常妥貼！花園和灌木叢也會維持得跟現在差不多整齊。艾略特小姐，你美麗的花園也會得到應有照顧，完全不用擔心。」

華特爵士冷言反駁：「關於你剛剛所說，就算真有人要求租下凱林奇府，我也不可能讓對方享有隨房子世襲而來的特權。我對房客的行業沒意見。庭院當然可以給房客使用，無論是海軍軍官，還是其它行業的人，都可以隨意進出，但獵場林地[13]是另一回事，我得設下使用限制。我可不希望我的林地任人進出，我也建議艾略特小姐小心自己的花園。無論房客是海軍還是一般士兵，我可以保證，對方都不能享有主屋以外的優待。」

一陣子沒人說話，接著薛波先生又開口：「無論如何，房東與房客之間的規範有前例可循，早就簡單明瞭。華特爵士，交給我就對了，我絕對會保障您的利益，同時確保房客不至於僭越、獲得不正當的權利。我就大膽再說一句，您捍衛自身權益的決心，可能還不及我的一半呢。」

就在此時，安開口說：「在我看來，海軍為我們國家付出這麼多[14]，租屋時至少得擁有跟他人一樣的權利。該讓他們享受的舒適及禮遇都不可少。這些海員也是為了好生活苦過來的，我們不該處處設限。」

薛波先生努力接話：「這話說得實在，沒錯，安小姐說得沒錯！」他女兒也立刻附和：「這是當然！」但華特爵士隨即出言反駁：「海軍這職業有其貢獻，但要是身邊有朋友隸屬海軍，我一定為他感到遺憾。」

「是這樣嗎！」回話的人一臉驚訝。

「沒錯，這項職業有兩點尤其惹惱我。我之所以心生反感，正是因為這兩個非常有力的理由。首先，海軍能讓出身低微的人擁有不合常理的殊榮，通常是他們父親或祖父連做夢也沒想過的社會地位；其次，這項職業嚴重耗損一個人的青春活力，我這輩子見過太多例子，擔任海員的人真的比別人老得快。因此，比起其它職業，加入海軍更容易出現以下兩種風險：你發現同袍的地位晉升得比你父親還高，但他父親是你父親根本不屑交談的對象，於是深感受辱；又或者早衰到自己都覺得噁心的地步。去年春天的某日，我在倫敦遇見兩名男子，剛好都是以上論點的最佳佐證，其中一人是聖．艾維斯勳爵，大家都知道他父親不過是名鄉村助理牧師，窮到連吃飯都有問題，我卻得對他畢恭畢敬；另外一人就是海軍上將鮑德溫，外表可悲得不可思議，那張紅褐色的粗糙臉皮上布滿皺紋，臉側大概剩九根灰髮吧，禿掉的頭頂只稍微抹了點粉。『我的老天，那個老傢伙是誰？』我問站在附近的一位朋友（貝索．摩爾利爵士）。貝索爵士驚叫出聲：『老傢伙！他是海軍上將鮑德溫呀。你以為他幾歲？』我回答：『六十吧。也可能有六十二了。』貝索爵士回答：『四十。就只有四十。』你們自己想像我有多驚訝吧。我根本忘不了鮑德溫上將那張臉。我從沒見過任何人被航海生活摧殘得這麼慘。不過某種程度而言，所有海員都一樣，他們四處遊蕩，成天暴露於各種氣候，最後每個人都被折磨得見不得人。他們怎麼沒在達到像鮑德溫上將那個年紀之前除役呢？真是太遺憾了。」

克雷太太忍不住驚叫：「不，華特爵士，這麼說未免太苛刻了。對這些可憐人有點憐憫心吧。我們也不是每個人生來俊美。大海確實沒有美容效果，海員也往往衰老得早，我確實也發現他們的青春消逝得特別快。不過話說回來，其它許多職業不也一樣嗎？不如說大多職業皆是

---

13 英格蘭從中世紀以來，森林狩獵象徵了王權與貴族的權力。此處顯示華特爵士即使落魄，仍堅持貴族的派頭。

14 在拿破崙戰爭期間，英國海軍對法國打贏了多場關鍵戰役，因此海軍人員當時在國內受到普遍尊崇。

如此？現役的陸軍士兵也沒有比較好。就算做的是比較不消耗體力的靜態工作，心智的勞動與拖磨也可能留下歲月以外的痕跡。律師日夜勞心，總在煩憂操勞，醫師也得全天候待命，無論天候都得出診，就連牧師……」她思考了一下牧師可能遭遇的風險，「就連牧師也必須經常出入傳染病房，無論健康及外貌都暴露在可能造成傷害的危險環境中。其實，長久以來我都深信，雖然所有職業都有其必要且高貴之處，但只有住在鄉間的少數人能不費力地過上規律生活、隨興打發時間、追求理想，並且靠著財產過活，完全不用工作。我必須說，**這些人**是命中有福，才能把健康與外表保持在巔峰狀態。就我所知，其它職業的人都是還很年輕就開始失去風采了。」

為了替凱林奇府找房客，薛波先生一開始就熱切地為海軍將領說好話，事後看來頗有先見之明，因為首先表示興趣的正是海軍上將克勞夫特。那次與華特爵士討論過後沒多久，薛波先生就從倫敦那裡得到消息，於是到湯頓城的季審法庭與克勞夫特上將見面，之後立刻趕到凱林奇府匯報。克勞夫特上將同樣出身薩默塞特郡，希望靠著手頭上的大筆財產定居本地，之前到湯頓城就是想尋找合適的租屋，但在附近看過一輪後都不滿意，卻偶然聽說凱林奇府可能要出租（正如薛波先生所言，華特爵士的動向很難保密），又得知薛波先生與屋主的關係，於是為了詢問細節主動自我介紹，兩人就此談了很久。克勞夫特上將沒有親眼見過凱林奇府，但光靠薛波先生的描述就表達強烈的租屋意願。此外，他對薛波先生坦蕩交代了所有背景，種種證據都顯示他會是個負責又可靠的房客。

「這個克勞夫特上將是什麼來頭？」華特爵士口氣冷淡地詢問。

薛波先生表示他出身上等家庭，也提起他的府邸所在地。在一陣短暫的沉默後，安繼續接著補充，「他曾是白色艦隊的海軍少將[15]，參與過特拉法加海戰[16]，此後一直待在東印度，這些年來應該都派駐在那裡。」

華特爵士表示：「可以想像的是，他的臉應該跟我們家僕從的袖口及披肩一樣橘吧。」

薛波先生趕忙向他保證，克勞夫特上將是個體格健壯、活力充沛又長相好看的男子，外表確實略經風霜，但不嚴重，思想舉止也都符合上流風範，不太可能在租屋規定方面找麻煩，只想盡快找個舒適的地方入住，同時清楚可能必須因此付出較高的代價。此外，因為這是棟裝潢完備且隨時可入住的屋子，如果華特爵士想提高租金，他也不會感到驚訝。他曾探詢莊園的使用規定，希望華特爵士允准使用獵場的權利，但不強求；只提起偶爾會以射擊自娛，但不會殺生，實在頗有紳士風範。

薛波先生一談起此事就變得滔滔不絕，為了證明上將正是合適的房客人選，還仔細詳述了

---

15 白色艦隊海軍少將（Rear admiral of the white）：英國皇家海軍在一八六四年以前，編制有紅、白、藍三個艦隊。

16 特拉法加海戰（Trafalgar）發生於一八〇五年十月，英國海軍在西班牙南部海岸擊敗法、西聯軍艦隊，此役令拿破崙的海軍精銳盡失，英國從此得以掌控制海權。

他的家族背景。他已婚，目前沒有孩子，正是理想的狀態。根據薛波先生的看法，如果希望房子被打理完善，他不確定是沒有女主人的危害比較大，還是家中有許多小孩的危害比較大，但可以確定的是，任何房子都需要仰賴一位女主人來打理。沒有孩子的女性是全世界最懂保養家具的人了。他在湯頓城就見過克勞夫特太太，當上將跟他討論租屋事宜時，她全程都在一旁參與。

薛波先生繼續說：「她看起來是名談吐優雅的精明女性，比起克勞夫特上將，她問了更多有關房屋細節、租屋條款及稅務方面的問題，而且似乎更懂得做生意。此外，華特爵士，我發現她跟凱林奇村的淵源不比丈夫來得淺。她的弟弟就住在我們附近，根據她親口描述，那位紳士幾年前就住在蒙克福德。瞧我這記性！他叫什麼名字來著？我一時想不起來，但最近才聽說過。我親愛的潘妮洛普，可以幫我回想住在蒙克福德那位紳士的名字嗎？就是克勞夫特太太的弟弟？」

克雷太太正熱切地跟艾略特小姐說話，根本沒聽見父親的請求。

華特爵士回答：「我完全想不出來可能是誰，薛波，我記得打從老川特長官卸任後，就沒什麼上流紳士住在蒙克福德了。」

「瞧我的記性！真是太怪了！大概很快連自己的名字都記不得了。明明是個我很熟悉的名字，也曾見過對方幾百次，我還記得他來找我諮詢過鄰居擅入私有土地的問題，當時是有一個農夫闖進他的果園，圍牆被破壞，蘋果也被偷了，最後被抓個正著。不過之後對方不顧我的建議，決定採取懷柔和解的策略。怎麼會想不起來呢？」

這個話題就這麼中斷了一陣子。安說：「您說的應該是溫沃斯先生吧？」

「就是溫沃斯這個名字！我說的就是溫沃斯先生！他之前有幾年擔任蒙克福德的助理牧師，大概兩、三年吧？是幾年前搬到那裡的？我想大概是五年前吧。您一定還記得他。」

「溫沃斯？噢！當然，原來你說的是蒙克福德的助理牧師溫沃斯先生。我被你口中的『紳士』一詞誤導了，還以為討論的是某個有家產的人。如果我沒記錯，溫沃斯先生就是個無名小卒，家族中沒有任何高貴血統，跟顯赫的史特拉福德伯爵[17]完全沾不上邊。真不曉得這些貴族的姓氏怎麼都淪落到普通人身上去了。」

薛波先生發現克勞夫特的家族背景無法用來說服華特爵士，便不再提起，重新把精力投注於對艾略特家族確實有利的條件上：克勞夫特夫妻的年紀、人數和財產，以及他們盼望能夠租下凱林奇府的高度期待與熱望。根據他的描述，這對夫妻很想成為華特．艾略特爵士的房客，甚至視為無上的殊榮，就算華特爵士不願透露租金數字，他們也只視為品味卓絕的展現。

無論如何，這條線總算是牽成了。其實無論房客是誰，華特爵士都不可能看得順眼，就算對方願意配合華特爵士所有租屋條款，他仍會覺得對方只是恰好走運，本質上根本沒資格租下

---

17 史特拉福德（The Straffords）是貴族家族，第一代史特拉福德伯爵是湯瑪斯．溫沃斯（Thomas Wentworth），他在一六三〇年代曾是輔佐查理一世的首席顧問。

凱林奇府。不過總之，薛波先生還是說服了華特爵士允許自己著手擬訂租屋條約。他也授權薛波先生接待仍等在湯頓城的克勞夫特上將，並約定之後的看屋日期。

華特爵士不算是個睿智的傢伙，但處世經驗仍算足夠。他明白克勞夫特上將各方面都是無從挑剔的房客，也難再找到比他更好的人選。不過他的見識也就僅止於此。之所以同意租給克勞夫特上將，多少也出自虛榮心：這位房客的地位夠高，不至於使他丟臉，卻又不至於高得令他難堪。「我把房子租給了克勞夫特上將，」這話聽起來相當體面，總比租給什麼某某先生好多了，以免他還得花上長篇大論去解釋某某先生是誰（整個國家大概只有五、六個沒有職業或稱號但仍值得尊敬的先生吧）。上將本身有一定的社會地位，但又不可能高過從男爵。之後他們無論是交易或往來，華特．艾略特爵士一定都是高高在上的一方。

凱林奇府的大小事向來得過問伊莉莎白，不過她的搬家意願強烈，也很高興眼前就有適合的房客人選，所以對於這項決定毫無異議。

此事就決定交由薛波先生全權處理。安始終在一旁專注聆聽，一等大家做出結論，雙頰發紅的她立刻走出屋外，試圖透過冷風鎮定心神。她走進最喜愛的林間小道，同時低聲細語，「幾個月之後，或許，**他**也會在這兒散步了吧。」

4

安口中的「他」不是蒙克福德前任助理牧師溫沃斯先生，雖然乍聽容易誤會，但她指的其實是菲德瑞克‧溫沃斯上校，也就是那名助理牧師的弟弟。他當時因參加聖多明尼哥海戰[18]有功而被拔擢為中校，但仍在等待接受任命領導船隻[19]，於是在一八〇六年的夏天來到薩默塞特郡。他沒有父母，所以到蒙克福德依親住了半年。當時的他堪稱青年才俊，渾身散發著機智又活躍的光采；安則是個非常美麗的女孩，溫柔、端莊、品味優雅又善感。其實雙方就算只拿出一半能耐也夠彼此吸引了，畢竟他無事可做，她又沒人可愛，此等條件甚佳的相遇很難失敗。他們逐漸熟悉起來，之後立即深陷愛河。安接受了他的示愛與求婚，他的心意全然得到應許，我們很難說誰的處境比較完美，或者分辨哪個人比較快樂。

兩人過了一段極度幸福的日子，但好景不長，很快就出現了麻煩。華特爵士一聽到女兒向他報備這項婚事，雖然沒有拒絕同意，也沒禁止她這麼做，卻表現出極度震驚、冷淡的消極態

---

18 一八〇六年二月，英國海軍在加勒比海的聖多明哥擊敗了法國艦隊。

19 由於指揮官總是遠遠多於船隻數量，因此軍官在晉升為艦長後，只能等待空缺，且期間只能領到半薪。

度，並決心不給女兒任何嫁妝。他覺得這場聯姻有失體面，羅素夫人雖然態度相對溫和，也不認為這是不可饒恕之舉，卻深信這將是段前景悽慘的婚姻。

安．艾略特明明出身、美貌與才智皆備，但年方十九就要糟蹋自己嗎？她才十九歲，就打算把自己託付給一無所有的十九歲青年？對方眼看不可能獲得任何社會影響力，職業充滿不確定因素，無論父親或姻親都無法幫助他爭取地位晉升。實在是糟蹋自己呀！安！羅素夫人不禁悲從中來。安．艾略特還這麼年輕，認識她的人還不多，就要被這個沒錢沒勢的陌生人擄走，更進一步說，根本是被迫去跟他過著成天焦慮操煩的生活，白白耗磨青春！這樣不對。無論是基於友誼，還是秉持幾乎等同母親的關愛及權利，她都該出手干涉，努力阻止這門婚事。

溫沃斯上校確實沒有財產可言。他的事業順利，但花錢如流水，左手進右手出，也沒有置產。不過他深信自己很快又會富有起來。他是個生氣勃勃的年輕人，相信很快就有輪到自己上任的船隻，接著派駐海外基地，財富名聲隨之而來。他一直頗受老天眷顧，也深信此般好運會持續下去。這種自信具有強烈感染力，再加上他言談機智，綜合起來更是迷人，足以讓安神魂顛倒。然而羅素夫人的看法卻不同。他樂觀進取的脾性及無所畏懼的心智與她截然相反，在她看來不過是使情勢惡化的缺點，反而會為他的未來增添風險。總之，他這個人才華洋溢卻太過固執。羅素夫人向來不看重人的才智，尤其輕視任何輕率魯莽，於是盡其所能反對兩人的婚事。

安完全無法抵抗羅素夫人的反對意見，也無法不顧她的感受。安畢竟年輕馴良，如果是父親的惡意或許還能承受（伊莉莎白倒是完全沒透過任何話語或眼神緩和場面），但她深愛羅素夫人，也仰賴她，實在無法忽視她持續、溫和又堅定的反對意見。安在羅素夫人的勸服下逐漸相信，這場婚約是個錯誤——莽撞、丟臉、幾乎毫無成功跡象，而且不夠門當戶對。不過安之所以解除婚約，不只是出於自私的考量：如果不是為了溫沃斯上校好，甚至還把他看得比自己重要的話，她根本不可能放棄。面對悲慘的分手局面，安唯一真正感到慰藉的，就是相信自己的決定是為了對方著想，甚至是犧牲自我成全對方的謹慎決定。她實在太需要慰藉了，畢竟對方完全不相信她想分手，也不願屈服，她必須承受對方各種批評與質疑帶來的痛苦，以及對方被單方面解除婚約感到的羞辱。溫沃斯上校最後因此決定離開薩默塞特郡。

這段關係僅僅維持了數月，安卻因此受了許久的苦。曾有很長一段時間，她的依戀及悔恨使每段本該愉快的青春回憶蒙上陰影，甚至留下未老先衰的後遺症。

這段令人傷感的韻事轉眼已經結束七年多。時間或許已將安對溫沃斯上校的依戀沖淡大半，甚至殘存無幾，但安畢竟太仰賴時間，從未試著離開傷心地來轉移注意力（只有剛斬斷情絲後到巴斯待了一陣子），也未曾努力結識新對象或擴展社交圈，因此，回憶中的菲德瑞克·溫沃斯上校更顯美好，所有進入凱林奇府社交圈的人都比不上。如果她能立刻再談一場戀愛，一切苦痛自然就能化解，但當時她心性過高，眼光太挑，社交圈又太小，所以始終沒機會再愛一次。大約二十二歲時，有位年輕人希望娶安，但沒多久就發現安的妹妹較有意願，羅素夫人特別為此惋惜不已。這位年輕人名叫查爾斯，是穆斯格羅夫家的長子，產業與地位在薩默塞特郡僅次於華特爵士，而且品格與外表都不錯，就算羅素夫人希望十九歲的安找到更好的對象，此刻考量安在家中所受的不公虧待，也寧可她早點嫁出去，最好還能定居在距離自己不遠之處。不過當時的安不接受任何建議。羅素夫人並不後悔之前要求安謹慎行事，該考量的就得考量，不過面對安的未來，她確實感到焦慮又無望。安是個溫暖、體貼又居家型的女子，究竟是否會有才華洋溢又事業獨立的男子看上這樣的女孩呢？

這是安二十二歲做的決定，此後也沒有跟羅素夫人交換意見。時光過去，兩人也從未進一步確認彼此的想法是否有改變。現在安二十七歲[20]了，想法與十九歲時大不相同。她不怪羅素夫人，也不怪自己接受她的建議，但若有年輕人遇到類似問題，前來尋求她的意見，她絕不會讓對方立刻陷入悲慘的情傷，或在面對大好未來時躊躇不前。現在的她深信，就算家中不贊成，就算對方的職業充滿令人焦慮的不確定性，就算那場婚姻中充滿可能的恐懼、枯等或失望，當初若履行婚約會比現在過得還快樂。她確信之前完全是顧慮過了頭，錯估了實際情勢；現在就結果看來，當年如果結婚，早就過得比預期的還要飛黃騰達。溫沃斯上校所有的樂觀期望與信心全數應驗，他的才幹與熱情似乎預見自己勢必走上康莊大道。他被解除婚約後沒多久就獲得分派，之前他應允的財富名譽也陸續成真。他表現傑出，比別人更快從中校升為上校，之後又俘獲許多敵船，現在肯定累積了至為可觀的財富。安的資料來源只有《海軍名冊》及報紙，但確定他現在一定相當有錢，此外，她了解這人個性執著，至今一定仍未成婚。

安．艾略特是想清楚了，可惜已經過了時機，不然至少在面對那段年少戀情時，她能夠振振有詞地表達對未來的強烈信心，明明她和溫沃斯上校試圖實踐的是天助自助者的精神，旁人過度焦慮的警告根本是質疑這項精神！但當時的她卻無能反駁。她太年輕就被迫謹言慎行，隨著年紀增長才逐漸懂得浪漫的價值——不自然的因卻栽出自然的果。

正因這些緣故、回憶及感受，當安聽見溫沃斯上校的姊姊可能搬入凱林奇府，內心無可避免地湧起舊傷被揭開的痛楚；這惱人的想法縈繞不去，她只得靠著不停走路與哀嘆來緩解，在能夠真正硬起心腸且不受過往傷懷困擾之前，她總是一邊這麼做一邊罵自己蠢。幸好知道這項祕密的三名親友表現得毫不在意，甚至一副沒事發生過的模樣，似乎也完全拒絕回想。說一句公道話，比起父親與姊姊，安比較能接受羅素夫人絕口不提的動機，也欽佩她沉著姿態背後的善意。儘管原因各自不同，他們三人創造的漠視氛圍確實對她大有幫助。這次克勞夫特上將可能承租凱林奇府，她對三人始終如一的表現再次銘感五內，既然這段婚事只有他們三人清楚，她相信消息一個字也不會走漏；至於溫沃斯上校那方，她相信也絕無可能洩漏風聲，唯有當時與他同住的哥哥可能得知這段短命婚約，但也早已搬離本郡。他的哥哥是個明理之人，當時又單身，她確信不可能有人能從他口中得知這項消息。

---

20 對珍・奧斯汀而言，二十七歲具有重要意義。《理性與感性》（*Sense and Sensibility*）中，瑪麗安曾哀嘆：「女人到了二十七歲再也不能期待愛人與被愛了。」《傲慢與偏見》（*Pride and Prejudice*）中，夏洛特・魯卡斯也是在「將近二十七歲」時接受了愚蠢的柯林斯先生。珍・奧斯汀本人也是在二十七歲時接受了哈里斯・畢格威瑟（Harris Big-Wither）的求婚，但又在隔天反悔。

至於他們的姊姊克勞夫特太太，當時早已跟丈夫一同被派駐至英格蘭以外的基地。安的妹妹瑪莉也在外地讀書，事情發生後，家中有人出於尊嚴，有人則是基於體貼，總之沒人告訴瑪莉。

既然羅素夫人仍住在凱林奇村，瑪莉也住在距此僅有三英里之處，以後一定會常與克勞夫特夫妻來往。但有了以上理由支持，她希望大家不會特別感到尷尬。

5

到了克勞夫特上將夫妻看房當日，安認為最合理的反應，就是一如往常地散步到羅素夫人家，從頭到尾避開看房這檔事，但也自然因為錯過見面機會深感遺憾。

雙方對於會面結果相當滿意，當下就把租屋一事談妥了。克勞夫特太太及伊莉莎白滿心期待談成協議，因此眼裡只看得到對方優點；至於男士方面，由於克勞夫特上將表現出絕佳的幽默感，心胸開闊又誠懇，華特爵士也不自覺受到感染；更何況薛波先生早已告知華特爵士，克勞夫特上將視華特爵士為優良出身的楷模，華特爵士深感奉承，應對時更拿出絕佳的優雅風範。

華特爵士同意房客使用房屋、土地及家具，克勞夫特夫妻也確定成為房客。合約載明的條款、時間及所有人事物細節均無問題。薛波先生的書記立刻著手處理租屋程序，初步擬定的合約內容沒有任何修改。

華特爵士隨後毫不遲疑地宣布：克勞夫特上將是他見過最好看的海員，甚至還表示，如果上將願意接受他的手下修整頭髮，他不介意與上將一同出席公開場合。至於上將與妻子乘坐馬車穿越莊園離去的路上，則是仁慈又熱情地表示，「親愛的，雖然我們在湯頓城聽過不少傳聞，但我想這場交易很快就能談定。這位從男爵不是做大事的人才，但人不壞。」所謂禮尚往來約莫如此，兩人交手可說旗鼓相當。

克勞夫特夫妻決定於米迦勒節[21]遷入凱林奇府。華特爵士預定搬到巴斯的時間只早一個月，相關安排可說刻不容緩。

羅素夫人心裡清楚，安無法參與決定艾略特家在巴斯的落腳地點，所有意見都不會被當一回事，因此，她覺得安不用趕著走，可以等到聖誕節過後再由她親自送到巴斯。可是羅素夫人之後有事必須離開凱林奇村幾個星期，無法如願陪伴著安。安確實害怕承受不住巴斯的九月暑熱，想到必須放棄甜美哀愁的鄉間秋日也備感哀傷，但考量所有因素後覺得不該留下來。安很清楚，跟著大家一起搬走是最正確、最明智，也最能減少痛楚的決定。

不料發生了一件事，安因此有了新的任務。瑪莉身體本來就不太好，成天為此呼天搶地，每次只要不適就習慣找安幫忙，這下子卻又病了。她估計自己整個秋天都好不起來，所以懇求（其實應該說是命令）安去厄波克羅斯別墅照顧她，還希望安待到自己滿意為止。這種態度實在稱不上懇求。

「我沒有安撐不下去，」瑪莉如此解釋。伊莉莎白聽了回答：「那我想安最好留下來，反正巴斯那裡也沒人需要她。」

雖然感覺不太對勁，但比起被說成一無是處，被人需要的感覺至少不差。安很高興自己還有些用處，也很高興能以此任務為藉口不去巴斯，再加上喜愛鄉間風景，而且還是自己深愛的薩默塞特郡，於是爽快地決定留下。

瑪莉的邀請解決了羅素夫人的煩惱，事情很快就決定了，安只需要等羅素夫人之後帶她去巴斯，在此之前，她就分別待在厄波克羅斯別墅及凱林奇府的別莊。

一切就此安排妥當。不過之後羅素夫人猛然發現，凱林奇府計畫將克雷太太帶去巴斯，好在伊莉莎白處理搬家事務時，擔任最重要的得力助手。羅素夫人對這對父女此舉感到極度遺憾、迷惑、痛心又恐慌；此舉無疑等同是在公然羞辱安：他們覺得安毫無用處，而克雷太太卻如此有用，想來實在令人痛心不已。

安在面對這類羞辱時早已麻木無感，不過就跟羅素夫人一樣，她也立刻察覺這種安排的不妥。她始終安靜觀察父親與克雷太太的親密來往，雖然並不情願，但根據她對父親的了解，若情勢繼續發展，很可能會為艾略特家帶來極度嚴重的後果。她不認為父親目前對克雷太太有什麼特別的想法，因為每次只要她不在場，父親總是嚴詞批評她滿臉雀斑、門牙突出，動作又笨拙；不過她年紀輕，整體長相也不差，心思敏銳又勤於奉承，比起容貌，這些特質反而更具有致命吸引力。安發現情勢發展並不樂觀，認為自己有義務提醒姊姊，雖然她對說服成功不抱太大希望，但若是克雷太太得償所願，伊莉莎白絕對會落入比安還悲慘的處境，到時候至少伊莉莎白不能責怪安未曾提出警告。

21 米迦勒節（Michaelmas）為九月二十九日，除了是天使長聖米迦勒的節慶之日，也是當時英國一年四次租約起始或終止的日子之一。

安跟伊莉莎白談了，對方果然毫不領情，也無法想像安為何會出現如此荒唐的猜想，並憤怒地表示雙方非常清楚自己的地位及處境。

她立刻正色表示：「克雷太太從未忘記自己的身分。我絕對比你更了解她的心思。我也可以保證，面對婚姻這檔事，他們兩人的思想特別純正。克雷太太比一般人更排斥門不當戶不對的婚事，至於父親，既然都已經為了我們單身那麼久，實在沒理由懷疑他會在此刻動搖。如果克雷夫人美貌絕倫，我可以同意你指責我太常讓她來家裡，但我向你保證，她沒有本事影響他結下這種紆尊降貴的婚事，畢竟到頭來只會為他帶來不幸。克雷太太有不少優點，卻絕沒有足以被視為美麗的特質！我真心相信可憐的克雷太太不可能為我們家造成任何危害。別人可能以為你沒聽過父親提及她的缺陷，但我很清楚你至少聽過五十次有餘。她的牙齒！她的雀斑！我不覺得雀斑噁心，但他可在意了，我看過長了少許雀斑但仍美麗的臉龐，他卻厭憎地不得了。你明明也聽過他抨擊克雷太太的雀斑吧。」

安回答：「只要個性討人喜歡，任何外貌缺陷都可能逐漸得到包容，」

伊莉莎白立刻反駁：「我的看法完全不同，討人喜歡的言行或許能為好看的人增添光彩，但無法改變外貌平庸的事實。總之，我的立場比任何人都需要操煩這樣的事，就不勞你來給我建議了。」

安總之慶幸自己完成任務，也認為不無效果。儘管伊莉莎白對如此猜疑忿忿不平，但至少往後應該會更加留心。

家中那台四馬馬車終究迎來了最後一項任務：將華特爵士、艾略特小姐及克雷太太載到巴斯。一行人出發時興致高昂，華特還為了村民準備好告別鞠躬禮，不過房客與佃戶眼看只有受暗示的人前來送行，不免對於地主的不受擁戴感到苦澀失望。在此同時，安一個人孤單靜默地走向凱林奇府的別莊，也就是她接下來一週居住的地方。

她的朋友處境同樣不佳。羅素夫人因為他們的家道中落備感憂傷。她將這家人的名聲視如己命，每天跟他們來往也成為每日最珍視的習慣，光是看到空盪盪的莊園都令她痛心，更別提即將有新人接手掌控一切；為了逃避人事全非的孤寂與憂鬱，也為了避開上將與克勞夫特太太遷入時的尷尬場面，她決定一等安出發就離家。因此，羅素夫人將旅程的第一站設定在厄波克羅斯村，剛好也是送安一程。

厄波克羅斯村規模中等，幾年前還是百分之百的老英格蘭式風格。村裡只有兩棟房子比自耕農及雇農來得體面，其中一棟古老氣派，屬於地方鄉紳查爾斯．穆斯格羅夫所有，高牆大門又老樹參天，另一棟則是小巧精實的牧師公館，周遭庭園打理整潔，窗扉上爬滿茂密的葡萄藤與梨樹枝。不過為了讓鄉紳之子婚後有地方住，村中一戶農舍被改建為厄波克羅斯別墅，其中的迴廊、法式落地長窗和各種精緻細節相當出色，儘管距離四分之一英里以外的鄉紳大宅風格更為宏偉、協調，如有外地旅人路過，一定仍覺得兩棟房子各有風采可觀。

安經常造訪厄波克羅斯，對此地的作風已經與凱林奇一樣熟悉。兩個家族常有來往，一天到晚在府第中撞見彼此，因此，當她發現瑪莉獨自在家時著實驚訝，畢竟瑪莉只要沒人伺候就會萎靡不適。瑪莉過得比二姊富有，卻缺乏安的見識與脾氣，每當身強體健、心情愉快或有人妥貼照顧時，她就能興致勃勃地談笑風生，但稍有不順心意時就會立刻意志消沉。她完全沒有獨處的能耐，而且遺傳了艾略特家驕縱自恃的性格，一點小事就以為受人輕蔑或虧待，成天自尋煩惱。瑪莉長得沒有兩個姊姊好看，即便是芳華正盛之時，頂多也只博得「好看女孩」的稱號。此刻的她躺在小巧客廳內的褪色沙發上，周遭曾經華麗的家具因為寒暑四載及孩子的拖磨愈顯寒酸，一看到安就出言招呼：

「你總算來了！還以為永遠見不到你了。我病到幾乎開不了口，整個白天一個活人都沒見到！」

安回答：「見你身體不好，我也難過，你星期四的來信不是說一切都好？」

「沒錯，我盡量挑好的說，這是我的習慣，但當時其實已經感覺很糟了。我這輩子從未像今天白天這麼不舒服，實在不該被獨自丟下，萬一我突然病到連鈴都不能拉，那該如何才好？怎麼？羅素夫人沒跟著你一起下馬車嗎？她今年夏天來我家沒超過三次吧。」

安回應了一些得體的話，然後問起瑪莉的丈夫。「噢！查爾斯外出打獵，我跟他說我病了，但還是從七點後就再也沒見到他。他說不會在外面待太久，卻一直沒回來；現在都快一點了。老實跟你說，我整個白天[22]都沒見到一個人影。」

「兒子不是都在家嗎？」

「對，真希望我受得了他們吵鬧，可惜現在他們根本不受控制，對我有害無益。小查爾斯把我的話當耳邊風，沃特也變得跟他差不多壞。」

安語氣輕快地說：「哎呀，你很快就會好起來的，每次我來都能立刻治好你。你那些住在鄉紳大宅的鄰居過得可好？」

「沒什麼可說的，今天一個人也沒見到，只有穆斯格羅夫先生經過窗前時跟我說了兩句，但連馬都沒下。我跟大家說自己病得很重，就是沒人肯靠近我。我想對穆斯格羅夫小姐而言，這種事太麻煩了，她們才不樂意勉強自己。」

「你還是可能在白天結束前見到她們，畢竟時間還不晚。」

「我也沒希望她們來，老實說，她們的談笑對我而言太吵。噢，安，我真的好不舒服！你怎麼沒在星期四過來呢？真是不體貼！」

「我親愛的瑪莉，你回想一下在信裡把自己寫得多安適！你的語氣極度愉悅，宣稱身體健康，還叫我不用趕著過來。而且你也知道，我希望盡量多陪陪羅素夫人。除了體貼她的心情，我手邊也很忙，不可能輕易提早離開凱林奇呀。」

「我的老天！你又有什麼事好忙？」

「告訴你，事情可多了，一時半刻我還回想不完，不過可以告訴你一些。我為父親的藏書

22 在珍·奧斯汀的時代，白天／早晨（morning）代表著從早餐到晚餐之間的時段，而晚餐通常會在四點到六點之間開席。

與畫作騰寫了一份目錄，還好幾次帶著園丁麥可齊到花園，確保他記住伊莉莎白的哪些植株打算送給羅素夫人。另外還有一些自己的小東西要打理，比如書籍與樂譜要分類，另外還有一些物品得重新打包，就因為早先對於哪些行李要上馬車拿不定主意。還有件事，瑪莉，我也是勉強著做，因為聽說教區民眾希望我去打聲招呼，算是道別吧，我只好挨家挨戶地去，不過真花時間。」

「噢！好吧！」瑪莉沉默了一陣，「不過你完全沒問我昨晚普爾家的晚宴如何。」

「你有去嗎？我沒問是以為你身體不適，一定去不了。」

「噢！我去了，我昨天狀況極佳，一直到今天早上才出問題。如果我昨晚沒去才奇怪呢。」

「很高興知道你昨天狀況不錯，希望你有玩得愉快。」

「倒也沒什麼特別愉快的地方。晚宴就是這樣，你事前都知道要吃些什麼，也知道有誰會去。沒有自己的馬車實在不舒服，我只能靠公婆帶去，但穆斯格羅夫先生和太太身形巨大，占去好多空間，真的好擠！我公公總是自己坐前排，所以我得在後座跟亨莉耶塔及路易莎兩位小姑擠在後排。我想就是因為這樣，今天身體才會這麼不對勁。」

安耐著性子聽瑪莉抱怨，勉強擠出愉快的樣子，最後幾乎治好了瑪莉。沒過多久，她就能在沙發上坐直身子，甚至開始期待晚餐時有力氣離開沙發，接著又完全忘記這回事，直接跑到客廳另一頭整理花束。然後轉眼之間，她已經吃起冷肉，甚至若無其事地提議出外散步。

瑪莉在兩人準備好後問起：「我們該往哪裡走呢？大宅的人還沒來向你致意，你應該不樂意先過去吧？」

安回答：「沒有什麼不樂意的，我跟穆斯格羅夫先生和太太這麼熟了，不必拘泥於這些禮數。」

「噢！但他們應該盡快來拜訪你才對，畢竟你可是**我的**姊姊，基本的尊重怎能少？不過我們還是能去找他們寒暄一會，把表面工夫做完再好好散個步。」

安向來覺得這種說話方式過於輕率，卻也不想再深究，大宅與別墅兩家老對彼此抱怨連連，但她相信少了這種你來我往也行不通。他們還是去了主宅，在方正老派的會客廳內得體地待上半小時[23]；會客廳地板晶亮，上頭鋪了張小地毯，不過穆斯格羅夫家的兩個女兒把平台鋼琴、豎琴、花架和小桌子擺得到處都是，呈現出一派混亂的景象。哎呀！那些緊貼著護牆板上方的畫作真跡不知道能否顯靈，畫裡穿著棕色天鵝絨的紳士及藍色綢緞的女士能否看見這間失序雜亂的會客廳？安幾乎能看見畫像中的人驚愕瞪著這場面的表情。

穆斯格羅夫一家就跟房子一樣處於過度期，姑且算是往好的方向去吧。男女主人習慣遵循老派英式作風，年輕人卻成長於新時代。穆斯格羅夫先生與太太性格挺好，既友善又好客，但沒受過什麼教育，氣質一點也不優雅，孩子的思想舉止則比較現代化。這個大家族成員眾多，除了瑪莉的丈夫查爾斯之外，另外兩個成年孩子就是十九歲的亨莉耶塔及二十歲的路易莎，她

---

23 白天的正式拜訪一般以半小時為上限。

們都在英格蘭西南部的艾克希特受過基本才藝教育[24]，現在也跟無數年輕女孩一樣過著時髦、愉快又歡樂的生活。她們的衣著新潮華美，臉龐漂亮，神采飛揚，舉止宜人不扭捏，在家受人器重，在外也頗得人疼。安總覺得這對姊妹是自己所知最快樂的人了。不過，儘管我們都曾想過與誰交換人生，卻仍有一些不願放棄的優越自適之處，比如安就不願為了她們的快活放棄自己尊貴文雅的教養。安只羨慕她們之間彼此理解、契合又深厚的姊妹情感，這是她幾乎從未有過的體驗。

她們兩人受到熱情款待。正如安過往所了解，這間大宅的人深諳待客之道，你幾乎挑不出他們的錯處。半小時就在愉悅的閒聊中過去了，最後不出安所料，瑪莉邀請了兩位穆斯格羅夫小姐一同散步。

6

早在這次來到厄波克羅斯村之前，安就非常清楚，即便兩家人距離只有三英里，談吐、見解和想法卻可能完全不同。她之前每次來穆斯格羅夫家都深有感觸，也希望自家人有機會親眼目睹，以了解許多在凱林奇府家眾所周知的重要大事，在此地是多麼無人知曉，甚至乏人問津。不過除此之外，她深信現在還得學習新的一課：一旦走出自家圈子之外，就要明白自己多麼無足輕重。明明幾個星期以來，凱林奇府上下為了租屋一事勞心費神，因此這趟前來，安一心想的都是這事，也以為會有人關心慰問，但穆斯格羅夫先生與太太只是分別說了類似，「對了，安小姐，華特爵士和你姊姊都離開了，你覺得他們會定居在巴斯的哪裡？」接著不怎麼等她回應就逕自說下去，某次穆斯格羅夫小姐直接自顧自接話：「真希望我們今年冬天可以去巴斯，但記得，爸爸，如果成行，得找個好地方住，千萬別再住你屬意的皇后廣場區[25]！」又有一次，瑪莉焦慮地補充說：「天哪，既然你們要去巴斯快活，我也要大享清福。」

24 這裡所謂年輕女性必須受的基本才藝教育，包括跳舞、唱歌、彈奏豎琴或鋼琴、繪畫及屏風彩繪，以及義大利及法文等語言。

安只能告訴自己，以後千萬別像瑪莉這般自欺欺人，同時再次明白羅素夫人果然深具同情心，她很感激能有運氣交到這種朋友。

穆斯格羅夫家的男士有屬於他們的護獵及狩獵活動，不然就是忙著照看馬匹、狗兒或者讀報；女士的時間則全數花在尋常家務、鄰居往來、衣著、舞蹈或音樂上。果然，無論再小的社交圈都有權形塑專屬圈內人的話題，安認為非常合理，所以儘管時間不長，她也希望盡可能融入。她至少會在厄波克羅斯村待上兩個月，因此，眼下最重要的任務就是盡量讓她的想像力、回憶及想法都投注於厄波克羅斯。

安並不擔憂這兩個月的生活。瑪莉比伊莉莎白好相處，兩人的感情比較深厚，安的看法對瑪莉也比較有影響力。厄波克羅斯別墅也沒有任何不友善的元素。她和妹夫的關係向來不錯，瑪莉的兩個孩子幾乎把她當成母親般喜愛，甚至還多了幾分敬意，身邊都是她有興趣且能全心來往的對象，相處起來一定樂趣無窮。

查爾斯．穆斯格羅夫謙和有禮，常識與脾氣無疑都比他妻子來得好，不過才華、談吐及氣質平庸，因此，即便安與他有一段過去，兩人相處卻激不起任何危險的曖昧火花。然而安認同羅素夫人的想法，如果他能跟更適配的對象結婚，整體質感一定會大幅提升。他的妻子若是名更有見識的女性，他的性格一定會更有氣魄，生活習慣及野心也會往更實用、理智及優雅的方向發展。然而現在的他除了遊樂活動外什麼也不熱中，時間都被瑣事消磨，沒有因為閱讀或其它活動得到任何益處。他的興致總是很高昂，似乎完全不受妻子偶發的低潮情緒影響，也能容忍妻子的無理取鬧，安確實深感佩服。雖然兩人常為了小事爭執（安夾在兩人之間，被迫聆聽雙方的說詞），但還算是對幸福夫妻。兩人對於金錢的執著倒是毫無歧見，也總是希望從查爾斯父親手中得到厚禮；不過，每次瑪莉因為沒有如願收到大禮而不滿，查爾斯總能一如往常地說得她無言以對，他會維護父親，說他的錢有許多用途，本來就有權決定自己想怎麼花。

他連管教孩子的理論都比瑪莉高明，而且執行效果不差。「如果瑪莉不插手的話，我可以把他們管教得很好，」安常聽見他這麼說，對這說法也極有信心。不過每次聽到瑪莉抱怨「都是查爾斯把孩子慣壞，我才管不動他們，」她卻從未想過說一聲「確實如此」。

住在厄波克羅斯村唯一的缺點，就是所有人都太信賴安，無論她走訪大宅或待在別墅，總有人要找她宣洩內心的祕密與怨言。大家知道安對妹妹有影響力，所以總是要求她做點什麼，或至少想方設法給出各種暗示，但內容多半不切實際。「我希望你規勸一下瑪莉，不要一天到晚老是想像自己生病，」查爾斯就這麼告訴她，對此，瑪莉則曾心情沮喪地告訴她：「我真的相信就算查爾斯親眼看到我快死了，也會以為我沒事。我很確定，安，如果你願意，請幫我規勸一下他，我真的病得不輕，從來沒有這麼嚴重過。」

至於孩子的事，瑪莉宣稱：「我知道祖母想常見到孫子，但真討厭把孩子送去大宅。她對

25 皇后廣場區（Queen Square）的建築由知名建築師約翰·伍德（John Wood）建造於一七三六年。一八一四年時，皇后廣場區對亨莉耶塔及路易莎這樣的年輕女孩已經不夠時髦。

孩子又是討好又是寵溺，成天給他們吃一堆垃圾食物和甜食，搞得孩子回來總是又病又鬧。」穆斯格羅夫太太則是一有機會跟安獨處就開口：「噢！安小姐，真希望查爾斯太太面對孩子能有你的一半本事。他們跟你在一起簡直變了個人！可以確定的是，他們基本上都被寵壞了！你妹妹沒跟你學習如何管教孩子實在太可惜了。他們真是我見過最健康的小生物，這可不是偏心的話，但我的媳婦查爾斯太太根本不懂照顧他們！我可憐的小寶貝。我的老天，他們有時候真惱人！我老實跟你說吧，安小姐，要不是他們這麼煩，我一定常要他們來大宅。查爾斯太太一定對我疏於邀請感到不滿，但你也知道，如果你得時時刻刻盯著孩子『別這樣、別那樣』地喊叫，又或者不靠幾片對健康不好的蛋糕根本管不動，那實在很討厭。」

此外，她還得一天到晚聽瑪莉抱怨：「穆斯格羅夫以為她的僕從都很可靠，只要有人質疑就會被視為大逆不道。但我確定她的貼身女僕和洗衣女僕常丟著正事不做，整天在村裡閒晃，這話一點也不誇張，我真的去哪裡都碰到她們。我每去育兒室兩次就會撞見她們一次，要不是我的保姆潔蜜瑪是全世界最牢靠的人，早就被帶壞了，因為她說那兩人每次都慫恿她去散步。」針對這件事，穆斯格羅夫太太的說法是這樣：「我這人有個規矩：絕對不干涉媳婦私事，因為反正沒用。但我實在該告訴你，安小姐，或許你能將情勢導回正軌。我對查爾斯太太的保姆實在沒好感，常聽說她到處閒晃的奇怪傳言。而且據我所知，像她這種精於打扮的女子，任何僕人接近她都不會有好事。我知道查爾斯太太信賴她，我就點到為止，你可以自己去觀察，如果發現任何不妥，不用客氣，儘管提出指正。」

然後瑪莉也會抱怨，當家族在大宅用晚餐時，穆斯格羅夫太太總是不讓她帶領大家進出餐廳，瑪莉是從男爵的女兒，地位明明比婆婆高，實在不懂為何如此不受尊重。之後又有一天，安跟兩位穆斯格羅夫小姐散步，其中一人在談了階級、階級族群以及源自於階級的忌妒話題之後，對安表示：「我對你沒什麼顧忌，大家都知道你對身分地位看得淡，但有些人真的對此執著到荒唐的地步。真希望有人能跟瑪莉說一說，她要是別這麼偏執會好很多，尤其別老是想著取代媽媽的地位。沒人懷疑她帶領大家進出餐廳的資格，只是別老是那麼堅持反而比較得體。媽媽本人倒不怎麼計較，可我知道很多人都有注意到瑪莉的不滿。」

安怎麼可能解決這些問題？她頂多只能耐心聆聽、好言勸慰，然後稍微替另一方緩頰。她也向所有人暗示，既然大家往來那麼密切，總得多點包容心，同時為了妹妹好，盡其所能地把暗示表達得明白易懂。

除去這些問題，安在此地的生活非常順心，現在的她與凱林奇府有了三英里的距離，透過環境與話題的改變，精神與情緒都大有改善；瑪莉的病也因有人時刻陪伴緩解不少。至於和大宅的每日來往，反正別墅這邊也沒什麼要緊的感情、祕密或工作相關事務得處理，偶爾能被叨擾倒是不壞。這樣的應酬來往真是不嫌多，他們每天白天都會見面，幾乎每晚也得碰頭，不過安相信，如果不是可敬的穆斯格羅夫先生與太太苦心經營，或者缺了他們女兒的歌唱與歡聲笑語，大家不可能一直如此頻繁地往來。

安的鋼琴技藝比兩位穆斯格羅夫小姐好很多，但因為歌喉不好，不會彈豎琴，又從沒有寵愛孩子的家長坐在一旁自得其樂地支持，所以沒什麼人把她的琴藝當一回事，就算偶爾想起，她也明白只是出於禮貌或需要有人暖場。一直以來，安都知道彈琴只能取悅自己，但在十四歲之前，確實曾有一段很短的時間，她享受過被認真聆聽的快樂，只是母親過世之後，再也沒有懂得欣賞或有品味的人鼓勵她彈琴。她早已習慣在音樂世界中感到孤獨，因此，看到穆斯格羅夫先生與太太對女兒偏心，完全不在意旁人琴藝時，比起被忽視的羞辱，她反而更為兩位小姐開心。

常常有其他人加入大宅的聚會。厄波克羅斯村的規模不大，不過眾人都喜歡來穆斯格羅夫家拜訪，大宅舉辦的晚宴特別多，前來造訪的人更是絡繹不絕，甚至很多人根本沒有受邀。穆斯格羅夫家無疑是當地最受歡迎的宅邸。

兩位穆斯格羅夫小姐都熱愛跳舞，因此晚上的聚會有時會以小型即興舞會收場。距離厄波克羅斯村不遠處住了一家表親，因為家境比較不富裕，平日娛樂全仰賴穆斯格羅夫家。他們隨時可能出現，幫忙參與活動或彈奏樂器，而且在哪裡都能跳舞。安喜歡彈奏樂器，不想參與過於激烈的活動，所以往往整個小時都在幫忙彈奏鄉村舞曲[26]。她這種友好舉動很得穆斯格羅夫先生與太太的歡心，兩人總是因此盛讚她的音樂才華，「太棒了，安小姐！真的彈得太棒了！老天保佑！瞧那些纖細的指頭多麼靈巧地在飛舞呀！」

三星期就這麼過去了，米迦勒節近在眼前，安不禁再次想起凱林奇府的命運。她所深愛的家園即將轉手他人，曾經熟悉且珍視的房間、家具、林木與美景都將成為新主人的日常光景！

九月二十九日當天，她腦中幾乎想不了其它事，到了晚上，瑪莉因為其它原因必須記下當天日期，才驚呼，「老天！這不就是克勞夫特夫婦要搬入凱林奇府的日子嗎？幸好我之前沒想起這事，不然多難受呀。」安更是同感哀傷。

克勞夫特夫妻以海軍奪船的氣勢迅速完成物產交接，也準備好迎接訪客了。瑪莉知道必須前去拜訪，又實在不情願，「沒人知道這對我來說是多大的煎熬，看來只能盡量拖延了。」她為此心神不寧，只好要求查爾斯早早送她去拜訪，不過回來時不知受了什麼刺激，整個人顯得歡快舒坦。查爾斯夫妻是坐雙人馬車前去，安很高興自己沒法跟去，不過她很想見到克勞夫特夫妻，所以當對方為了回禮前來拜訪時，她很高興自己在家。克勞夫特夫妻造訪時查爾斯不在，由兩姊妹出面接待。克勞夫特先生坐在瑪莉身邊，好相處的他跟瑪莉的兩個兒子玩得很愉快，而安剛好坐在克勞夫特太太身邊，得以搜尋她與「他」在長相、聲音或神態變化之間是否有任何相似之處。

克勞夫特太太不高也不胖，但身形壯碩挺拔又底氣十足，帶有一種大人物的氣勢。她有一雙深邃黑眼，一口好牙，臉龐算是好看，不過因為海上生活不下於丈夫，歷經風吹日曬的膚色略微泛紅，看起來確實比三十八歲老氣一些。她的舉止大方、自在又果決，是個有自信又行事果斷之人，但絕不會流於粗率或苛刻。她在談及凱林奇府一事時非常照顧安的心情，安對此深

26 安只彈奏樂器卻不跳舞，直接代表退出婚配的競爭市場。

表感激，不過更令安滿意的是，在兩人互相自我介紹後的半分鐘內，克勞夫特太太就算對她的過往有所理解或懷疑，言行也沒有受到絲毫影響的跡象。安一開始就感到放心，內心隨之生出勇氣與力量，直到克勞夫特太太說出一句話，她才猶如遭受雷擊。

「據我所知，我弟弟之前住在本地時，有幸結識的不是你妹妹，而是你。」

安多希望自己已經過了會臉紅的年紀，可惜仍是容易激動的年紀。

「你可能還沒聽說他結婚的消息，」克勞夫特太太繼續補充。

安一時無法回話，直到她意會到克勞夫特太太指的是溫沃斯先生[27]，同時慶幸自己沒說出關於任何一位弟弟的話題。她立即發覺這確實比較合理，克勞夫特太太想的當然是艾德華而不是菲德瑞克，安對自己的粗心感到羞愧，立刻興致盎然地關心起過往鄰居的現況。

之後的談話都很平順，直到兩人起身準備離開時，安才聽到上將對瑪莉說：「克勞夫特太太有位弟弟很快就會來訪，我敢說你一定聽過他的名字。」

不過就在此時，兩個小男孩激動地撲了上來，不但像老朋友一樣纏著上將，還拜託他別走，話題隨之被打斷，接著他又被孩子央求把他們放進口袋帶走之類的，鬧得根本沒空把話說完，甚至也不記得說到哪裡。安只好說服自己，他說的一定還是之前聊的那個弟弟，卻又無法非常確定，因此急著想知道克勞夫特上將之前到大宅拜訪時，是否也有提起類似話題。

大宅的人計畫今晚來別墅聚會，由於時節逐漸入冬，不宜徒步往返，大家正等著馬車聲響起，卻發現路易莎走了進來。大家都有不祥的預感，以為大宅一家無法前來，他們得自己度過這個夜晚，而路易莎是為此被派來致歉，瑪莉也準備好承受這般屈辱。路易莎表示自己之所以徒步前來，純粹是為了讓馬車有空間載運豎琴。

她補充說明：「我來跟你們從頭到尾解釋清楚，為何要帶豎琴。我得先提醒你們，爸爸和媽媽今晚心情很不好，尤其是媽媽，她一直在想她可憐的兒子李察！所以我們覺得最好帶上豎琴，因為比起鋼琴，她似乎更愛聽豎琴演奏。我來解釋她為何心情不好。克勞夫特夫妻今早前來拜訪，啊，他們之後還來了這裡，對吧？總之他們順口提到克勞夫特太太的弟弟溫沃斯上校剛回到英格蘭，因為船隻休役，他也跟著放半薪休假之類的，似乎立刻就要來拜訪他們。不幸的是，等克勞夫特夫妻離開，媽媽就剛好想到可憐的兒子李察生前某任艦長似乎就叫溫沃斯；我不記得確切的時間或地點，總之是在他過世之前好一陣子的事。我那可憐的哥哥呀！媽媽跑去找他的信件跟遺物來看，發現那人確實叫溫沃斯，也確認就是克勞夫特夫妻提到的那個人，此後滿腦子想的都是溫沃斯和可憐的李察！所以我們今晚應該盡可能把場面搞得熱鬧，免得她一直消沉地陷在憂傷回憶中。」

這段悲慘家族過往的實情是這樣：穆斯格羅夫家曾倒楣地出了個無可救藥的麻煩兒子，但幸好還沒滿二十歲就死了。他之所以被送去海上當兵，是因為在岸上根本笨得管不住。老實說，穆斯格羅家不怎麼關心他，他也確實不怎麼值得費心。你很少聽到他們談論李察，就連他

27 溫沃斯先生：溫沃斯家的長子艾德華。

去世的消息兩年前傳到厄波克羅斯時，這家人似乎都不特別感到遺憾。

現在兩位妹妹唯一能為哥哥做的，或許就是喊他一聲「可憐的李察哥哥」，因為實際上，他僅僅是個愚鈍、無情又沒用的迪克．穆斯格羅夫，無論生前或死後，除了被以李察的簡稱「迪克」稱呼，他都沒有足以博得其它稱號的事蹟。

李察在海上服役多年，跟其他海軍準少尉一樣總在不同船艦上輾轉流浪，所有上校都亟欲擺脫這些燙手山芋。他曾在菲德瑞克．溫沃斯上校的巡防艦「拉寇尼亞號」待過六個月，受到上校影響後首次好好寫信回家。明明兒子在外多年，他的父母也就收過這兩封信：意思是，只有這兩封信沒有任何貪圖，其它都是來要錢的。

李察在兩封信中都說了上校的好話，但李察的父母向來不在意這類細節，對於他提過的人名或艦名從不掛心，因此也沒留下印象。然而就在這天，穆斯格羅夫太太突然憶起溫沃斯這個名字、聯想到他與兒子的關係，並因此大受打擊，只能說是大腦靈光閃現的偶發結果。

她靠著翻找信件確認了內心猜想。明明是陳年往事，可憐的兒子早已不在世上，所做過的糊塗事也早已為人淡忘，但重讀信件內容時，她的心情仍大受影響，甚至比之前得知兒子死訊時還要悲痛萬分。穆斯格羅夫先生的心情也受牽連，只是沒妻子那麼嚴重。兩人一抵達別墅就迫切地需要大家聽他們將事件重講一次，也期望透過大家的歡樂表現獲得慰藉。

安聽著他們討論溫沃斯上校。他們不停提起他的名字，苦思著幾年前剛從水療勝地克里夫頓回來時，曾和某名年輕人見過一、兩次面，或許就是溫沃斯上校？應該沒錯吧。是名出色的年輕人呀。大概是七年前的事了？還是八年前？對安而言，聆聽這些討論可說是全新的試煉，也知道得開始練習接受類似處境。溫沃斯上校真的即將造訪此地，她得訓練自己在面對相關話題時心如止水。畢竟他不只會來，穆斯格羅夫一家還表示只要他一抵達，就打算立刻表明身分，主動與之結交。他們深深感激溫沃斯曾向可憐迪克表達的善意，也極度推崇他的人格，儘管證據只有迪克在他手下六個月時曾於信中（帶著錯字）盛讚「非常帥氣的傢伙，就是當老師[28]時太嚴格了。」

這對夫妻下定決心之後，當晚的氣氛又緩和了幾分。

28 在小型巡防艦上，船長必須負責準少尉的寫作、文法、數學及航海教育。從拼字錯誤可看出迪克的資質有多駑鈍。

7

幾天後，眾人得知溫沃斯上校已抵達凱林奇，穆斯格羅夫先生登門拜訪後對上校讚不絕口，也邀請上校與克勞夫特夫妻一週後後參加在厄波克羅斯舉辦的晚宴。穆斯格羅夫先生對於無法早點邀上校前來感到失望，他亟於表達感激，一心想把上校找來家裡，好用酒窖中最頂尖的烈酒招待對方，可惜卻得再等一週。不過對安而言，卻是只剩一週的時間，她想兩人再過一週勢必得碰面，隨即又盼望自己穩定心緒，就算只能維持一週也好。

為了回應穆斯格羅夫先生的盛情，溫沃斯上校在約定當天很早抵達——安原本也會在半小時內到達！就在她和瑪莉正準備前往大宅時，安還認為這次肯定要與溫沃斯上校碰面了，卻臨時取消行程——瑪莉的大兒子嚴重摔傷被送回家裡。儘管這起意外將拜訪擱置一旁，在眾人擔憂孩子傷勢的過程中，安仍然對見面的事感到心浮氣躁。

那孩子撞到背部後鎖骨脫臼，傷勢實在令人憂心，眾人一整個下午都情緒低落。安得同時處理各種大小事——派人找來藥劑師[29]、想辦法送消息給孩子的父親、確保母親不至於歇斯底里、管束指揮僕人、把小兒子支開，還得安撫正在受苦的可憐孩子。她回神後想起必須通知大宅才得體，沒想到只引來一群人驚恐地問東問西，完全幫不上忙。

幸好妹夫回家了，安總算可以鬆一口氣，他最能妥帖照顧好瑪莉；接著藥劑師也來了。在藥劑師抵達並為孩子檢查傷勢之前，大家都因為不清楚情況而恐慌至極，懷疑孩子一定是受了重傷，只是不確定位置；現在鎖骨已恢復原位，儘管羅賓森醫生仍到處揉捏觸探，表情凝重，跟孩子的父親與阿姨說話時聲調低沉，眾人總算能夠開始往好的方面想，也有辦法離開現場，心情堪稱平穩地享用晚餐。就在大宅的人離開之前，兩位姑姑竟然也能把姪子的病情拋到腦後，談起溫沃斯上校來訪的經過，雖然這兩位小姐只比她們的父母多留五分鐘，卻仍拚命描述見到溫沃斯上校的愉悅開心，並盛讚溫沃斯上校比她們認識的男性友人更英俊、更討喜，甚至超越兩人以前任何一位心頭好。她們聽到爸爸邀請他共進晚餐時多麼開心呀，發現他無法留下時又是多麼遺憾，不過在父母熱烈邀請下，溫沃斯上校同意明天前來一同晚餐，兩人聽到又再次開心起來，就是明天呀！他應允邀約的模樣愉快，彷彿是因為理所當然地感受到了眾人的熱情。簡而言之，他的言行舉止無不流露出世故優雅，她們信誓旦旦表示所有人都被迷住了！兩位小姐帶著滿心歡喜與愛慕跑走，離開時滿腦子顯然都是溫沃斯上校，根本沒想到受傷的小查爾斯。

傍晚，兩位小姐跟著父親前來探問小查爾斯的傷勢，又把整段故事與狂喜心情複述了一遍。穆斯格羅夫先生不再像先前那般掛心長孫傷勢，開始附和女兒對溫沃斯上校的讚許。他希

---

29 藥劑師（apothecary）在當時扮演著家庭醫師角色，日常的一般病症大都交給他們診療。

望與溫沃斯上校的晚餐不用再延期，不過有點遺憾以目前講定的時間來看，別墅的人必須照顧小男孩，恐怕無法一同參與。「噢！不！我們不可能離開小查爾斯！」孩子的父親與母親光想到這個可能性就大力反彈，安則因為得以避開溫沃斯上校暗自慶幸，自然也跟著表達強烈抗議。

不過查爾斯．穆斯格羅夫隨後卻表達了想赴宴的意願：「孩子的復原情況很好，我也很想認識一下溫沃斯上校，或許可以去見個面。我不會留在那裡用餐，就是在餐前待上半小時。」但妻子激烈反對：「噢！不！查爾斯，我不能讓你離開，想想看，要是發生什麼事該怎麼辦？」

小查爾斯一夜無恙，隔天情況也穩定。確實，若要確定脊椎沒有受傷，還得花上一些時間觀察，但羅賓森醫生沒有發現任何需要緊張的徵兆，查爾斯．穆斯格羅夫也就覺得沒必要把自己關在家裡。反正孩子必須臥床休息，盡量以靜態活動逗他開心，而父親在此又能幫上什麼忙？這基本上是女人的工作，他既然幫不上忙，苦守在家豈不荒謬？父親很希望他能見見溫沃斯上校，眼下並沒什麼不去的理由，那他就應該去。於是他結束打獵後回家隨即大膽宣布，並直接換裝前往大宅用餐。

他說：「這孩子的情況好得不能再好了，所以我剛剛通知父親自己晚上會出席，他覺得這是正確的決定。你的姊姊會陪著你，我的愛，我很放心。我知道你不想離開孩子，但我留下毫無幫助。若真發生什麼事，安可以派人來通知我。」

做夫妻通常知道何時爭論無益。根據查爾斯說話的神態，瑪莉知道他是鐵了心要去，怎麼作對也沒用，所以什麼都沒說，等到他走出房間、只有安能聽到她的聲音時才開口說：

「好啦！這下只剩你和我被留下來輪班照顧可憐的小傢伙了，而且整個晚上不會有任何人來看我們。我的命就是這樣！男人只要遇上麻煩就會開溜，而查爾斯就跟所有男人一樣糟。無情透了！我得說他真的有夠無情，竟然就這樣丟下可憐的兒子跑了，還敢侃侃談論孩子復原得有多好！孩子就算此刻好好的，他怎麼能確定過半小時後情況會否急轉直下？真沒想到查爾斯這麼無情。好啦，現在他自己去享樂，就因為我是可憐的母親，所以哪裡都去不成，但我敢說我比任何人都不適合在此顧孩子。就因為我是母親，若孩子出問題情緒才更承受不住。你就見到我昨天有多歇斯底里了。」

「那只是因為突然受到驚嚇的打擊罷了。你不會再歇斯底里了。我敢說今晚不會有什麼令人煩憂的事。我非常清楚羅賓森醫生的指示，也不擔心。而且瑪莉，我實在無法質疑你丈夫，養育孩子確實不是男人的工作，那不是他們的天職。傷病的孩子屬於母親，通常也都是因為母性使然。」

「真希望我跟其他母親一樣喜愛小孩，但此刻我在這裡完全沒有比查爾斯有用多少。孩子受傷，我也無法責罵或管束他。你今早也看到了，只要我叫他安靜，他就一陣亂踢。我真的無法承受這種場面。」

「但要是整晚不待在兒子身邊，你可以放心嗎？」

「可以。你瞧他爸爸就可以，我有什麼不行？潔蜜瑪做事夠仔細了！她還能每小時向我們回報孩子的狀況。我真的覺得查爾斯乾脆知會人宅我們會一起赴約，反正我現在不比他更擔心小查爾斯。我昨天是真的恐慌，而今天情況不同了。」

「好吧，如果你覺得現在通知大宅那方不算太遲，就跟你丈夫一起去吧。小查爾斯留給我照顧就好。有我陪著他，穆斯格羅夫先生與太太也不至於見怪。」

「此話當真？」瑪莉眼睛一亮，大聲嚷嚷起來，「老天！這想法真不錯，實在不錯。其實我去不去都沒差，但反正待在家也沒用，是吧？徒增煩惱罷了。你還沒當媽的感受，最適合照顧孩子，而且你控制得了小查爾斯，他什麼都聽你的。有你在比潔蜜瑪獨自照顧他好太多了。噢！這下我一定要赴會。我知道只要走得開就該去，他們非常希望查爾斯和我兩人能認識一下溫沃斯上校，我知道你也不介意留下。這主意真好呀，安。我現在就去告訴查爾斯，然後直接準備出發。如果發生什麼狀況，你知道隨時都能派人前來大宅通知我們，但我敢說沒有任何事值得擔憂。要不是對親愛的孩子如此放心，我是絕不會離開的。」

接著她馬上敲了丈夫更衣室的門，跟著上樓的安剛好聽見整段對話，一開始是瑪莉狂喜地說：

「我打算跟你一起去，查爾斯，反正我在家跟你一樣沒幫助。就算我把自己和孩子一起關在家裡，也無法說服他做出任何不樂意的事。安會留下，她主動提議擔下在家顧孩子的工作，所以我會跟你一起出席。這麼安排好多了，畢竟我打從週二開始就沒在大宅用過晚餐了。」

她丈夫回答：「安太好了，我很開心有你一起赴會，但把她留下看護我們受傷的孩子，似乎有點說不過去。」

此時安已走近，開始說明自己的立場，也誠懇地說服了妹夫。安的姿態宜人，他終於不再因為把她留下而良心不安，不過仍堅持等到孩子就寢休息後，安能前來大宅加入大家，也主動親切地提議回來接安過去；但她沒被說服。事情就這麼定了。她隨即開心地目送兩人興致高昂地赴會，無論背後的原因多麼古怪，她總之希望兩人去了很開心。至於她自己呢，被獨自留下或許反而比其它時候更加自在。她知道小查爾斯非常需要自己，就算菲德瑞克．溫沃斯在距離只有半英里處把其他人迷得神魂顛倒，那又與她何干？

安其實想知道他對兩人見面有什麼想法？或許只要當下情況允許，他會表現淡漠，總之不是淡漠就是嫌惡吧，畢竟若真想再見到她，用不著等到現在。當初兩人唯一無法結婚的原因，就是他還缺乏獨立生活的資本，若換作安，她早在累積足夠財富名聲時就會想辦法再續前緣。

她的妹夫與妹妹回來時心情愉悅，不只因為認識了新朋友，也因為確實過了精彩的一晚。那是個充滿音樂、歌聲及談笑的夜晚，一切都舒適宜人。溫沃斯上校舉止迷人，一點也不畏縮或有所保留，和大家彷彿早已相交多年，隔天早上還要來和查爾斯一起打獵。一開始有人提議溫沃斯上校可以先來別墅用早餐，隨即又被熱烈邀請到大宅享用早餐，再加上小查爾斯的傷勢，他很怕去別墅會給查爾斯．穆斯格羅夫太太添麻煩。因此不知怎麼地，最後查爾斯得到父親的大宅與溫沃斯上校一起用早餐。

安明白了。他是想避開自己。她後來發現溫沃斯上校曾簡單問起自己，彷彿兩人之前僅是稍有交情。他之所以做出與安類似的舉動，似乎同樣是為了避免日後被當作陌生人彼此引介的尷尬場面。

別墅的晨間作息向來比大宅晚，隔天早上的差異更是明顯。瑪莉和安剛要開始用早餐，查爾斯就進屋表示準備出發打獵，回來是為了帶狗，而他的兩個妹妹正跟著溫沃斯上校在前來別墅的路上。兩位小姐是打算來探望瑪莉跟孩子，溫沃斯上校則表示如果方便的話，他也想來拜會女主人幾分鐘。查爾斯已經表示孩子的狀況沒什麼不方便，溫沃斯上校還是希望他先回來知會一聲。

瑪莉因為受到禮遇而無比得意，高興地準備接待上校，安的內心卻是百轉千迴，唯一值得慶幸的是會面時間很快就結束，而確實也結束得很快。就在查爾斯回來準備兩分鐘後，另外一行人隨即抵達客廳。兩人的眼神瞬間交會而過，接著就是行禮如儀：男的鞠躬，女的行屈膝禮。她聽見他先是跟瑪莉說了所有得體的問候，再跟兩位穆斯格羅夫小姐輕鬆交談，足以顯見彼此關係熟稔。整個房間感覺好擠，塞滿了人與各種話語，又在幾分鐘內結束。查爾斯出現在窗邊，一切準備就緒，訪客於是行禮後離開，穆斯格羅夫小姐也突然決定步行送兩位遊獵者到村口。房內突然又清靜下來，安終於可以好好享用早餐。

「結束了！結束了！」她不停在心中告訴自己，既緊張又心懷感激。「最糟的時刻已經過去了！」

瑪莉說了些什麼，她充耳不聞。她見到他了。他們相遇了。他們又再次共處一室了！

但她很快要求自己理性以對，努力不那麼多愁善感。八年呀，自從兩人放棄那段感情之後，八年多過去了。時光流逝，過往的激動情緒早已被沖刷地幽遠不清，此刻重拾那份心情又是多麼荒謬！八年太長，什麼都可能發生吧？其中勢必涉及各式各樣的改變、流離與調動，忘懷過往想必也是自然！八年幾乎是安三分之一的人生時光呀。

哎呀！她是如此努力與自己講理，卻發現內心仍舊依戀，就算八年也無法沖淡這份情感。

那麼她又該如何解讀他的心思？他是想避開她嗎？隨即恨起自己提出這種傻問題。

另外還有個問題，任憑她再有智慧都壓抑不了，不過很快就獲得解答。兩位穆斯格羅夫小姐從別墅離開後，瑪莉說的話等於直接給了答案：

「安，溫沃斯上校對我諸般禮遇，對你卻不是很殷勤。剛剛那一行人離開後，亨莉耶塔有問他對你怎麼想，他說『她變了很多，跟我記憶中的安不同。』」

瑪莉向來不懂尊重姊姊的心情，不過這次確實是無意間掀開舊傷。

「變得跟他記憶中不同！」安無法反駁，只能羞愧不語。情況無疑是如此，而她無從反擊。他根本沒變，至少沒往糟糕的方向改變。她早已明白自身衰老，現在也不可能改變想法，就隨他看待吧。八年時光摧毀了她青春芳華，卻只讓他更加容光煥發、氣宇軒昂又落落大方，各種優點都沒有絲毫減損。她眼前出現的確實是跟記憶中一樣的菲德瑞克．溫沃斯。

「變得跟他記憶中的安完全不同！」她無法將這句話趕出腦中，隨即又因為聽到他這麼說感到欣喜。這話令人清醒，也能緩和躁動的心情，甚至能幫助她在冷靜後開心起來。

菲德瑞克確實說了類似的話，卻絕沒想到會傳到安的耳裡。他確實覺得她憔悴不少，才會在被問及時立刻說出內心想法。他始終沒有原諒安．艾略特。她拋棄了他，這番虧待使他失望，更糟的是，是她的軟弱造就這般結果，而這是果決又有自信的他無法容忍之事。她順從別人的指示放棄這門婚事，完全是被強力勸服後作出的決定，也是她的懦弱與膽怯造就的後果。

他曾如此依戀她，之後也沒見過能與她媲美的女子，但除了人人都有的好奇心之外，他沒有想再見到她的欲望。她再也無法迷惑他了。

他現在的目標就是成家。他變得富有，又已被調派回岸上，只要有合適對象就想定下來，便四處物色，希望靠著清楚的頭腦及敏銳的品味迅速陷入愛河。他對兩位穆斯格羅夫小姐都有情意，就看她們怎麼回應；簡而言之，只要不是安．艾略特，任何對他有意又討喜的年輕女性，都能讓他獻上情意。

「是的，索菲亞，我已淪落至此，準備締結一門荒唐的親事。任何年齡介於十五到三十歲的女性都行，只要有點姿色、不至於不苟言笑，還能對海軍有幾句好話，我就願意拜倒在對方裙下。我是個海員，缺乏跟女性往來的機會，無法挑三揀四，這些條件應該就夠了吧？」

他姊姊知道他希望別人反駁這番話，畢竟他的眼神明亮中帶有傲氣，得意洋洋地確信自己有挑剔對象的條件。她也清楚他尚未忘懷安．艾略特，因為之後認真描述理想女性的特質時，他在開頭與結尾都提及「性格堅毅卻又甜美溫柔」。

他說：「這就是我想要的女人，稍微遜色一點還能接受，但不能差太多。若要說傻，我還真是夠傻的，畢竟我比大多數男人花了更多時間思考這個問題。」

8

自此之後，溫沃斯上校就常跟安出現在同樣場合，既然小查爾斯復原狀況良好，身為阿姨的安再也沒有缺席理由，兩人很快就在穆斯格羅夫先生家一同用餐。這還只是後續其它晚宴或聚會的開端而已。

兩人之間能否再續前緣尚待驗證，但過往時光想必仍留存於各自心中，他們無法不在話語間陷入回憶。當溫沃斯上校在對話中描述或形容某些小事時，也無法避免地提及兩人訂婚的年份。就在兩人同桌用餐的第一晚，他的職業與性情讓他足以自然說出「**那件事**就發生在一八〇六年」或者「**那件事**就發生在一八〇六年出海之前。」他的聲音沒有顫抖，她也無法證明他說話時眼神曾經飄向自己，但根據她的了解，他勢必跟她一樣被勾起過往回憶。就算感受到的痛苦勢必不如她，他也一定在提起那個年份時出現跟她一樣的聯想。

他們始終沒有交談，互動僅止於符合基本禮儀需求。他們曾對彼此多麼重要！現在卻形同陌路！如果是在之前，就算是在厄波克羅斯此地擠滿人的會客廳，他們也會無法克制地熱切交談。或許除了克勞夫特夫妻看來擁有如膠似漆的快樂關係（就算是已婚伴侶，安也找不到其它例子了），再也找不到比他們更心有靈犀、品味相近、情投意合，而且愛意全寫在臉上的伴侶了，但現在他們形同陌路，不，比那更糟，真正的陌生人至少還能熟稔起來，而他們只能永遠保持如此疏遠的關係。

上校說話的時候，安聽見了與過往相同的聲音，也察覺到類似心境。宴會中的大夥對海軍相關事務一無所知，頻頻向他發問，尤其是兩位穆斯格羅夫小姐。她們的雙眼幾乎從未離開上校，不停詢問船上的生活方式，包括日常規範、食物及作息等等，發現有關住宿及生活的各項安排竟如此完備時深感訝異，逗得上校揶揄了幾句。安不禁想起自己也曾如此無知，同樣被上校取笑不會以為海員都沒食物吃、沒廚師備餐、沒僕人伺候，甚至連刀叉都沒得用吧[30]？

安正這麼聽著想著，突然被一陣低語奪走注意力，原來是穆斯格羅夫太太一陣哀痛難忍，情不自禁地開口，

「啊！安小姐，如果老天慈悲，饒我可憐的兒子活命，我敢保證此刻他也能如同上將一般優秀。」

安壓抑笑出來的衝動，仁慈安靜地聆聽，穆斯格羅夫太太說完似乎心情也舒坦了一些。不過就在那幾分鐘，安沒跟上他人說話的內容，等終於能將注意力放回眾人身上，她發現兩位穆斯格羅夫小姐拿來了海軍名冊（是她們自己的收藏，厄波克羅斯至今也只有這一本），坐下仔細翻閱，聲稱要找到溫沃斯上校曾指揮過的艦艇名稱。

「我記得你指揮的第一艘是艾斯普號，我們就來找艾斯普號。」

「你在這本裡頭找不到的，那艘船太過老舊，不堪使用了，我是她的最後一任指揮官。當

時據報告指出，艾斯普號幾乎應該除役，但還能在本國海域服役一、兩年。所以我後來就被派去西印度群島[31]了。」

兩位穆斯格羅夫小姐一臉驚奇地聽著。

上校繼續說：「海軍部[32]偶爾會把數百人送上破舊不堪的船隻出海，並以此為樂，反正得供養的海員太多，其中至少有數以千計的傢伙死不足惜，至於哪些傢伙死在海底最沒人在意，他們也沒分辨的心力。」

上將大叫：「好了！好了！你這年輕人在胡說什麼！艾斯普號在當時可是頂尖的炮艦，其它老炮艦沒一艘比得上，能指揮她的傢伙可說幸運極了！你當時就知道至少有超過二十名更優秀的軍官申請指揮，就憑你那點人脈，能一路迅速往上爬算你幸運。」

溫沃斯上校認真回答：「我當然明白自己運氣好，上將，正如你所想，我對自己有機會被派任為艦長極為滿意。我當時最重要的目標就是出海，真的是很重要的目標。我想要有所成

30 皇家海軍的生活環境在十八世紀時大幅提升，到了珍．奧斯汀的年代，船長已經享有獨立舒適的空間，擁有僕從服侍，也能常與軍官舉行晚宴。

31 西印度群島（West Indies）：泛指南北美洲之間海域中的島嶼群。由於英、法在此皆有殖民地，在此地亦有發生戰事。

32 海軍部（Admiralty，全名為Office of the Admiralty and Marine Affairs）：一七〇九年至一九六四年間負責指揮英格蘭（以及後來的大不列顛、聯合王國、大英帝國）的皇家海軍。

就。」

「這是當然，像你這樣的年輕人如果沒有家室，留在岸上半年有何意義？一定會很想回到海上的。」

路易莎嚷嚷：「但溫沃斯上校，你一上船就發現艾斯普號如此老舊，不知有多氣惱。」

他微笑著說：「我在上船前就很清楚艾斯普號的船況，親眼看到時並不意外。正如一件毛皮長風衣，你打從有記憶以來就已見身邊大半友人穿過，然後某天濕冷無比，終於輪到你借來穿了，屆時你早已掌握風衣的款式及性能了。啊！我親愛的老艾斯普號呀！她成全我的一切。我對她有信心。我知道我們不是一起命喪海底，就是能夠飛黃騰達。我搭乘她出海時從未連兩天遇上壞天氣，也曾一起愉快地拿下不少私掠船[33]，隔年秋天返家的路上，我又幸運地遇上早想拿下的法蘭西巡防艦，並成功將其帶回普利茅斯港[34]。接著又很幸運地，我們才從英吉利海峽開進海灣不到六小時，就颳起四天四夜的狂風，如果老艾斯普號還在海上大概撐不過兩天，更何況我們才剛跟『偉大的法蘭西』交手，船況更不比平常。因此，或許只需要二十四小時，我就會成為報紙角落訃聞中的『英勇的溫沃斯上校』，而且死時指揮的只是一艘炮艦，根本不會有人記得我。」

聽了他與死亡擦身而過的故事，安的內心不禁顫慄，兩位穆斯格羅夫小姐倒是真摯又直爽地發出憐憫及恐懼的驚呼。

「然後大約是此時，我猜想，」穆斯格羅夫太太彷彿自言自語般低沉地說道，「此時他登上拉寇尼亞號，遇上我可憐的兒子，對了，我親愛的查爾斯，」她呼喚查爾斯過來，「問問溫沃斯上校是何時見到你那位可憐的弟弟。我老是記不得。」

「這事我記得，母親，是在直布羅陀[35]。迪克因為生病被留在直布羅陀，身上帶著前任艦長寫給溫沃斯上校的信。」

「噢！不過，查爾斯，告訴溫沃斯上校，在我面前可以毫無顧忌地提起可憐的迪克。能聽到他被這麼一位好朋友談起實在愉快。」

查爾斯察覺轉達的後果可能不妙，只是點點頭就離開了。

此時兩位小姐已在名冊上搜尋拉寇尼亞號，而為了省去麻煩，溫沃斯上校決定直接替她們翻找，同時享受將名冊拿在手中的快樂。他大聲讀出拉寇尼亞號的敘述，包括名字、等級，目前暫不服役的狀態，接著仔細觀察那艘船，彷彿她是男人能擁有的最佳友伴之一。

「啊！有拉寇尼亞號相伴的日子實在愉快！我靠著她迅速賺了不少錢！我曾和一名友人一同快樂地在西部群島[36]巡航，姊姊，就是那位可憐的哈維爾呀。你知道他多需要錢，比我缺錢多了，畢竟還有一位妻子。多棒的一個傢伙呀！我永遠忘不了他得到財富的快樂，完全是為了

---

33 私掠船（privateer）：獲政府授權，在戰時攻擊、掠奪敵方商船的武裝民船。
34 普利茅斯港（Plymouth）是位於英格蘭西南端德文郡（Devon）的海港。
35 直布羅陀（Gibraltar）：英國位於西班牙南端的海外領土，是掌控直布羅陀海峽的要塞。

妻子著想。隔年夏天我在地中海又走運了，真希望他也能跟我一起。」

穆斯格羅夫太太說：「而我很確定，上校，你成為拉寇尼亞艦長那天，也是我們走運的日子。我們永遠不會忘記你的恩惠。」

她的語調仍因受到情緒影響顯得低沉，溫沃斯上校沒聽清楚，腦中八成也完全沒想起迪克，因此一臉疑惑地期待有人繼續講下去。

其中一位小姐輕聲說：「我的哥哥，媽媽想起可憐的李察哥哥了。」

穆斯格羅夫太太繼續說：「我可憐的孩子！因為你的照看，他變得踏實，也常好好寫信回家！啊！如果他從未離開你就太令人開心了。我向你保證，溫沃斯上校，我們都很遺憾他離開了你。」

溫沃斯上校聽了臉上瞬間出現某種神情，明亮雙眼閃現特定光芒，漂亮嘴唇也隨之抿起，安看了立刻確信，面對穆斯格羅夫太太熱切的心願，溫沃斯上校並無同感；事實上，或許他巴不得擺脫她兒子呢。但這種自我調侃的表情轉瞬即逝，不像安那麼了解溫沃斯上校的人根本無從察覺。才一會兒他就完全鎮定下來，表情嚴肅地走向安與穆斯格羅夫太太坐著的沙發，坐在後者身旁低聲與她談起兒子的事，自然展現無比憐憫的優雅神態，並致上最誠懇的關懷。畢竟對於失去孩子的家長而言，痛苦如此真實，毫無荒唐的元素可言。

穆斯格羅夫太太剛剛挪了位置給溫沃斯上校，這下他與安坐在同一張沙發上，中間只隔著穆斯格羅夫太太。這確實是個不小的障礙。穆斯格羅夫太太體態結實，天生就適合表現歡快及好幽默感，不善長表達溫柔敏感的情懷。拜此體型所賜，安表現於瘦弱身形及憂傷臉孔的躁動不安全然得到掩護。至於另一側，溫沃斯上校的自制表現值得稱許，儘管迪克生前根本沒人在乎他的死活，他仍耐心傾聽她哀聲嘆氣地訴說可憐兒子的命運。

體型與內心的哀傷程度不必然成正比，就算是體型粗壯的人，也跟世上四肢最靈巧的人同樣有權深陷悲苦。但無論公平與否，人們常有這類不適當的聯想，即便品味上令人難以容忍，卻往往連理智也起不了作用，就是忍不住要奚落一番。

克勞夫特上將為了提神，雙手交握背後繞了房內兩、三圈，隨即被妻子以禮貌為由制止。此刻他走向溫沃斯上校，也沒管可能打斷什麼話題，就逕自聊了起來，

「如果你去年春天晚一週到里斯本，菲德瑞克，就能送馬麗．葛里爾森小姐及她的女兒一程了。」

「是嗎？那我很慶幸沒有多待一週。」

上將責備他缺乏騎士精神，他則辯解，除了一般數小時就會結束的舞會或參訪，他向來不讓女性登船。

他說：「但我清楚自己在做什麼，跟缺乏騎士精神無關，而是無論多麼犧牲奉獻，我都不

---

36 西部群島（West Islands）：應是指位於北大西洋的亞速群島（Azores）。奧斯汀服役於海軍的兄長法蘭西斯（Francis Austen）曾於一八一二年巡航此地。

可能讓女性在船上享受應有的住宿品質。上將啊，我所做的無非是希望女性在各方面過得**更加**舒適，這絕對稱不上缺乏騎士精神。我痛恨聽說或目睹女人上船，只要在我的指揮下，我盡可能不把太太小姐載送到任何地方。」

這下子他姊姊可要反駁了。

「噢，菲德瑞克！真不敢相信你會這麼說，根本是無謂的清高姿態！女性在船上也能跟住在英格蘭的頂尖宅邸內一樣舒適。我自認在船上生活的時間不比大多女性短，沒有任何地方能超越戰艦上的住宿條件。我敢宣稱即便在凱林奇府，」她對安親切地點點頭，「生活都沒有比在船上來得更為縱情舒適。我可是在五艘船上住過啊。」

她的弟弟回應：「這話說的不中肯，你是跟丈夫同住，而且是船上唯一的女性。」

「但你自己不也曾將哈維爾太太及她的妹妹、表妹和三個小孩從樸茨茅斯[37]送到普利茅斯？這極佳的騎士精神又是怎麼說？」

「全是基於友情呀，索菲亞，我一定會盡量為弟兄的妻子提供協助，只要哈維爾有需求，就算是世界盡頭，我也願意為他將任何東西帶來。但不代表我樂意見到女性登船。」

「放心吧，她們在船上一定過得很舒適。」

「即便如此，我大概也不會更樂意見到她們登船。這麼多女性和孩子在船上無法得到舒適生活的應有**權利**。」

「我親愛的菲德瑞克，這實在是漂亮的空話。我們這些海員的妻子已經夠可憐了，總得一個港口又一個港口地追趕丈夫，如果每個艦長都有你這種想法，我們可該怎麼辦？」

「所以你瞧，儘管不樂意，我不是仍把哈維爾太太和她的家人送到普利茅斯了嗎？」

「但我還是不喜歡聽你一派高貴紳士的論調，言談間淨把女人當作高貴淑女，而不是通情達理的物種[38]。我們女人可沒指望在海上的生活能夠日日順遂。」

「啊，親愛的！」上將開口了，「這人娶妻後想法就會變了。他婚後如果有幸活到下一場戰爭，就會過著跟你我及其他夫妻一樣的生活。到時候面對把妻子帶到他身邊的艦長，我們一定要提醒他心懷感激。」

「哎呀，這是當然。」

「這下我無話可說，」溫沃斯上校嚷嚷著，「每次只要已婚人士開始以『噢，你婚後想法一定不同』來攻擊我，我也只能說『不，我不會，』接著他們又會說『會，一定會，』然後誰也講不下去了。」

他起身離開。

穆斯格羅夫太太對克勞夫特太太說：「你的旅行經歷一定很豐富吧，夫人！」

---

37 樸茨茅斯（Portsmouth）是當時皇家海軍的母港，孕育海軍軍官的皇家海軍學院亦設於此處。

38 當時的社會文化傾向將女性歸類為「感性柔弱、富同情心、容易流淚、歇斯底里」，與理性（rational）搭不上邊的物種，顯然奧斯汀有意對抗這種對女性的刻板偏見。

「還算不錯吧，夫人，雖然一定有許多女性的閱歷比我豐富，但我結婚也有十五年，曾經橫渡大西洋四次，還去過東印度[39]一次，其它時間去的都是離英國較近的科克、里斯本、直布羅陀等地，但從未跨越佛羅里達海峽，也沒去過西印度群島；你也知道，我們不把百慕達或巴哈馬稱作西印度群島。」

穆斯格羅夫太太提不出任何異議，畢竟她這輩子連把這些地方叫錯的機會都沒有。

「而且我向你保證，夫人，」克勞夫特太太繼續解釋，「沒有比戰艦住起來更舒服的地方了，當然，我說的是高級戰艦，如果是巡洋艦當然會感覺侷促一些，不過仍足以讓講理的女性滿意了。我可以有把握地說，我生平最幸福的時光都是在船上度過的。只要和丈夫在一起我就一無所懼。感謝老天！我的身體一直很健康，各種氣候都能適應。當然，出海的頭二十四小時會有點不適，但之後就連何謂生病都不知道了。我唯一感到身心受苦的一次，就是獨自搭船到迪爾港[40]的冬天，當時上將（當時是克勞夫特上校）人在北海，只有那次我幻想自己生了病，甚至有性命危險。當時的我無時無刻處於恐慌之中，不知如何自處，也不知何時能得到他的消息，於是開始幻想身體出了各種毛病。但只要我們待在一起，我就百毒不侵，也不覺得住在船上有絲毫不便。」

穆斯格羅夫太太由衷回應：「確實，此言不虛，是的，真是如此，我相當同意你的說法，克勞夫特太太，沒有比分離更糟糕的事了。我相當同意。**我**知道那是什麼感受，每次穆斯格羅夫先生參與巡迴法庭的審判工作[41]，只要能見到他平安結束工作回來，我都高興不已呢。」

這個夜晚就在大家的舞姿中結束了。當有人提議跳舞時，安一如往常地為大家彈琴，雖然坐在鋼琴前偶爾因為觸景傷情而眼眶泛淚，她還是很高興能為大家服務，而且絲毫不求回報，只求不惹注目。

那是一場歡樂愉快的宴會，溫沃斯上校的興致尤其高昂。根據安的觀察，有了大家的關注與敬重，他的心情自然感到振奮，尤其又得到現場所有年輕小姐的愛戴。海特家來了兩位姊妹，也就是之前提過愛參與宴會的表親，從頭到尾都露出能被他青睞是何其榮幸的模樣，亨莉耶塔和路易莎的眼裡也只有他，不過兩人舉止得宜，絲毫不讓人覺得是情場對手。溫沃斯上校既然受到大家的一致敬愛，就算有點得意忘形也不奇怪。

安機械化地彈奏了半小時，腦中斷續跑著以上思緒，跟以往一樣心不在焉卻從未出錯。**有一次**，她感覺到溫沃斯上校的視線，或許是在觀察她衰老的容顏，試圖在一片廢墟中尋找曾使他神魂顛倒的殘跡。又**有一次**，安知道溫沃斯上校一定是在談論自己，她一開始幾乎沒有察覺，但聽到他人回應之後，確定溫沃斯上校一定是在問「艾略特小姐從來不跳舞嗎？」因為那人是這樣答的：「噢！不，她從來不跳舞，差不多算是放棄了。她寧願彈琴，而且從不感到厭

---

39 東印度：即今日東南亞地區的泛稱。
40 迪爾港（Deal）位於肯特郡（Kent）沿岸。
41 英國最高法院會定期到各鄉鎮巡迴進行刑事與民事的審判作業。

倦。」他還跟她說了一次話。當時大家不再跳舞，安離開鋼琴，溫沃斯上校於是坐下，一邊彈奏一邊向兩位穆斯格羅夫小姐解釋某段曲調，結果安無意間折返，他一見到立刻起身，故作禮貌地說：

「不好意思，小姐，您請坐。」雖然她立刻斷然拒絕後退開，他卻怎麼樣也不願再坐下了。

安不想再見到他這樣的態度與言語。這種淡漠的行禮如儀及故作優雅比什麼都糟糕。

9

對於溫沃斯上校而言，造訪凱林奇府就像回家，不但想待多久都可以，身為克勞夫特上將的妻舅，他還被當作親兄弟對待。他本來打算一抵達凱林奇府就先去什洛普郡[42]拜訪定居在那裡的哥哥，但厄波克羅斯的盛情實在誘人，他於是決定延後行程。厄波克羅斯的人們如此友善、對他推崇備至，一切禮遇都讓他心醉神迷：長者好客、年輕人可親，他又情不自禁地決定多留一些時日，打算晚點再去領教艾德華那位完美妻子的魅力。

很快的他就幾乎天天跑去厄波克羅斯報到。穆斯格羅夫一家樂意邀請他，他更樂於上門，尤其他在凱林奇府的白天沒伴，上將與太太通常會去散步巡視他們的新物產，包括那些綠地與羊群，而閒晃速度慢到旁人無法忍受；又或者他們會搭乘新買的輕便雙輪馬車[43]出遊。

直到目前為止，穆斯格羅夫一家及周遭親友對溫沃斯上校的看法始終如一，面對他的態度永遠充滿熱情與敬意，但這種親密關係才建立沒多久，有位查爾斯·海特回到了厄波克羅斯。

---

42 什洛普郡（Shopshire）位於英格蘭西部，靠近威爾斯。

43 輕便雙輪馬車（gig）：一款雙輪雙座的輕便馬車。

他對這種情況深感不安，認為溫沃斯上校極為礙事。

兩位穆斯格羅夫小姐的表兄弟姊妹中，查爾斯．海特年紀最大，是名個性討喜的年輕人，在溫沃斯上校出現之前，大家都能看出他和亨莉耶塔之間愛意濃厚。他是神職人員，雖然在本地擔任助理牧師，但因為無須定居教區，目前住在距離厄波克羅斯僅兩英里的父親家。現在正是兩人情感加溫的關鍵時刻，他離家時間不長，不過一時沒守著自己心愛之人，回來就痛苦地發現情勢丕變，面對溫沃斯上校時更是氣惱。

穆斯格羅夫太太跟海特太太是姊妹，兩人都有錢，但因為結婚對象不同，此後享受的物質生活也有所差距。海特先生是有一些財產，但跟穆斯格羅夫先生相比不算什麼。穆斯格羅夫一家在當地社會地位最高，相比之下，海特家地位低落，父母又過著粗樸的隱居生活，再加上海特家年輕人的教育程度普遍不高，全托穆斯格羅夫家的福才有辦法打入社交圈。不過海特家這位長子例外，他努力成為一位知識淵博的紳士[44]，無論教養或舉止都比他人優秀許多。

這兩家關係向來不錯，一方不驕傲，另一方也不忌妒，只有穆斯格羅夫家兩位小姐自視較高，但也樂於為表親拉抬身分。亨莉耶塔的父母早已注意到查爾斯．海特對女兒的情意，但沒有反對的意思，「這門婚事是有點委屈她，但只要亨莉耶塔喜歡就好，」而亨莉耶塔似乎也**真的**喜歡他。

亨莉耶塔之前確實有意，但打從見過溫沃斯上校，她就把查爾斯表哥拋到腦後了。

根據安的觀察，目前還很難確定溫沃斯上校比較喜歡哪位穆斯格羅夫小姐。亨莉耶塔或許比較美，但路易莎更有活力，此外，她也不確定**現在**的他比較容易受到溫柔的女性吸引，還是更屬意活潑的女性。

至於穆斯格羅夫先生與太太不知道是觀察力太差，還是完全信賴女兒及身邊年輕男子的自制力，總之似乎任由事態自然發展，既不掛心也不評論；然而別墅這裡的情況就不同了：這對年輕夫妻總在多方揣測，因此，明明溫沃斯上校才跟兩位穆斯格羅夫小姐見過四、五次面，查爾斯．海特也才剛返家，安就得一天到晚聽妹妹與妹夫討論究竟**哪位**女子較受青睞。查爾斯認為是路易莎，瑪莉認為是亨莉耶塔，不過兩人一致樂見溫沃斯上校與任何一位結婚。

查爾斯表示，「我生平真沒見過比溫沃斯上校更討喜的人。根據他的描述，我確定他在戰爭中至少賺進兩萬英鎊[45]。這錢賺得真快，更別提之後還有機會靠著戰爭繼續發財。此外我也敢斷定，溫沃斯上校無疑有在海軍中出人頭地的能力。噢！無論對哪位姊妹而言，這都是一門極好的婚事。」

瑪莉回答：「我保證絕對沒問題，老天呀！他想必會一路官運亨通！想必也會受封為從男

---

44 根據故事中的線索，可以推斷查爾斯．海特一定曾就讀牛津或劍橋大學（那個年代的英國只有這兩所大學），因為當時幾乎只有讀過大學的人才能擔任神職人員。

45 兩萬英鎊若全數置產，至少有一千英鎊的年息收入（以百分之五計），以一般的受薪階級（牧師、律師、軍人）來說，算是相當富裕，但仍然不比家有恆產的地主仕紳。

爵吧！『溫沃斯夫人』多好聽呀，確實能讓亨莉耶塔身分尊貴起來！不過這樣她就會取代我的地位了[46]，亨莉耶塔想必很樂意吧。菲德瑞克爵士和溫沃斯夫人！算了，不過就是新封的爵位，我向來不把這些晚近才封爵的人當一回事。」

瑪莉不喜歡查爾斯．海特，也不希望他的癡人說夢成真，所以寧願亨莉耶塔被溫沃斯上校看上。她向來看不起海特一家，如果兩家因為結為親家變得更親近，對她或她的孩子而言都是悲慘至極的事。

她說：「是這樣的，我完全不覺得他配得上亨莉耶塔。穆斯格羅夫家結過不少尊貴的親家，她實在沒必要糟蹋自己。我認為家族中的年輕女性無權做出讓主要成員反對或困擾的決定，甚至迫使他們與地位低賤的家族結為姻親。而且，我請問一下，查爾斯．海特算得上什麼人物？不過就是地方的助理牧師罷了，想跟厄波克羅斯的穆斯格羅夫小姐成婚實在太不得體。」

但她丈夫可不同意，首先他敬重這位表哥，再者，查爾斯．海特跟他一樣是長子，他是從長子的角度進行分析。

丈夫這麼回應：「你是在胡說八道，瑪莉，雖然這不是對亨莉耶塔最棒的婚事，但查爾斯很有機會透過史派瑟一家從主教那兒撈到好處；而且別忘記他是長子，等我姨丈死了，他會繼承一筆豐厚的家產。溫斯洛普那塊地至少也有兩百五十英畝[47]，位於湯頓城附近的農場也是本郡最好的土地之一。我同意你說的，海特家其他人完全配不上亨莉耶塔，這事也確實不該發生，唯一可接受的只有查爾斯．海特，而他是一名天性良善的好人，一旦繼承溫斯洛普那塊地，他一定會掃除家族的舊氣象，所有人的生活風格也會跟現在大不相同。有了那塊地的他絕不可小覷，畢竟他繼承的都是完全擁有地[48]。不、不，亨莉耶塔很難找到比查爾斯．海特更好的對象了，如果他們結婚，路易莎就能得到溫沃斯上校。這結果太令人滿意了。」

「查爾斯想怎麼說都行，」一等查爾斯走出房間，瑪莉就對安嚷嚷起來，「但亨莉耶塔要是跟查爾斯．海特結婚還能看嗎，於**她**是件慘事，於**我**更是大有壞處，真希望溫沃斯上校趕快讓亨莉耶塔忘掉那個傢伙，我相信他也幾乎成功了。亨莉耶塔昨天幾乎沒怎麼搭理查爾斯．海特，真希望你昨天能在現場親眼目睹。至於說溫沃斯上校同樣喜歡路易莎和亨莉耶塔，那完全是胡說，他對亨莉耶塔的好感一定遠勝於路易莎。但查爾斯說得可信誓旦旦呢。真希望你昨天能在場為我們裁定勝負，除非是打定主意跟我作對，不然你一定跟我有同感。」

昨天晚上大宅舉行了晚宴，安本來有機會出席並目睹以上一切，但她有些頭痛，小查爾斯的傷勢又輕微惡化，所以她主動表示希望待在家裡。她本來只是為了避免與溫沃斯上校見面，沒想到還逃過擔任裁判，更讓這寧靜的一晚價值連城。

---

46 從男爵妻子的地位比從男爵女兒來得高。
47 兩百五十英畝約等於一平方公里（相當於四座大安森林公園的面積）。
48 完全擁有地：能夠終生擁有而非透過租賃取得的地產。

至於溫沃斯上校，根據安的想法，他究竟比較喜歡亨莉耶塔或路易莎都還是次要問題，重要的是，他該趕緊拿定主意，以免影響任何一位女孩的幸福，或者因此損害自己的名聲。反正無論哪位都能成為他溫柔多情的妻子。至於查爾斯．海特，安個性敏感，知道亨莉耶塔毫無惡意，只是行為輕率，並為此感到痛苦，也同情查爾斯．海特受到的折磨。若是亨莉耶塔發現自己改變心意，真應該盡快讓對方知道才好。

查爾斯．海特因為表妹的冷淡表現深感憂慮又屈辱不堪。兩人之間的情意由來已久，不可能就此形同陌路，更何況最近才見過兩次面，他不該就這樣放棄一路以來懷抱的希望，也還沒絕望到非得離開厄波克羅斯不可。不過溫沃斯上校的出現確實值得警惕，畢竟他正是情勢丕變的原因。查爾斯．海特才離開兩星期，兩人告別時，他還因為亨莉耶塔關心自己的未來感到滿意。她一心希望查爾斯．海特趕快放棄目前的助理牧師職位，回到厄波克羅斯擔任助理牧師。當時亨莉耶塔打的算盤是這樣：四十多年來，當地牧師雪利博士熱心盡責，現在年紀大了，許多工作早已力不從心，應該趕快找一位助理牧師來幫忙；此外，他應該盡可能提供最好的條件，並把這項職缺許諾給查爾斯．海特。若他能在厄波克羅斯擔任助理牧師，就不用到離家六英里的地方工作，還能為本地人敬愛的雪利博士工作。至於他們的好雪利博士，也就不用為了善盡職責疲於奔波，就各方面而言都是利多。這不但是攸關亨莉耶塔未來的改變，就連路易莎也樂見其成。不過這次他回來，哎呀，兩人已對此事完全失去熱情。當查爾斯．海特聊起最近跟雪利博士的對話，路易莎完全沒在聽，淨站在窗邊巴望著溫沃斯上校的到來，就連亨莉耶塔也只是敷衍地回應著，彷彿完全忘記之前因為熱中此事而衍生的種種疑慮。

「啊，我真為你開心，之前就一直確信你會得到這項工作。我從不認為……總之是這樣，雪利博士勢必需要助理牧師，你也確實拿到這份工作了。路易莎，他來了嗎？」

就在安沒出席的那頓晚宴結束沒多久，某天早上，溫沃斯上校走進別墅客廳，眼前只有安和因為行動不方便而躺在沙發上的小查爾斯。

他驚訝地發現自己幾乎與安．艾略特獨處，瞬間失去平日的從容，情急之下只能說出：「我以為兩位穆斯格羅夫小姐在這兒。穆斯格羅夫太太說可以在此找到她們。」之後他立刻走到窗邊調整心態，思考適當的應對方法。

安心中自然也是一陣慌亂，「她們和我妹妹在樓上，我敢說等會兒就下來了。」若不是孩子喊她做某件事，她一定立刻離開現場，解除溫沃斯上校與自己的尷尬窘境。

他仍站在窗邊，聽了只是冷靜有禮地說：「希望孩子身體好些了，」接著又陷入沉默。

安為了滿足小病人的需求必須跪在沙發邊，兩人就這麼沉默了幾分鐘，接著安萬分慶幸地聽到有人穿越小門廊走來，本來以為轉頭會見到別墅主人，出現的卻是對緩和情勢幾乎毫無幫助的傢伙：查爾斯．海特。溫沃斯上校見到安已經夠不開心了，查爾斯．海特見到溫沃斯上校的心情想必也沒好到哪裡去。

她試著緩和氣氛：「你好嗎？坐一下吧。其他人很快就會過來了。」

沒想到溫沃斯上校走了過來，顯然不排斥展開對話，但查爾斯．海特沒打算領情，立刻坐到桌邊拿起報紙來讀。溫沃斯上校只好又走回窗邊。

接著立刻又出現一個人，原來是小查爾斯那位結實莽撞的兩歲弟弟，儘管沒人幫他開門，但他想辦法闖了進來，然後直接跑到沙發邊偵查情況，吵著希望有人能給他一些好東西。

現場沒有食物，他只好找點事來玩。阿姨不讓他戲弄哥哥，他於是決定緊攀在跪在沙發邊的阿姨身上，安忙著照顧小查爾斯，無暇擺脫這孩子，只能又是命令又是懇求，但好說歹說就是沒用。她成功把沃特推開一次，但他只是更興奮地再次跳上去。

安說：「沃特！現在就給我下來。你實在太搗蛋了。我現在很生氣。」

「沃特！」查爾斯．海特也跟著嚷嚷，「你為什麼不聽阿姨的話呢？難道沒聽見她說什麼嗎？過來，沃特，來查爾斯表叔這裡。」

但沃特根本不當一回事。

此時安突然發現背上輕鬆起來，原來有人把孩子抱走了，她的頭之前被孩子壓得老低，這下孩子結實的雙手總算放開她的脖子。她還來不及發現出手的是溫沃斯上校，孩子就已經被帶開了。

這下安實在激動得說不出話來。她無法直接向他道謝，只好心亂如麻地繼續貼身看顧著小查爾斯。他好意上前解圍，但種種作為都十分古怪，比如從頭到尾一聲不吭，把孩子帶開後又只顧著跟孩子嬉鬧，顯然不想聽她道謝，甚至進一步證明不想與她對話的決心。她心亂如麻又激動不安，直到瑪莉和穆斯格羅夫小姐前來照顧小病人、她得以離開現場，心情才終於平復。

此刻她實在是待不住了。她本來可以留在現場觀察四人之間的愛妒糾葛，但被迫放棄這個好機會。查爾斯・海特顯然不打算友善對待溫沃斯上校，她還清楚記得溫沃斯上校剛剛出手幫忙後，查爾斯・海特惱怒地開口：「你應該聽**我**的話才對，沃特，早就叫你別鬧阿姨了。」也能感覺到他後悔自己沒有比溫沃斯上校更早出手。但此刻她對查爾斯・海特或任何其他人的感受毫無興趣，她得先整理好自己的心情。她為自己的緊張表現感到丟臉，竟然一點小事就慌成這樣，但木已成舟，她得獨自反省許久才可能平復。

10

若真要觀察這四人，安有的是機會，因此，儘管才跟四人相處沒多少日子，她對他們之間的關係就有了定見，在別墅中卻明智地選擇保持沉默，因為無論是妹妹或妹夫都不會滿意她的看法。她認為溫沃斯上校比較喜歡路易莎，但若根據過往印象與經驗大膽判斷，他並未愛上姊妹中任何一人。相較之下，兩位穆斯格羅夫小姐還比較愛他，可那種情感又算不上愛，比較接近稍嫌狂熱的崇拜，而最後溫沃斯上校仍可能（或說勢必）愛上其中一位。查爾斯．海特似乎清楚自己被怠慢了，但亨莉耶塔其實有些舉棋不定。安真希望自己有權向大家分析各自的作為，並指出可能為他們招來的噩運。她不認為這四人意圖欺瞞，其中尤其令她滿意的是溫沃斯上校，他並未意識到自己造成了誰的痛苦，舉止間絲毫沒有令人鄙夷的得意神態。他應該從未聽說或想過查爾斯．海特正在追求其中一位小姐，真要說唯一的過錯，就是同時接受（接受這個被動詞彙此處用來確實合適）兩位年輕女子的情意。

然而，經過短暫的掙扎後，查爾斯．海特似乎決定退出戰場，目前已三天沒來厄波克羅斯，情勢可說出現決定性的轉變。他不但拒絕例行的晚宴邀約，還有一次，穆斯格羅夫先生發現他面前擺了幾本厚重大書，於是和妻子斷定苗頭不對，神情凝重地討論他這麼用功非累死不可。瑪莉希望也深信亨莉耶塔已正式拒絕他的追求，她丈夫則依舊每天認為隔天就會見到他了。安倒覺得查爾斯．海特應該只是明智地決定退出。

大約就在那段時日，某天早上，查爾斯．穆斯格羅夫和溫沃斯上校一同去打獵，安和瑪莉則安靜地在別墅處理各自的事，此時大宅的姊妹突然出現在窗邊。

那是個氣候宜人的十一月天，兩位穆斯格羅夫小姐穿過小園子前來，她們要去**遠足**，此刻只是來打個招呼，因為不認為瑪莉有興趣加入。瑪莉發現自己被視為不勝腳力的人，立刻不甘心地表示：「噢，怎麼會呢，我很樂意跟你們一起散步，我最喜歡遠足了。」根據兩位小姐的表情，安確信她們根本沒打算邀請瑪莉，也再次對這個家族感到不可思議：無論多麼惱人或不便，他們仍習慣什麼小事都得互相告知，甚至一起行動。她想勸退瑪莉，但瑪莉偏要去，因此，既然兩位姊妹邀請安的語氣聽來較為真心，她乾脆也就接受邀請，至少回程還能陪瑪莉走回別墅，盡量不打亂兩位小姐的原定計畫。

「真搞不懂，她們怎麼會覺得我不想遠足！」瑪莉走上樓時開口抱怨，「大家都擅自認定我的腳力不好！但要是我拒絕一起去散步，他們又要著惱。人家都特地這般前來邀請了，我們怎能拒絕？」

就在她們準備出發時，兩位男士回來了，原來是帶去的獵犬經驗不足，壞了他們的興致，只好提早打道回府。他們打獵的時間不長，力氣還夠，精神也佳，正好適合一同出去走走，因此開心地加入遠足行列。如果安能預見有他們同行，一定會選擇待在家裡；出於某種興趣與好奇，她故意說服自己現在反悔已經太遲，於是一行六人按照穆斯格羅夫小姐預定的路線出發，顯然認定她們就是這趟遠足的嚮導。

安這趟的目標就是避免礙事，每當遇上狹窄小徑，六人必須分批前進時，她總是跟著妹妹與妹夫。她很**高興**能散散步、活動筋骨，以及欣賞一年將盡的最後明媚景色，包含那些黃褐葉片以及凋零樹籬。古來歌詠秋日的詩作何其多，而安此刻正在腦中反覆誦唸著其中幾首，這季節對於高雅纖細的心靈有著無窮盡的獨特感染力，總能誘引詩人又是寫景又是抒情，創作出值得一讀的作品。她已盡量沉醉在各式冥想與古人詩句中，但因為距離溫沃斯上校及兩位穆斯格羅夫小姐不遠，無法克制地偷聽，又沒聽到什麼特別的談話內容。他們就像一般親密來往的年輕人般快活地聊天。不過相較起來，溫沃斯上校確實和路易莎更聊得來，路易莎也比亨莉耶塔懂博取他的注意力。兩人在情場上的差距可說越來越明顯。安甚至因為路易莎講的一段話大受打擊。當時溫沃斯上校接連盛讚了今日的好天氣，之後又說：

「對上將與我姊姊而言，這天氣再好不過了！他們今早才提到要駕馬車遠遊，還說會經過此區，或許我們能從其中一座山丘頂端向他們打招呼呢。真想知道他們今天會在那兒翻車。噢！我向你們保證，他們真的很常翻車，但我姊完全不當一回事，每次被甩出馬車還是樂到不行。」

路易莎嚷嚷著：「啊！我知道你是說得誇張了，但若情況真是如此，換作我是你姊姊也一樣。如果我像她愛上將那般愛著一個人，也一定會永遠守在他身邊，絕不會為了任何原因離開。我寧願被他駕駛的馬車甩出去，也不要平安坐著他人的馬車。」

這話可真是說得熱情洋溢。

「真的嗎？」他被感染了熱情，跟著大聲嚷嚷起來，「我敬佩你！」之後兩人都沉默了一陣子。

安無法再沉浸於描寫美景的古人創作。秋日的恬然景觀也被她暫時擱到一邊。此刻的她若還有幸想起古典詩歌，大概只能是某首哀戚的十四行詩，其中充滿適合她此刻心境的描寫，包括年華與幸福的逝去，青春、希望與春天也早已不再。直到一行人依序走上另一條路，她才總算振作起來，問說：「這不是通往溫索普的路嗎？」但沒人聽見，至少沒人回答她的問題。

溫索普及其鄰近一帶正是他們的目的地。住在附近的年輕人常來此散步，彼此撞見也是家常便飯。他們緩慢往上走了半英里，沿途經過許多農夫圍起的大片牧草地，地上有為了耕地剛留下的痕跡，顯然他們不受秋日恬然的詩意傷感所苦，一心期待著春天再次到來。他們爬上分隔厄波克羅斯與溫索普的最高山丘頂端，位於另一側山腳的溫索普立刻出現在他們眼前。徜徉在眾人腳下的溫索普既不美麗也不莊嚴。低處有棟不起眼的房子，周遭圍滿農舍的穀倉與各式建築物。

瑪莉驚呼：「老天爺呀！這就是溫索普嗎？沒想到長這樣！好吧，我想是該回去了，我可真是累壞了。」

此時的亨莉耶塔感到尷尬又羞愧，但既然查爾斯表哥沒走在任何一條路上，也沒倚在哪扇門邊，因此打算趕緊依照瑪莉的意願離開，但查爾斯·穆斯格羅夫說：「不行，」路易莎更是激烈表達反對：「不行、不行！」她把妹妹帶到一邊，兩人似乎為此熱烈爭論起來。

在此同時，查爾斯·穆斯格羅夫非常堅決地表示，既然阿姨家就在附近，當然應該登門拜訪，雖然有點害怕激怒妻子，仍不停說服她一同前去。但此時這位夫人的態度少見地堅決，就算他表示既然她累了，可以在阿姨家休息十五分鐘，她仍一股勁地反對：「噢！絕對不行！為了那點休息時間，我還得重新爬上山丘，根本不划算。」總而言之，她的言行舉止都非常清楚地說明：她是絕對不去的。

在經過一連串瑣碎的爭論與商討後，查爾斯總算跟兩位妹妹達成協議。他打算和亨莉耶塔走下山拜訪阿姨及表親，就幾分鐘，其他人則在山上等待。主導這項計畫的似乎是路易莎。就在路易莎跟著哥哥與妹妹走了一小段路，同時還跟亨莉耶塔說著話的當下，瑪莉趁機輕蔑地掃視周遭，並對著溫沃斯上校說：

「有這種地位不高的親戚真令人不快！但我向你保證，我這輩子走進那間房子沒有超過兩次。」

溫沃斯上校沒回答，只是假意贊同地拉出一抹微笑，但一轉頭就露出輕蔑眼神。安完全了解那代表什麼意思。

他們待的山丘頂端非常宜人。路易莎回來了，瑪莉在一座籬笆邊的梯子上找了舒適的位置坐下，對於大家都只能站在身旁感到十分滿意。不過路易莎拉著溫沃斯上校離開，打算到鄰近矮樹籬間蒐集堅果，身影及交談都逐漸消失在眾人的視線與聽力範圍之外，瑪莉就不高興了。她開始挑剔自己的位置不好，確信路易莎會在某處找到更棒的位置，而她當然也得去尋個更好的。她穿過兩人剛穿過的樹籬小徑入口，卻沒見著他們。安為瑪莉找了個不錯的位子，就位於一處乾爽暖和的小土埂上，緊靠著樹籬，距離那兩人前往的地方並不遠。瑪莉坐了一陣，但就是覺得不對勁，而且深信路易莎能找到更好的位子，所以非找到她不可。

安也累了，乾脆自己坐了下來，沒過多久，她就聽見溫沃斯上校與路易莎的交談聲從後方傳來，兩人彷彿正沿著樹籬中央的粗礪小徑往回走；隨著距離越來越近，安先聽到路易莎的聲音。她似乎正熱烈地發表內心感觸。安一開始聽到的是：

「所以我逼她去了，我無法接受她為了別人的幾句胡話怕成這樣。這算什麼！一旦我打定主意要做某事，也確定那是正確的事，就算有人暗示不該或出言干涉，我會退縮嗎？當然不會。我才不會這麼容易被說服呢。我這人只要下定決心就不會改變。亨莉耶塔早已打定主意今天要去溫索普的阿姨家拜訪，竟然差點為了順服他人就放棄了！」

「如果不是你，她早就放棄了？」

「一定會。我光是說出口都為她感到丟臉。」

「能有你這樣的人從旁影響，我真為她開心！根據你的提示，我更確認之前與查爾斯．海特相處時的觀察無誤，再也不用對情勢假裝無知。我認為今早看到的問題很大，不只是一場例行拜訪受到影響，如果亨莉耶塔心志不夠堅定，連這等小事都抗拒不了他人的無謂干涉，以後要是遇到更需堅忍毅力才能克服的重大事件，無論對她或查爾斯．海特都很不幸。你的妹妹個性親和，但我看得出來，**你**更具備堅忍果斷的人格特質。如果你看重她的舉止與幸福，應盡可能把你的精神灌輸給她，不過我也相信你早在進行。一個人最糟的就是過度順服又舉棋不定，搞得任何外在影響都起不了作用，就算你對這個人留下好印象，也不確定那個樣貌能否持久，因為任何人都能使他動搖。真希望所有想獲得幸福的人都能堅定起來。這裡有顆堅果，」他從較高的枝條取下一顆，「可以當作例子。這是顆光滑漂亮的堅果，靠著自身韌性撐過秋季所有風暴，上頭毫無裂痕或孔洞；這顆堅果，」他亦莊亦諧地繼續說，「當它所有弟兄都已落到地上受人踐踏，它卻仍掛在這兒享受作為一顆堅果應有的樂趣呢。」接著又用之前誠懇的語氣表示，「面對我所關心的人，我首先都希望他們能意志堅定。路易莎．穆斯格羅夫如果想在十一月[49]擁有美好幸福的生活，就該珍惜此刻擁有的心靈韌性。」

他說完了，路易莎沒回答。若她立刻知道該如何回答，安才會大感驚訝，畢竟這可是一段充滿誠懇關愛的嚴肅發言呀，路易莎想必深感震動。至於她則是怕得不敢動，就擔心被兩人發現，幸好有叢四處蔓生的低矮冬青樹掩護。就在她待著不動時，兩人繼續前進，就在快要走出安的聽力範圍時，路易莎又開口了。

她說：「瑪莉在各方面本性都不差，但她的胡言與傲慢有時真令人生氣，就是那種艾略特家的傲慢，有時真是氣焰高漲得過頭。我們都希望查爾斯是跟安結婚。我想你應該知道查爾斯追求過安吧？」

一陣沉默後，溫沃斯上校開口：

「所以安拒絕了他？」

「噢，是的，確實如此。」

「什麼時候的事？」

「我不太確定，當時我和亨莉耶塔都在外地讀書，但應該是查爾斯和瑪莉結婚的前一年。真希望安當時接受求婚，我們都比較喜歡她。爸媽都相信是安的好友羅素夫人從中作梗，根據他們的判斷，一定是羅素夫人認為查爾斯不夠博學，不夠有書卷氣，才說服安拒絕他。」

兩人談話的聲音越來越遠，安很難聽清楚，卻也情緒激動到無法動彈。她得在起身移動前好好冷靜下來。俗話說，偷聽者永遠聽不到自己的好話，但她的情況不同，儘管沒聽到自己的壞話，卻聽到不少痛心的內容。溫沃斯上校會怎麼看待她的人格，對她的作為將會做何感受與好奇，在在使她騷動不已。

她盡快平復心情後前去尋找瑪莉，再和她一起走回之前眾人聚集的折梯附近，看到所有人都回到原處後，她寬心不少。大夥再次出發。她的心靈只有在人群中才能獲得必要的孤獨與平靜。

查爾斯和亨莉耶塔回來時，不出所料地把查爾斯．海特也帶回來了。安不太確定情勢發展

---

49 十一月：隱喻人生的晚年。

的細節，就連溫沃斯上校也沒有十足的判斷把握，但顯然男方不再步步進逼，女方心情也緩和不少，兩人再次共處的氣氛顯然非常愉快。亨莉耶塔看起來有些愧疚，但心情還算愉悅，查爾斯．海特則是非常開心，幾乎打從眾人打算動身回厄波克羅斯的那一刻起，小倆口就表現得如膠似漆了。

情勢再明朗不過了，即將屬於溫沃斯上校的是路易莎，無論前路是否需要分批行走，兩人都並肩同行，幾乎就跟另外那對同樣膩在一起。隊伍來到一片狹長草原，空間足供大夥並肩同行，但他們還是分成三隊，而安當然屬於那個最沒活力、交流也最不熱絡的三人隊伍。她和查爾斯及瑪莉一起走，因為實在疲倦，就連有查爾斯的手臂可挽都令她開心。儘管查爾斯對她和氣，對妻子卻怒氣沖沖。原來之前瑪莉執意忤逆他，現在自嘗苦果，每次想挽查爾斯的手臂，他都會用小鞭子拍斷蕁麻花穗藉故把她甩開。瑪莉又開始唉聲嘆氣，表示自己因為習俗規定得走在樹籬這側而受到虧待，站在另一側的安就不用忍受任何不便。查爾斯一聽更是甩開兩人的手，直接跑去追一隻正好瞥見的黃鼠狼，兩人完全追不上。

草原盡頭有條小路與眾人走的小徑相交，就在他們即將走出草原時，馬車的聲音從小路傳來，方向與眾人一致，剛好就跟他們在草原出口處碰頭：原來正是上將駕駛的那輛馬車。他和妻子依照計畫駕車兜風，現在正要打道回府。聽到這群年輕人竟然走了那麼遠的路，他們立刻親切表示，要是有哪位女士特別疲累，可以順道載她回去，反正他們本來就會經過厄波克羅斯，可以讓這位女士足足少走一英里路。他們詢問了每位女士，結果大家都拒絕了。穆斯格羅夫小姐一點也不累，瑪莉之所以拒絕，可能是因為自己不是被第一個詢問的人，也可能是出於路易莎口中「艾略特家的傲慢」，無法接受成為硬擠在雙人馬車上的第三人。

一群人跨過小路，開始走上搭在對面籬笆的梯子，此時上將已準備駕車離開，溫沃斯上校卻突然躍過樹籬，走到姊姊耳邊嘀咕了幾句，內容能透過接下來的發展推測出來。

「艾略特小姐，我想你一定累了，」克勞夫特太太對著她嚷嚷，「賞個臉吧，讓我們載你回去，車上完全有容納第三人的位置。要是大家都跟你一樣瘦，我猜擠上四人都沒問題。千萬別客氣，就上車吧。」

安還站在小路上，雖然反射性地想拒絕，但還來不及開口，上將就親切地附和妻子的話。這兩人不但不接受拒絕，還立刻努力緊挨著彼此，為她在馬車上騰出一個角落。溫沃斯上校則一言不發地轉向她，沉默地協助她登上馬車。

是的，他真這麼做了。安坐在馬車裡，彷彿被他的意志及雙手給拖上馬車一樣。她感激他察覺自己疲憊的敏銳心思，也感激那份堅持要她休息的決心。溫沃斯上校透過這番作為表現出的情感使安大受感動，她知道這只是件小事，卻彷彿為兩人的過往畫下完美句點。她了解他的心意了。他無法原諒安，但也無法對她無情，就算譴責安之前的作為，內心懷抱著既激烈又偏頗的恨意，就算他對她表現淡漠，就算他喜歡上別人，仍然無法見她受苦而不出手相助。那是兩人過往情感的殘跡，那份衝動出自無人認可的純潔友誼，也證明他仍有顆溫暖親和的心；她越是想，內心就越是苦樂參半，實在不確定哪種情緒比較強烈。

安一開始只是無意識地回答兩位車上夥伴的善意與評論。他們沿著小路駛了將近一半的距離，安才意識到他們在談什麼。她發現兩人竟然在談「菲德瑞克」。

上將說：「他一定會跟其中一個女孩結婚，蘇菲，但還很難說是哪位。他追求兩人的時間也夠久了，大家都覺得他該下定決心。啊，果然是局勢和平的關係吧，如果是戰時，他早就搞定了。我們海員呀，艾略特小姐，可無法在打仗時花太多時間談情說愛。才沒幾天吧？親愛的，打從初次見面，沒過幾天，我們就一起搬進北雅茅斯港[50]的住處了吧？」

「我們最好別談這件事了吧，」克勞夫特太太回答的口氣愉悅，「艾略特小姐要是知道我們多快就互許終生，一定不敢相信我們竟能過得如此幸福。不過早在見到你之前，我就明白你的為人了。」

「我也早就聽說你是個非常美麗的女孩。總之，當時我們有什麼好等的呢？我不喜歡處理這種事情時拖拖拉拉。我希望菲德瑞克可以揚帆加速，趕快替我們帶個年輕女孩回凱林奇府，我們就有伴了。這兩位小姐都非常好，我簡直分不清兩人有什麼差別。」

「確實都是個性很好又不造作的女孩，」克勞夫特太太表達讚許的語調有所節制，安懷疑她其實敏銳地發覺兩人都配不上她的弟弟。「而且家族地位也值得尊敬，再也找不到這麼好的姻緣了。我親愛的上將，小心那根柱子！我們快撞上那根柱子了！」

幸好克勞夫特太太冷靜地調整轠繩方向，他們於是平安避開危險，之後又是靠著她明快地伸出援手，馬車才沒有開進溝裡，也沒有撞上糞車。安興味盎然地觀察兩人的駕車風格，猜想兩人平日的處事風格大概也沒差多少，想著想著，安竟然也安全地回到別墅了。

50 此處提到的北雅茅斯（North Yarmouth）應該可以確定就是位於諾福克郡（Norfolk）、鄰近北海的港口大雅茅斯（Great Yarmouth）。

11

羅素夫人就要回來了，她不但已敲定確切日期，還約定一安頓好就把安接過去。安期待能趕快搬回凱林奇村，但不確定這項改變能否還她心靈平靜。

畢竟她會因此與溫沃斯上校住在同個村裡，兩人住處相距不到半英里，不但會常上同一間教堂，兩家一定也會頻繁來往。她並不樂意面對以上情況，但另一方面，既然他老待在厄波克羅斯，搬離此處其實算是遠離而非親近他。此外有趣的一點是，她可以從瑪莉回到羅素夫人身邊，就整體情勢而言，她幾乎確信自己能透過轉換社交圈而受益。

她希望永遠都別在凱林奇府撞見溫沃斯上校，那裡的房間充滿兩人相見的回憶，觸景傷情實在痛苦；不過她更怕羅素夫人與溫沃斯上校在任何地方碰面，他們彼此討厭，現在情況也不可能有何改變，如果羅素夫人同時見到她和溫沃斯上校，一定會嫌他太過鎮定，而她又太過慌亂。

因此，安一想到要搬離厄波克羅斯，最擔心的就是這些事了。她覺得彷彿在厄波克羅斯待了很久，光想到有能力幫上小查爾斯不少忙，造訪此地兩個月的回憶也更顯甜美；眼看他復原情況穩定，她再也沒有待下去的理由。

安的厄波克羅斯之旅即將進入尾聲，情勢卻出現意想不到的轉折。溫沃斯上校整整兩天沒有出現，也毫無聲息，再次出現於厄波克羅斯時才向大家解釋緣由。

原來他輾轉收到友人哈維爾上校的來信，發現他與家人竟決定在萊姆[51]過冬，陰錯陽差地，彼此的住處竟只相距二十英里。哈維爾上校兩年前受了重傷，之後身體一直不是很好，急著見他的溫沃斯上校決定立刻出發，之後在友人家待了二十四小時。他解釋得非常完整，溫暖的友情故事更備受推崇，甚至激起大家對哈維爾上校的好奇與關心；再加上他描述了萊姆鄉間的美景，眾人心馳神往，亟欲親眼目睹，計畫前往一遊。

所有年輕人都渴望親眼見到萊姆的美景。溫沃斯上校本來就打算再去一趟，畢竟萊姆距離厄波克羅斯才十七英里，雖然十一月了，天氣卻一點也不糟；此外，路易莎是對此趟旅行最熱中的人，她本來就打定主意要去，除了本來就是個隨心所欲的人，現在受到溫沃斯上校影響，更確信必須貫徹自我意志，因此駁回父親與母親考慮夏天再去的提議。這趟旅行就這麼定下了，成員包括查爾斯、瑪莉、安、亨莉耶塔、路易莎和溫沃斯上校。

一開始大家沒想清楚，所以計畫早去晚回，但穆斯格羅夫先生考量馬匹腳力後表示反對，眾人理性考慮之後，覺得現在已是十一月中，晝短夜長，再加上這段路陡坡很多，來回需要花

51 萊姆（Lyme Regis）又名萊姆里傑斯，是英格蘭西南部多塞特郡（Dorset）海岸的一座城市，曾為重要的海港，但十九世紀初期貿易已不如之前頻繁，轉型為受歡迎的度假勝地。

上七小時，剩下的時間不足以好好遊覽一個新地方。最後他們決定在萊姆過上一夜，隔天晚餐前再回到厄波克羅斯。大家對此修正方案都很滿意。不過儘管眾人早早就在大宅集合、用完早餐，也準時出發，但當穆斯格羅夫先生的六人馬車（載著四位小姐）及查爾斯駕駛的雙人馬車（載著溫沃斯上校）沿著漫長山丘斜坡進入萊姆，然後駛在小鎮內更為陡峭的街道上[52]，時間早已過了中午。因此，在和暖的天光暗下來之前，他們已經沒剩多少時間觀光了。

大家首先確定住宿地點，並在其中一間旅棧預訂好晚餐，接著當然是直接散步去海邊。他們來的時間早已過了旅遊旺季，此時萊姆幾乎沒什麼公共遊樂設施開放，所有社交廳皆已關閉，遊客也已離去，除了本地居民外，幾乎看不到其他來訪的家庭。萊姆的建築沒什麼可欣賞的，值得外來者一看的其實是小鎮奇怪的地理位置、所有街道幾乎都傾斜通往海邊的構造，以及通往堤防[53]的小道在旺季時擠滿水療車[54]與人群的景象。尤其是環繞海灣的防波堤本身，無論古舊結構及新式補強都好看，遠方的美麗山崖線條更是一路往小鎮東方延伸。若是不懂萊姆近郊的美，也沒進一步了解它，那麼旅客根本等於白來一趟。比如鄰近的查茅斯地高域廣，還有座以沉鬱斷崖為背景的幽靜海灣，斷崖低處有岩塊散落在沙灘上，適合遊客坐在那兒觀浪或沉思冥想；又比如上萊姆生機盎然，是個樹木種類繁多的可愛村莊；當然最令人驚豔的就是皮尼這個地方了，壯觀岩塊間流動著一條條翠綠峽谷，其中散落著茂密林木與果樹，顯然打從第一塊岩石從崖上崩裂開始，生命就已從中湧現，再經過人類許多世代後出落成如此絕美動人的景觀，其它也有許多地方的景觀類似名聞遐邇的懷特島[55]，但皮尼可說是其中翹楚。旅客一定得去以上幾處遊覽個幾次，才能真正理解萊姆的價值。

來自厄波克羅斯的一行人順著下坡走，沿途經過一間間荒涼無人的社交會堂[56]，很快就抵達海邊。他們待在海邊的時間不長，如同有幸看過海的人與海洋初次久違重逢一般，他們只是短暫逗留且凝視了一番，隨即出發前往堤防，目的除了觀賞堤防的美景，也是為了讓溫沃斯上校拜訪友人。原來在建造年代不明的舊港底端有棟小屋，哈維爾一家就住在裡頭。於是溫沃斯上校先去拜訪友人，其他人則繼續往堤防走，等溫沃斯上校晚點再過來會合。

大家都對眼前的美景讚嘆不已，怎麼看都不嫌膩，因此，當溫沃斯上校追上眾人的身影時，就連路易莎都覺得還沒分開多久。溫沃斯上校身後跟了三個人，大家早已聽過他的描述，所以知道他們分別是哈維爾上校、哈維爾太太，以及與這對夫妻同住的班威克上校。

班威克上校曾是拉寇尼亞號上的第一上尉[57]，溫沃斯上校上次從萊姆回去後就提過這位年輕人，盛讚他是個值得倚重的傑出軍官，想必在聽眾心中已留下好印象。之後溫沃斯上校又稍

---

52 萊姆是一座建在陡峭山坡及小海灣邊的城市，道路陡峭難行。

53 萊姆的堤防（Cobb）是一座兩層的半圓形結構，曾重建過數次，是非常適合觀賞海景的所在。

54 水療車（bathing machine）是裝有輪子的小木屋，由馬拉進淺灘中，在泳裝尚未普及的時代，供穿戴整齊的紳士淑女親近海水，享受浸泡鹽水的療效。

55 懷特島（Isle of Wight）位於英格蘭南方，與樸茨茅斯隔海相對。

56 這行人十一月造訪萊姆，社交季節已經結束。珍・奧斯汀本人曾在九月時到萊姆的社交會堂跳舞。

微提及他的私生活，更使在場女性對他大感興趣。他曾和哈維爾上校的妹妹訂婚，現在卻活在愛人過世的傷痛中。兩人原本花了一、兩年等班威克上校發財升官，前者目標迅速成真，因為拉寇尼亞號劫掠的財寶不少，他在船上擔任一級上尉的收入自然不錯，最後也終於升官，只是沒趕在芬妮．哈維爾死前。她剛於夏天過世，當時班威克上校正在海上。根據溫沃斯上校的描述，可憐的班威克上校對芬妮．哈維爾用情比誰都深，遭逢巨變的痛苦也比誰都刻骨銘心。溫沃斯上校認為他是很難從悲痛中恢復之人，主要因為個性沉靜、嚴肅又內斂，而且顯然沉迷於閱讀與靜態活動。更令人感到有意思的是他和哈維爾家的關係，儘管這個不幸事件使兩家無緣結親，他們之間的羈絆卻更深了，現在班威克上校甚至定居在哈維爾家。哈維爾上校打算在目前這棟小屋住上半年，之所以選擇這棟濱海的便宜住所，完全是考量他的喜好、健康與財務狀況。當然，此處景觀壯闊，冬日的萊姆又幽靜，完全符合班威克上校的心境。大家聽了更是對班威克上校的處境全寄予同情與善意。

在走向溫沃斯上校一行四人時，安自言自語：「不過，他或許沒我來得心痛吧。我不相信他的未來會就此毀滅。他比我年輕，至少看起來比我年輕，而且以男人而言年紀真的不算老。他一定能再次振作，找到另一段幸福的姻緣。」

眾人見面後彼此引見認識。哈維爾上校的身形高大黝黑，面容明理寬厚，走路有點跛，五官深邃，健康狀況不太好，年紀似乎比溫沃斯上校大很多。班威克上校在三名男子中看來最年輕，相較之下身形也最為矮小。他長相討喜，但一如想像地散發憂鬱氣息，也不怎麼積極參與談話。

哈維爾上校儘管不如溫沃斯上校那般氣宇軒昂，卻仍是名完美紳士，個性直率熱情，而且體貼有禮。哈維爾太太雖然不比丈夫文雅，似乎也是個和善的好人，最令人開心的是，哈維爾夫妻把溫沃斯上校的朋友都當成自己人，還非常好客地邀請眾人到家裡晚餐，但厄波克羅斯一行人已在旅館訂好餐點，他們只好勉強接受拒絕。不過哈維爾夫妻確實有點傷心，畢竟溫沃斯上校帶了朋友來，卻沒有先考慮到他們家晚餐！

哈維爾夫妻顯然非常喜愛溫沃斯上校，畢竟此等殷勤好客並不常見，完全不是平日所見的客套來往或行禮如儀的晚宴邀請，但安的情緒卻沒有因為認識溫沃斯上校的同袍而高昂起來。「這些人本來都會成為我的朋友呀！」她得非常努力才能確保自己不再沮喪下去。

眾人離開堤防，與新朋友一同走進那棟海邊小屋，接著發現空間實在太小，大概唯有如此真心邀請的主人，才會以為此處足以容納現場所有人。安一度為此震驚，但看到哈維爾上校的巧手安排及精心布置，不但盡可能善用所有空間，補足租屋所附家具的欠缺之處，還確保門窗足以抵禦冬季的寒冷風雨。各個房內的擺設都不同，屋主只提供必要的尋常物件，但在一整片漠然無趣的劫難之中，仍出現幾件由珍稀木料製作的藝品，以及哈維爾上校從世界各個遙遠角落蒐羅而來的珍奇玩意兒。這場景不只是讓安覺得猶有興味，因為一切安排全與哈維爾上校的

---

57 第一上尉為船長最仰仗的左右手，若溫沃斯受傷，便是由班威克取代他的領導地位。

職業有關，是他勞動的成果，以及由勞動形塑出的習慣使然，因此，即便眼前的家居場景寧靜和樂，她卻不確定自己是否享受這種氣氛。

哈維爾上校沒有閱讀習慣，但為了班威克上校的藏書精心規畫空間，建起極為美觀的書架，好收納他為數不算太多的精裝書冊。他腳有點跛，不能進行太多動態活動，但思緒敏捷又富巧思，總有辦法忙得不亦樂乎。他一天到晚又畫又漆，不是做木工就是東拼西黏。他會為孩子做玩具，甚至改良出新式的編織棒針或別針，若是手邊事情都做完了，就坐到屋子角落去編他那張大漁網[58]。

安一離開哈維爾家，就把剛剛目睹的幸福快樂拋到腦後，但走在身旁的路易莎卻突然滔滔不絕地表達對海軍的推崇與喜愛：他們友善又充滿同袍愛，心胸開放又正直。她甚至強調在英國，海員比任何行業都更有價值，也更熱情體貼，而且只有他們懂得如何生活，也只有他們值得敬愛。

他們回到旅棧更衣，享用晚餐。大家都對這次的旅行感到滿意，絲毫沒留下遺憾。雖然「早已過了旅遊旺季」，再加上「萊姆並非位處交通要道」，旅棧「沒預料到有客人來」，害得老闆為了準備不周多次向他們致歉。

安現在已經習慣與溫沃斯上校共處一室。她一開始根本無法想像這種場面，現在卻能跟他同桌用餐，就連噓寒問暖（但僅止於此）也成為尋常事。

此時天色已晚，不適合女士和小姐出門與新朋友見面，不過哈維爾上校之前就承諾當晚來訪，而他也真的帶了好友班威克上校前來，不過之前見面時，大家一致認為班威克上校面對太多陌生人時備感折磨，此刻看到他出現實在驚訝。確實，他的精神與眾人的愉悅氣氛不太搭調，但還是打起精神前來。

溫沃斯上校和哈維爾上校在房內一角大談過往歲月，各式各樣的奇聞軼事聽得眾人如癡如醉。安恰巧坐在比較遠的一側，身旁又坐著班威克上校，天性純良的她自然覺得應該表示友好。他個性害羞，又容易恍神，不過安神態溫和，舉止又輕柔，雖然一開始不太順利，但很快就突破了他的心房，後來甚至聊得挺起勁。班威克上校確實是個熱愛閱讀的年輕人，不過主要讀的是詩，安知道他的平日友伴大概不會同他聊相關話題，所以說服他今晚好好談上一番，此外，她也在對話間給了些建議，主要是針對戰勝苦難的義務與好處，希望能藉此幫上一些忙。之所以敢直言建議，是因為他雖害羞，卻不是心胸封閉之人，甚至因為能擺脫平日壓抑情感的習慣而顯得愉快。他談到現在是詩歌盛世，簡單評比了幾位當代的一流詩人，例如司各特爵士[59]的敘事長詩〈瑪米恩〉和〈湖上美人〉究竟該如何分出高下？拜倫勛爵[60]的〈異教徒〉及〈阿比多斯的新娘〉又該如何評價？還探討了異教徒一詞該如何發音。他確實對司各特的柔情詩歌

58 許多海員沒有在船上服役時都會從事木工、金工等手工藝，除了可自娛，也是訓練在海上求生的技能。

59 華特．司各特（Walter Scott, 1771-1832）是蘇格蘭著名的詩人及歷史小說家，珍．奧斯汀本人非常喜愛他的作品。

極為熟稔，對拜倫激情描述無望苦痛的作品也如數家珍。他情感顫慄地反覆誦念，字字句句都在訴說那顆破碎的心，或是那份被逆境摧毀的心靈，而且一副渴望被理解的模樣，安看了不禁擔憂，冒昧建議他最好別老是只讀詩歌。她還說了，所謂詩歌的厄運本質，在於讀者一旦全心投入享受，心情就很難不受震盪，因此，儘管唯有情感強烈之人才能真正評賞詩歌，卻仍要注意有所節制。

班威克上校似乎並未受到冒犯，反而感激安對自己的現狀認真分析，她因此繼續大膽進言，尤其對於身處痛苦早有長年經驗，她建議他每天多讀一些散文作品。班威克上校希望能有一些例子，她於是列舉了當下想起的作品，包括一些頂尖道德家的作品，一些秀異的書信集，以及經歷特殊或曾受苦之人的傳記。這些作者所經歷的道德與宗教考驗值得視為典範，所提出的戒律準則也相當具有指標性，足以使讀者的心志奮起、堅強起來。

班威克上校聽得仔細，似乎對安的關心深表感激，雖然搖頭嘆氣地表示自己太過憂傷，大概任何書都不會有幫助，仍記下安推薦的所有書籍，並承諾一定想辦法找來閱讀。

當晚結束後，安不禁感到有趣，沒想到此番來到萊姆，竟是為了向一位素昧平生的年輕人宣導忍讓與順服天命的道理。不過認真反省後，她也擔心自己像許多偉大的道德家與傳道家一樣，就算講得再頭頭是道，自身行為是否根本經不起檢驗呢？

12

隔天早上，最先起床的是安和亨莉耶塔，兩人決定在早餐前去海邊走走。她們在沙灘上看潮水起落，舒適的東南輕風掃來層層浪花，原本平靜的海岸都因此壯美起來。她們讚嘆早晨宜人，稱賞大海之美，同時感受著清爽微風吹拂，然後兩人沉默了一陣子，亨莉耶塔才又突然再度開口：

「噢，是的，我深信海邊的空氣對大多數人有好處[61]。雪利博士去年春天生病，身體無疑也是靠著海邊空氣大有改善，他本人也表示，在萊姆待的一個月比什麼藥都有效，光待在海邊就感覺年輕不少。此刻我不禁覺得可惜，他要是能定居在海邊就好了，我真心覺得他應該離開厄波克羅斯，直接搬至萊姆。你不覺得嗎，安？你一定也有同感吧？為了雪利博士本人及太太

---

60 拜倫勳爵（Lord Byron, 1788-1824）曾寫過四首非常受歡迎的東方系列敘事詩，包括〈異教徒〉（*The Giaour*）、〈阿比多斯的新娘〉（*The Bride of Abydos*）、〈海盜〉（*Cosair*）和〈萊拉〉（*Lara*）。司各特和拜倫勳爵的作品在珍．奧斯汀的時代非常流行，跟故事中一樣，他們的作品常成為眾人的話題。

61 海風對人有好處是那個時代的普遍信念。

好，他最好趕快搬來此地。她其實有不少親戚和朋友住在這帶，一定能生活得很開心。如果雪利博士再次舊疾發作，也能就近求醫。其實想來不免令人難過，雪利博士和妻子一生行善，晚年仍為了厄波克羅斯這種地方盡心奉獻，但除了我們家之外，卻幾乎沒有其他來往對象。真希望他們的朋友能向他們提議一下，我真覺得應該這麼做。至於必須取得特許狀才能搬出教區一事，我想以他的年紀與品格絕對沒問題，就怕沒人說服得了他。他的觀念極其嚴謹，在我看來是謹慎過頭了。你不覺得嗎，安？不覺得他規矩太多嗎？難道你不覺得這是誤解了良知的意義嗎？明明有人可以接下他的工作，他卻打算為了聖職犧牲個人健康？更何況萊姆距離厄波克羅斯只有十七英里，若有人對教區事務有怨言，他一定能得到消息。」

亨莉耶塔說話時，安不止一次在內心發笑，正如昨晚安慰那名年輕男子一樣，她也打算對這名年輕女子說些寬慰的話，只是針對這個主題，她能說的境界就比較低，畢竟除了籠統附和之外還能說些什麼？她盡力做了些合理又得體的發言，比如覺得雪利博士確實該靜養，也認為他該找個積極又正直的年輕人來擔任副手，甚至體貼地暗示這位助理牧師最好已經成家。

亨莉耶塔聽了安的發言非常開心：「我真希望羅素夫人住在厄波克羅斯，最好能跟雪利博士往來密切。我常聽說羅素夫人的事蹟，她似乎對大家都很有影響力！我總覺得她能針對任何事情說服任何人！我很怕她，之前也跟你說過，我怕她，是因為她實在聰明，但也非常尊敬她。如果厄波克羅斯能有像她那樣的人就好了。」

安發現亨莉耶塔是透過這番話來致謝，覺得很有意思，此外，由於情勢改變，再加上亨莉耶塔考量未來幸福，結果竟讓一位穆斯格羅夫家的人開始吹捧羅素夫人，也讓她覺得太有意思了。不過她只有時間籠統附和一番，說著希望厄波克羅斯也能有這樣一位羅素夫人，之後隨即看到溫沃斯上校與路易莎走來，話題於是戛然而止。他們也是在早餐備好之前出來散散步，不過才出發沒多久，路易莎就想起得去店裡買個東西，邀請大家一同散步回鎮上。眾人也欣然同意。

就在大夥準備從海灘拾級而上，有位正準備下來的紳士禮貌讓開，他們於是先往上走。就在眾人經過身邊時，他受到安的容貌吸引，不禁流露愛慕神色，安當然不可能毫無所覺。確實，在海風吹拂下，安的氣色好極了，再搭配上靈動的眼神，原本就勻稱漂亮的五官更彷彿回春般清新可人。那位紳士（他的舉止也非常有紳士格調）顯然非常愛慕她。溫沃斯上校轉身看她，顯然也注意到那位紳士的情意；他快速地看了安一眼，眼神極為明亮，彷彿在說：「那名男子被你迷倒了。此時此刻，就連我也似乎看到了當年安．艾略特的倩影。」

大夥先跟著路易莎辦完事，之後又在街上閒逛一陣子才回到旅棧。就在安從房間趕著走向餐廳時，剛好撞見隔壁房間走出一名男子，沒想到就是才在海邊遇到的那名紳士。她本來就猜測那人跟他們一樣來自外地：眾人散步回到旅棧時，她看到一位打扮體面的馬夫在兩間旅棧附近閒晃，也猜測是他的僕從，畢竟兩人都身著喪服。現在證明他果然就跟他們住在同一間旅棧。兩人的第二次見面很短暫，但從表情可以確定他覺得安很美，此外他因為差點撞上安的致歉非常得體，顯見也是個極有教養之人。他看來年約三十，雖然不是非常好看，但長得討人喜歡。安是真的很想認識一下這人。

就在快要吃完早餐時，眾人聽到馬車行進的聲響，這幾乎是他們來到萊姆後首次聽見，於是有一半的人立刻好奇地跑到窗邊，「是某位紳士的馬車，雙馬二輪馬車[62]，但只是從馬房駛到門口，應該是有人要離開了。駕駛的僕人身穿喪服呢。」

查爾斯．穆斯格羅夫一聽到「雙馬二輪馬車」就跳了起來，想瞧瞧自家馬車是否比較高檔，安則是因為僕人身著喪服而起了好奇心。此時六人都聚在窗邊，剛好看見馬車主人接受旅棧人員鞠躬送別，接著便乘上馬車離去。

「啊！」溫沃斯上校立刻嚷嚷起來，同時瞥了安一眼，「就是剛剛經過我們身邊的那個人。」兩位穆斯格羅夫小姐同意他的判斷。大夥衷心地目送他離去，直到馬車終於消失在山丘的另一邊，他們才回去繼續吃早餐。之後隨即有位侍者走進餐廳。

溫沃斯上校把握機會提問：「請問，能告訴我剛剛離開的紳士是誰嗎？」

「可以的，先生，他是艾略特先生，十分富有的紳士，昨晚剛從錫德茅斯[63]過來。敢說您剛才用餐時一定有聽見馬車的聲音吧。他現在打算先去克魯肯[64]，再前往巴斯與倫敦。」

「艾略特！」沒等口才伶俐的侍者說完，眾人就面面相覷，口中也不停覆誦這個姓氏。

瑪莉嚷嚷起來：「我的老天呀！一定是我們堂兄，一定是我們家的艾略特先生！準沒錯！而且他正在服喪，那就更不可能有錯。真是太巧了！竟跟我們住在同一間旅棧！安，那位不正是我們家的艾略特先生嗎？父親的繼承人？請問一下，先生，」瑪莉轉頭問侍者，「他的僕人是否曾說他們來自凱林奇府？」

「沒有，夫人，他沒提起任何家族，不過有說他家主人很有錢，而且總有一天會成為從男爵。」

「果然是吧！你們聽聽！」瑪莉這下更是興奮地大聲嚷嚷，「正如我所料！他是華特・艾略特爵士的繼承人！這種消息一定會傳出來，相信我，既然身分如此光彩，他的僕人一定走到那兒都大肆宣揚。不過呀，安，想想真是太巧了呀！真希望剛剛有多觀察兩眼。真希望當初及時得知他的身分，或許還有機會引見。沒來得及彼此認識實在太可惜！你覺得他的長相有艾略特家的特徵嗎？我都在看馬，沒仔細看他的模樣，但我想他一定長得像艾略特家的人吧。奇怪，我怎麼沒認出他的家徽？噢！是僕人的長外衣遮住了馬鞍下護板，我才沒看到家徽，不然一定能認出來。還有制服，如果那名僕人不是身著喪服，我一定能靠著制服顏色認出來。」

溫沃斯上校開口：「那麼多巧合絕妙地湊在一起，你們竟然還無法與堂兄相認，只能說是天意呀。」

等瑪莉比較能集中精神後，安試著平心靜氣地分析情勢，畢竟她們父親與艾略特先生多年

---

62 雙馬二輪馬車（Curricle）：由兩匹馬拉動的輕便雙輪馬車，座位僅能容納兩名乘客。

63 錫德茅斯（Sidmouth）位於德文郡（Devon），是一個占地不大的海邊度假勝地。

64 克魯肯（Crewkherne）現在拼音為Crewkerne，是一座小鎮。

交情不睦，此刻嘗試結交並不明智。

不過，安仍因為見過堂兄而暗自滿意。看來凱林奇府的未來主人是名紳士，而且應該是個明理人。她絕不願提起自己又撞見對方一次。值得慶幸的是，瑪莉沒什麼注意大家提及今早散步時曾與他擦身而過，但要是得知安不但在走廊撞見對方，還接受了他的禮貌致歉，一定會因為從未有機會接近對方而覺得吃虧。不，她與堂兄的那次偶遇絕對得保密。

瑪莉說：「對了，下次寫信去巴斯時，務必告訴父親我們見到艾略特先生了。我認為應該知會父親一聲。記得，什麼細節都別遺漏。」

安並未正面回答。她認為這種情況沒必要向父親報備，反而該隱瞞不提。她知道父親曾在多年前受到艾略特先生冒犯，也懷疑伊莉莎白跟此事有關，畢竟每次有人提起艾略特先生，兩人總是很不高興。瑪莉從未親自寫信去巴斯，因此，偶爾負責與伊莉莎白通信的無趣差事都落在安身上。

大夥吃完早餐沒多久，之前約好在萊姆最後一遊的哈維爾夫妻與班威克上校就來了。他們一點就得啟程前往厄波克羅斯，此刻當然盡可能把握時間相聚出遊。

所有人都上路之後，安發現班威克上校立刻來到她身邊，看來昨晚的對話並未使他不愉快，甚至還想繼續交流。他們一起走了一段路，延續昨晚司各特爵士與拜倫勛爵的話題，但如同其他讀者一樣，他們仍無法針對兩人作品的價值取得共識。然後不知為何，大家身邊的同伴都換了一輪，安現在跟哈維爾上校走在一起。

他低聲說：「艾略特小姐，你竟然讓那個傢伙說了那麼多話，實在太厲害了。真希望他身邊常有像你這樣的人相伴。我也明白他這樣自我封閉並不好，但我們又能怎麼辦？我們可是分不開的呀。」

安回答：「我知道，看得出來確實是如此。不過或許再給他一點時間吧，我們知道時間總能沖淡傷痛，而且別忘了，哈維爾上校，你的朋友才剛失去愛人沒多久，據我理解，那是夏天的事吧？」

「是，沒錯，」他深深嘆了一口氣，「六月才發生的事。」

「而且他可能還不是第一時間接獲消息？」

「他是八月第一週才得知的。當時他從好望角[65]回來，剛被指派為『格瑞普勒號』的艦長。我那時人在普利茅斯，就怕聽到他的消息，但他還是會寄信來。之後格瑞普勒號奉命前往普利茅斯，在那他總要知道消息的，所以該由誰來說呢？我可不要。我寧願被吊死在船桁上也不要當那個報信人。沒人擔得下這份差事，只有那個好傢伙願意，」哈維爾上校手指溫沃斯上校，「拉寇尼亞號一週前才進駐普利茅斯港，短期內不太可能再被派出海，溫沃斯上校有機會放假，便寫了假單，還沒等到批准，就沒日沒夜地趕到樸茨茅斯，一抵達立刻划著小船登上格

65 好望角（Cape of Good Hope，原文中簡稱 Cape）：位於非洲西南端，當時被視為從大西洋進入印度洋的海岸指標。

瑞普勒號，陪了那可憐的傢伙整整一星期。他就是這麼做的，換作別人根本救不了可憐的詹姆斯。你可以想像，艾略特小姐，我們有多重視溫沃斯上校這個朋友。」

安確實對此早有定見，也在確保情感不致失控的前提下盡力附和著，或者說在哈維爾上校情緒可承受的範圍之內，畢竟他還很激動，眼看著不適合轉移話題。不過再次開口時，他談的已經是別件事了。

哈維爾太太表示，如果從此處走回家，她丈夫今日的活動量算是挺夠了，因此決定了最後一趟散步的路線：厄波克羅斯一行人會先陪哈維爾夫妻及班威克上校走回家，之後再走回旅棧，準備啟程離開。經過眾人仔細估算，眼前時間剛好足夠，但接近防波堤時，每個人又都想再上去走走，路易莎更是打定主意要去，眾人於是決定晚十五分鐘出發應該無妨。他們先跟哈維爾夫妻深情道別，彼此交換日後再相見的各種邀約與承諾，然後才在他們家門口告辭離去，不過班威克上校似乎打算陪大家走到最後一刻。一行人就此前往堤防，打算好好道別一番。

安發現班威克上校再次走近她身邊，因為眼前景致，他情不自禁地誦唸起拜倫勳爵詩中曾提到「深藍大海」的段落，她也樂意地盡可能附和著，但很快就被其它事分了心。

新防波堤的最上層風很大，女士們覺得不太舒服，決定仔細小心地沿著陡峭階梯走到下層，但路易莎偏要溫沃斯上校扶著她往下跳。之前幾次散步也一樣，路易莎老要溫沃斯上校扶著她跳下籬笆旁的梯子，她就是著迷於那種感覺。不過此處的水泥地比較硬，對腳不好，溫沃斯上校不太希望她這麼做，不過終究還是決定順著她。她跳了一次，安全著地，立刻開心地爬上階梯，打算再跳一次。他建議她別跳了，風險實在太大，但好說歹說就是沒用，她只是微笑著說，「我打定主意就不會反悔。」他於是伸手去扶，但她早了半秒跳下，於是直接摔在下層堤防上，被扶起時早已不省人事！

她身上沒傷口，沒流血，也不見明顯瘀傷，但雙眼緊閉，呼吸靜止，面如死屍。此時站在她身旁的人全都嚇壞了。

溫沃斯上校跪下將路易莎抱起，盯著她的臉色跟她一樣灰敗，一時之間哀痛地說不出話來。「她死了！她死了！」瑪莉抓住丈夫尖聲大叫，害得查爾斯更是驚恐地動彈不得。接著亨莉耶塔也嚇得身體一軟，失去知覺，若非班威克上校和安一左一右扶住，她也要跌在階梯上了。

「沒人幫我想想辦法嗎？」溫沃斯上校終於絕望地開口，語調彷彿早已氣力放盡。

安大喊：「快去幫他呀！看在老天份上，快去幫他呀！我一個人就能扶住亨莉耶塔，別管我了，快去幫他，揉揉她的手和太陽穴，這裡有嗅鹽，快拿去！快拿去！」

班威克上校立刻照她的話做了，在此同時，查爾斯也掙脫了妻子的手，兩人同時跑到溫沃斯上校身邊。路易莎終於被這三人比較穩當地扶起後攙住，之後所有人依照安的指令行事，路易莎卻仍毫無反應。溫沃斯上校跌跌撞撞地扶著牆走到一旁，淒絕痛苦地叫出聲來：

「噢，老天！她的父親和母親該怎麼想！」

安說：「找醫生！」

他聽了似乎清醒過來，口中不停說著：「沒錯，沒錯，應該立刻找醫生來，」正想飛奔離去，安又著急地提了另一個建議：

「讓班威克上校去是否比較好？他才知道上哪兒找醫生。」

所有還能思考的人都覺得這是個好主意，才下一刻（一切都發生地很快），班威克上校就已經把如同屍體的路易莎留給她哥照顧，並以最快的速度往鎮上跑。

至於剩下的人，溫沃斯上校、安和查爾斯三人雖然悲痛，但還能維持理性，實在很難說誰受的苦最深重。查爾斯確實是個關愛妹妹的兄長，但因為必須抱住路易莎，只能一邊悲泣一邊望著另一位失去意識的妹妹，同時望著妻子歇斯底里地向他求助，但此刻實在無能為力。

安本能地全心照顧亨莉耶塔，同時也想辦法顧及其他人。她盡力安撫瑪莉、鼓舞查爾斯，同時想辦法穩定溫沃斯上校的心情。此刻查爾斯和溫沃斯上校似乎都在等待她的指示。

查爾斯大聲嚷嚷：「安、安！接下來該怎麼辦？老天爺呀，接下來到底該怎麼辦？」

溫沃斯上校也轉頭看著安。

「是不是把她帶回旅棧比較好？是的，沒錯，就小心地把她帶回旅棧吧。」

「沒錯、沒錯，就帶回旅棧吧，」溫沃斯上校跟著說，人也比較鎮定了，急著想幫忙做些什麼。「我把她帶回旅棧。穆斯格羅夫，你待在這兒照顧其他人。」

就在此時，發生意外的消息已在堤防周遭傳開了，許多工人與船工都聚到他們身邊，一方面看看能否幫上忙，另一方面也是來湊個熱鬧，親眼見一下「那個死掉」的小姐；噢，不，是「兩個死掉」的小姐，看來現場比傳聞還精采兩倍呢。其中有幾名看來可靠的好人，安於是拜託他們扶著亨莉耶塔，她已稍稍恢復意識，但還是非常孱弱，透過旁人幫助，安終於可以跟亨莉耶塔並肩而行，查爾斯則陪在妻子身旁走著。一行人於是沿原路往回走，明明剛剛心情是那麼輕快，此刻卻是有苦難言。

他們還沒離開堤防，就遇上了哈維爾夫妻，原來他們看到班威克上校神色不對地跑過家門前，立刻決定出門查看，一路上經人指點往出事地點走。哈維爾上校也大感震驚，但隨即冷靜下來，很快理性就占了上風，他與妻子對看一眼後立即做出決定：路易莎該帶去他們家，所有人也得跟著來家裡等醫生。雖然旁人有些異議，但他們全都決定聽從哈維爾上校指示。一行人於是再次來到哈維爾家，在哈維爾太太的指揮下，路易莎被帶上樓，躺在女主人的床上，她丈夫則幫著分發強心飲品[66]及補藥給需要的人。

路易莎一度張開眼睛，但很快又閉上，意識似乎還不是很清醒。不過對亨莉耶塔而言，這至少是姊姊還活著的證據。她雖然無法跟姊姊待在同一個空間，但自從醒來後，內心始終懷抱著焦慮、盼望與恐懼。瑪莉總算也比較冷靜了。

醫生以令人無法置信的飛快速度趕到。當他檢查路易莎時，眾人都提心吊膽地等候結果，但醫生認為不必絕望。確實，路易莎的頭部受到重創，但他見過傷勢更重的人平安復原，因此語氣歡快地表示不必悲觀。

---

66 當時最常使用的強心飲品就是葡萄酒。

一聽到醫生覺得路易莎情況並不危急，也沒有在數小時內死去的風險，大家都滿懷希望地如釋重負，還有人激動地叫喊感謝老天，接著便靜默深沉地品味此刻暫時倖免於難的狂喜。

安確信永遠不會忘記那場面：溫沃斯上校高喊「感謝上帝」的語調及神情，以及之後坐在桌邊，彎腰將臉深埋在環抱的雙臂之間，彷彿靈魂深處遭受各種情緒衝擊，欲透過禱告及冥想平復內心。

路易莎的手腳沒事，受傷的只有頭部。

此刻大夥必須衡量眼前情勢，找出最好的後續處理措施。現在他們已能冷靜地交談與商討，最後必須承認，即便百般不願打擾他們的好友，路易莎必須先待在哈維爾家靜養一陣子。她現在無法承受被搬動的風險。哈維爾夫妻要求大家別再對此安排猶豫不決，也盡可能阻止眾人謝個不停，其實早在旁人能夠分析情況前，他們早已做好安排：班威克上校必須把房間讓給哈維爾夫妻，先去找別處住一陣子，事情就這麼定了。他們只擔心沒有空間提供其他人留宿，不過，如果真有人想留下，只要「讓孩子睡到女傭房間，或者在哪裡掛張吊床，」或許還能騰出兩、三個床位。不過，如果只是考量路易莎的照護問題，其實可以完全放心地交給哈維爾太太。她是位非常有經驗的護士，而家中保姆多年來幾乎都跟在她身邊，照護技巧也非常熟練，有她們兩人日夜輪替，路易莎勢必能得到無微不至的照料。哈維爾夫妻的態度極為真誠，一副不接受任何人拒絕的模樣。

負責商討此事的是查爾斯、亨莉耶塔和溫沃斯上校，不過討論到一半，三人突然深陷於困惑及惶恐中，「厄波克羅斯！必須有人回去厄波克羅斯報信！但該怎麼告訴穆斯格羅夫先生與太太？都快要正午了。距離我們預定出發的時間已過了一小時，根本不可能在原訂時間回家。」一開始他們只能這般窮嚷嚷，過了一會，溫沃斯上校才終於振作起來，開口表示：「我們得果斷一點，不能再浪費任何一分鐘。眼下每分鐘都珍貴。現在必須有人立刻前往厄波克羅斯。穆斯格羅夫，不是你去就是我去。」

查爾斯同意他的看法，但決定自己哪兒都不去。他不想在此叨擾哈維爾上校及太太，又覺得不該也不願離開依然神志不清的妹妹，因此確定由溫沃斯上校趕回厄波克羅斯。亨莉耶塔一開始也打算留下，不過很快被說服隨著溫沃斯上校離去。她好想幫上忙呀！但她無法待在姊姊的房裡，更別說看著她，因為心中湧起的痛苦更甚於無助！雖然不情願，她得承認自己在此毫無用處，本來還想堅持留下，但想到可憐的父親與母親，她便心軟地同意先行離開，甚至著急地想趕快回家。

安離開路易莎房間，默默走下樓梯，此時三人已差不多做好計畫，但因為起居室的門開著，她順勢聽見他們接下來說的話。

溫沃斯上校表示：「就這麼決定了，穆斯格羅夫，你留下來，我負責帶你妹妹回去，至於剩下的其他人，我想只需留下一位協助哈維爾太太即可。查爾斯．穆斯格羅夫太太一定會想回去照顧孩子，但若安願意留下，我想沒有比她更合適、更有能力的人選。」

安聽到自己被如此親暱地稱呼[67]，一時情緒激動，必須站定一會兒才能平復情緒。另外兩人非常同意他的看法。接著安走去加入他們。

「你願意留下來吧？我想你一定願意留下來照顧她，」溫沃斯上校轉頭對她喊著，那神態既熱烈又溫柔，兩人的關係彷彿瞬間回到過去。她的臉泛起深深紅暈，他則強自鎮靜地移開眼神。安表示自己非常樂意留下，也早已做好心理準備。「我早就這麼考慮了，希望大家成全。只要哈維爾太太同意，我只需要在路伊莎所在的房間打個地鋪就行。」

眼下只差一件事得打理。確實，此刻返家已比預定時間稍晚，但大家仍同意盡快將路易莎的情況告知穆斯格羅夫先生與太太，但若駕駛原本的馬車回去恐怕太耗時，因為那幾匹馬腳力不佳，溫沃斯上校於是提議向旅棧租借輕便馬車，隔天一早再找人把穆斯格羅夫先生的馬車駕回去，屆時也能順道報備路易莎前晚的情況。

溫沃斯上校開始處理自己負責的工作，隨後兩位女士會再與他會合。只是瑪莉一聽說這項計畫，好不容易平靜的心情立刻變得憤恨又哀傷：她不懂為何大家希望她走，唯獨就指望安留下來，這樣的安排完全不公平。安跟路易莎非親非故，而她可是路易莎的大嫂——最有權利代替亨莉耶塔留下的人是她才對！難道她的用處比不上安嗎？而且她還得獨自回家，身邊沒有丈夫陪伴！不！這樣的安排實在太不厚道了！總而言之，查爾斯完全說不過她，最後只好妥協。既然他都屈服了，別人反對更不可能有用，只好讓瑪莉代替安留下。

瑪莉純粹是出於忌妒才想留下，安認為此番考慮實在不夠周全，但也只能不甘願地屈服。時間差不多了，他們於是出發前往鎮上，查爾斯照看著亨莉耶塔，班威克上校則陪在安身旁。

匆匆經過早上散步的地點時，安稍微回想了一下，當時她聆聽亨莉耶塔聊著想說服雪利博士離開厄波克羅斯的計畫；再往前走一點，又來到遇見艾略特先生的階梯，然而此刻她的心思不免回到路易莎身上，以及那些為了她身子擔憂的人們。

班威克上校始終無微不至地照顧著她。今日的不幸事件不但讓眾人更親近，她對班威克上校的好感也隨之增加，一想到此番不幸是與他繼續往來的機會，她竟然還感到喜悅。

溫沃斯上校正眼巴巴地等候著。為了方便女士上車，他把四匹馬拉的輕便馬車停在地勢最低的街道尾端。一看到安代替瑪莉前來，他的神態既驚又惱，聽查爾斯解釋時表情變幻莫測，最後似乎只能努力壓抑下震驚。安看了只覺心寒，或許對他而言，自己只有在照顧路易莎時才有價值吧。

安盡力安定心神，持平思考，就算不仿效〈亨利與艾瑪〉[68]詩作中艾瑪對亨利的一往情深，她也願意以超乎尋常的熱忱照顧路易莎。安希望他別一直對她心存偏見，以為她是那種會無端捨棄朋友道義之人。

---

67 溫沃斯上校禮貌地稱呼瑪莉為查爾斯．穆斯格羅夫太太，卻情不自禁地直呼安的名字。這種親密感讓安激動不已。

68〈亨利與艾瑪〉（Henry and Emma）是馬修．普萊爾（Matthew Prior）的詩作。為了測試艾瑪的情感，亨利假意宣稱愛上一位比她年輕貌美的女孩，艾瑪為了接近亨利，竟然不惜表示願意服侍情敵。

她一邊想一邊坐上馬車。他伸手將兩位女士扶入車內，然後坐在她們中間。就在充滿震驚與各種其它情緒的情況下，安就這麼離開了萊姆。他們將如何度過這段漫長路程？每個人的心態會因此受到什麼影響？他們之間會談起什麼話題？她都完全無從預料。不過一切都是如此自然，他總是轉頭照看亨莉耶塔，每次開口不是提醒她抱持希望，就是為了提振她的精神。他的語氣及神態始終勤懇平靜，似乎以避免刺激亨莉耶塔為主要原則。唯有一次，當亨莉耶塔表示不該提議去防波堤走上最後一趟，哀嘆著說那是個有欠考慮的不祥判斷，他才似乎無法克制地突然開口，大喊：「別說了！別說了！噢！上帝呀！若我在致命的那一刻沒讓步就好了！若我盡到應盡的責任就好了！但當時她的決心是如此堅定與熱切呀！我親愛又甜美的路易莎！」

安不禁好奇，現在的他是否仍深信心志堅定的人才能獲得幸福？他的信念是否動搖？他是否可能意識到，心靈的所有特點都有其性質及侷限？她覺得面對此種情況，他應該會無法避免地有所領悟：即便是容易被勸服的個性，偶爾也能跟心志堅定者同樣受到幸福眷顧。

他們行進得很快，安發現他們以驚人的速度經過之前看過的山丘與各式物件。再加上擔心稟報消息後的結果，大家感覺到的速度更比實際上更快，明明是同樣的道路，卻似乎只有昨天的一半長。儘管如此，在尚未接近厄波克羅斯近郊時，暮色仍已迅速降臨，車上氣氛一度徹底死寂。亨莉耶塔縮在角落，臉上披著圍巾，顯然打算直接哭著睡著；就在他們爬上最後一座山丘時，安聽到溫沃斯上校呼喚自己，語調低沉謹慎：

「我一直在思考該怎麼做比較好。首先進門的不該是亨莉耶塔，她在父母面前承受不住的。所以我想或許你先陪她留在車上，我進去跟穆斯格羅夫先生與太太報告這個消息。你覺得這個計畫好嗎？」

她認為這計畫很好，他於是安心下來，不再開口。不過安一想起他徵詢自己的意見就很開心，這證明他仍當她是朋友，也願意仰仗她的判斷。既便同時證明兩人早已不如過往親密，她也珍惜這份情誼。

終於，溫沃斯上校將令人悲痛的消息帶到了厄波克羅斯，穆斯格羅夫先生與太太作為父親及母親，反應堪稱鎮定，亨莉耶塔回到家中狀況也穩定不少。因此，他表示打算駕駛同一輛輕便馬車回萊姆，並在馬匹吃飽後旋即出發。

13

安在厄波克羅斯的時間剩下兩天。她知道自己待在大宅很有用處，心裡充實，不但可以就近陪伴穆斯格羅夫先生及太太，當他們沮喪得無法處理往後安排時，她也能從旁協助。

隔天一大早，他們就接到來自萊姆的消息。路易莎的情況沒什麼改變，但似乎也沒有惡化的跡象。幾個小時後，從萊姆返回的查爾斯帶來更詳細的資訊。他的精神還算振奮，表示路易莎雖然無法很快好起來，但考量昨日的傷勢，目前恢復得還算平順穩當。提到哈維爾夫妻的好意時，他彷彿怎麼道謝也不夠的樣子，尤其哈維爾太太更是竭盡所能地隨侍照顧，「有她在場，瑪莉根本沒事情做，甚至說服他和瑪莉回旅棧休息。瑪莉今早又歇斯底里起來，我今早離開時，是班威克陪她出去散步，就希望讓她放鬆一些。真希望昨天能成功說服她回家，不過說老實話，也是哈維爾太太讓人幫不上忙。」

查爾斯當天下午就要再次返回萊姆，他父親本來也有意跟去，但家中女士不同意，畢竟他去了只是添麻煩，還徒然惹自己傷心。後來他們想出一個更好的替代方案，先是從克魯肯叫來一輛輕便馬車，然後請查爾斯帶一位真正有用的幫手回去：家中的老保姆莎拉。一直以來，都是莎拉負責把家中小孩拉拔長大，自從家中最受寵的小少爺哈利終於追隨兄長腳步離家上學[69]

後，她就住在空下來的育兒室，閒暇幫忙補補襪子了，只要一看到身邊的人出現膿瘡或瘀傷，就迫不及待地要幫忙敷藥照料，因此，一聽到有機會去照顧路易莎小姐，她真是高興得不得了。其實在此之前，穆斯格羅夫太太和亨莉耶塔也想過找莎拉去，再次因為有安，她們才能下定決心迅速促成此事。

又隔了一天，多虧有查爾斯．海特為他們捎來路易莎的詳細情報，畢竟他們有必要每天掌握路易莎的復原狀況。查爾斯．海特專程跑去萊姆一趟，帶回的消息仍然令人振奮：路易莎越來越常醒來，意識也越來越清楚，而溫沃斯上校簡直如同定居在萊姆。

此刻最令他們惶恐的事情，反而是安明天就得離開。「沒有你該怎麼辦？我們悲痛得甚至無法安慰彼此。」一夥人口中不停說著類似的話。不過根據安私下觀察，他們其實都很想趕去萊姆，因此說服他們立刻動身。事情進行得很順利，他們迅速決定隔天出發，視情況投宿在旅棧或租間房子，然後待到親愛的路易莎可以帶回厄波克羅斯為止。他們一定能為照顧她的好心人分擔一點工作，再怎麼不濟也還能幫哈維爾太太帶孩子，總而言之，大家對這個決定都很滿意，安也很高興能夠促成此事。因此，待在厄波克羅斯的最後一早，她決定協助這家人做好準備，好讓他們一大早順利啟程，就算最後得獨自被留在屋內也無妨。

除了瑪莉的兩個孩子，在為厄波克羅斯的大宅與別墅帶來活力的人之中，她真的是最後也

---

69 當時上流人家的孩子，滿六、七歲時就會被送去寄宿學校讀書。

唯一留下來的人。真沒想到才短短幾天，變化竟如此之大。

只要路易莎好起來，一切都能重回正軌，氣氛甚至會比之前更歡樂。安的內心非常篤定，路易莎的復原不可能帶來其它結局。此刻她身處的房間一片空蕩，只餘她獨自憂傷沉思，但只要再過幾個月，此處將會重現往日的幸福與歡笑，散發豐沛情感的明亮光采，而這一切都不屬於安・艾略特。

那是個陰鬱的十一月天，柔細雨絲使窗外本就稀少的物件更加朦朧不清。安就這麼神遊了一整個小時，逐漸開始期待聽到羅素夫人的馬車聲響。雖然渴望啟程，但無論是離開大宅，或是目送沉鬱迴廊仍在滴雨的別墅，還是透過馬車朦朧的窗盯著村中寒愴的住屋，她仍不住感傷起來。正是這些掠過的景色造就了厄波克羅斯，一幕幕都飽含情緒，比如曾經難以忍受但已淡去的痛苦、早已釋懷的寬容，以及友誼建立與和解的起落，雖然那些時光不可重現，存在過的卻也不可磨滅。她把這一切拋在腦後，只留下曾經體驗的回憶。

打從九月離開羅素夫人家後，安就再也沒有踏進凱林奇府，首先是沒有必要，但就算有機會前往，她也會找藉口避開。現在頭一次回來，為的就是住進羅素夫人時髦雅致的別莊，好讓女主人開心。

羅素夫人很高興能再次見到安，但不免也有些焦慮。她知道這陣子誰常去厄波克羅斯。幸好無論是否出於心理作用，安確實看來圓潤不少，氣色也好多了。安一聽見她的恭維，立刻聯想到堂哥默默表現出的愛慕情愫，不禁對於重拾青春美貌有了盼望。

她一邊與羅素夫人交談，一邊察覺到內心起了變化。她本來滿心想著被迫搬離凱林奇府的痛苦，還怪穆斯格羅夫家疏於慰問，只得將委屈埋在心底，但此刻想來都是次要問題。她最近甚至不太在意住在巴斯的父親與姊姊，相較之下，她還比較關心厄波克羅斯那群人。羅素夫人重新談起兩人之前的盼望與恐懼，先是提及對艾略特父女定居卡姆登寓所[70]感到滿意，再對克雷太太仍跟他們待在一起感到遺憾，安卻羞於承認她其實一心只想著萊姆，想著路易莎・穆斯格羅夫，還想著自己在那兒認識的所有朋友。對安而言，比起父親在卡姆登寓所的家，或是姊姊與克雷太太的親密交情，她還寧願談論哈維爾夫妻的家，或者與班威克上校的交流。明明是她本該特別掛心的話題，她卻得勉強才能表現出跟羅素夫人同等在意的模樣。

剛開始聊起另一個話題時，兩人有點尷尬，但實在無法避而不談萊姆的意外。其實，羅素夫人昨天才回凱林奇村不到五分鐘，消息就已鉅細靡遺地傳入她耳裡，但她仍必須正式提起此事，得體地詢問過程，遺憾路易莎的舉止粗率，並對結果表達慰問。過程中兩人不免得提起溫沃斯上校的名字。安意識到自己無法如同羅素夫人一般泰然自若，不但難以說出他的名字，真說出口時甚至無法直視羅素夫人的眼睛，直到安權宜行事，簡短地說明了溫沃斯上校及路易莎之間滋生的情感，才終於能心平氣和地談論這個人。

70 卡姆登寓所（Camden Place）：現稱卡姆登新月（Camden Crescent），修建於一七八八年，鄰近巴斯最知名的建築皇家新月（Royal Crescent）。

羅素夫人神色若定地聆聽，也祝他們幸福快樂，但內心的喜悅摻雜了怒氣，甚至有些輕蔑：那男人既然二十三歲時就能稍懂安・艾略特的價值，怎麼都過了八年，還會被路易莎・穆斯格羅夫這種貨色迷住？

就這樣平靜過了三、四天，沒什麼特別的事發生，真要說只有安收到幾封來自萊姆的信，也不知是怎麼送到的，總之信中表示路易莎復原進度良好。不過到了最後，向來禮數周到的羅素夫人再也沉不住氣，本來只是輕微自責的語調變得果決，「我非得去拜訪克勞夫特太太不可，而且要盡快。安，你有勇氣跟我一起到凱林奇府登門拜訪嗎？我知道這對我們都是折磨。」

安沒有退縮，反而直言說出內心觀察後的想法：

「我認為你應該是比較受煎熬的人。你的感受比較沒有隨著改變而調適。至於我呢，因為一直待在這一帶，反而已經習慣了。」

她本來還想說得更多。她對克勞夫特夫妻的評價很高，認為父親擁有這種房客實在幸運，她甚至覺得本地教區因此有了良好楷模，窮人也能得到最好的關注與救濟。因此，儘管對於被迫搬走不免感到遺憾又羞愧，但在良知上，安覺得艾略特家本來就配不上凱林奇府，反而是接手的房客比較有資格。她深深相信，同時也無比傷心。不過若說再次走進凱林奇府，甚至回到那些曾經熟悉的房間內，那種重遊舊地的痛苦只屬於羅素夫人，不屬於她。

畢竟在那些時刻，安無法對自己說：「這些房間只屬於我們！噢，這棟府邸竟然淪落至此！竟被如此沒資格的人霸占！一個古老家族就這麼被趕走了！到處都是陌生人！」除非是憶起母親，以及她曾使用或坐臥的空間，她才可能發出絲毫哀嘆。

一直以來，克勞夫特太太待安都很親善，彷彿安是她的最愛。尤其現在又是在凱林奇府招待安，她更是比平常熱絡許多。

眾人很快就認真聊起在萊姆發生的意外。就在交換病患消息時，大家發現所有女士都是在昨天一早同時得到最新資訊，原來溫沃斯上校昨天有回凱林奇府（意外發生後第一次），而安最近收到的那封短信就是這麼來的。他待了幾個小時後再次返回萊姆，目前看來沒有要再次離開的意願，不過曾特別問起安，希望她沒有受到之前操勞的影響而不適，也大肆稱讚她的盡力協助。多麼棒呀！沒有什麼能比這問候更使安開心了！

至於那樁令人傷痛的慘劇，由於兩位女士沉著明理，只根據確鑿事件做出判斷，因此仔細討論之後，都認定這絕對是輕率行事的後果。此外，後續發展也值得關注，畢竟穆斯格羅夫小姐不知還要多久才會復原，腦震盪也不知是否會有後遺症，光是想像各種可能性就夠嚇人了。上將聽了之後總結說道：

「是呀，確實是糟透了。現在的年輕人都怎麼追小姐的呀？把人家的頭給敲破嗎？還真是敲頭給藥，先揮鞭子再給糖。」

羅素夫人平素穩重，一點也不欣賞上將的玩笑態度，安卻覺得討喜。在她看來，上將心地好，個性也樸實，一切都散發難以抗拒的魅力。

「哎呀，這一定很難受吧，」他稍微神遊了一會兒，卻又突然醒悟過來，「你們還得來這兒探望我們，我承認之前完全沒想到，這肯定非常難受。不過現在請別客氣，若是願意，就進房間到處走走看看吧。」

「下次吧，先生，真的很感謝，但下次吧。」

「這樣呀，其實任何時候都可以。你隨時都能穿過灌木叢後溜進來，然後發現我們在門邊掛傘的地方，真是個適合掛傘的所在，不是嗎？但是，」他又反省了一下，「你們可能不覺得那裡適合，畢竟你們之前都把傘收在管家房裡。是呀，我想世道總是這樣，大家各有自己的習慣，沒有孰優孰劣，總是最喜歡自己的辦法。因此，是否在府邸裡繞繞比較好呢？我也得讓你們自行判斷才是。」

安發現有婉拒空間，立刻心存感激地推辭了他的好意。

上將思考了一下才說下去：「我們也只對房內陳設做了少許更動！真的很少。之前在厄波克羅斯跟你提過，我們改建了洗衣間的門，方便程度因此大幅改善；真是不懂呀，世上竟有家族能忍受開關如此不便的門！還忍受這麼久！你非得把這件事告訴華特爵士，薛波先生也說這是府邸有史以來最棒的改建工程。確實，我得持平而論，我們所做的少數調整都讓這棟房子變得更宜人，不過大多是我妻子的功勞。我做的事不多，大概就是把更衣間的幾面屬於令尊的大鏡子搬走而已。令尊非常正直，我相信也絕對是位紳士，但我得老實說，艾略特小姐，」他顯然早已深刻思考過這個話題，「以他的年紀，我得說他實在是太注重打扮了。竟有那麼多面鏡子！我的老天爺！搞得走到哪兒都必須看到自己。所以我請蘇菲幫忙，迅速把鏡子搬走了。這下舒服多了，就剩角落一面小刮鬍鏡，至於另外剩下的一面大鏡子，我可從來不願靠近。」

安聽了覺得有趣，但不知該如何應答，上將擔心自己有失禮儀，立刻又試圖彌補一番。

「下次寫信給令尊，艾略特小姐，請代我和克勞夫特太太致意，也請告訴他，這間府邸無可挑剔，我們已稱心滿意地住下了。雖然早餐室的煙囪有點漏風，但我向你保證，只有颳強烈正北風時才會有這個問題，我猜每年冬天頂多漏那麼三次吧。整體而言，我們在這一帶看過不少房子，足以判斷沒有其它房子更令人喜歡了。請務必轉達我的敬意。他聽了一定會很高興。」

羅素夫人和克勞夫特太太非常喜愛彼此，兩人的交情因為這次拜訪萌芽，卻沒有足夠的時間使其茁壯。克勞夫特夫妻回訪時宣布打算去北部拜訪親戚，而且行程為期數週，羅素夫人之後又要前往巴斯，他們或許無法趕在那之前回來。

因此，安再也不用擔心在凱林奇府撞見溫沃斯上校，也不用怕他與好友羅素夫人碰頭，情勢堪稱安全無虞。安之前為此焦慮不已，沒想到全是白費心思，現在自己都覺得好笑呀。

14

穆斯格羅夫先生與太太趕去萊姆之後，查爾斯和瑪莉的用處實在有限，不過還是待了比安預計還長的時間。他們確實是家族中最早回來的兩位，而且一抵達厄波克羅斯，兩人就立刻驅車前往凱林奇府的別莊。他們離開時，路易莎已經可以坐直身體，意識清楚但耗弱，而且變得極度神經質，再輕柔的動靜都可能嚇壞她，整體而言儘管恢復良好，卻仍不確定能否承受顛簸的返家車程。聖誕假期[71]就要到了，她的父母得回家招待返鄉過節的年幼兒孫，眼看是無法把路易莎一起帶回去了。

穆斯格羅夫一家在萊姆租了房子。穆斯格羅夫太太只要找到機會，就會把哈維爾太太的孩子帶出來照顧，夫妻也盡可能從厄波克羅斯調度了可用資源，就希望能減少哈維爾一家的不便。哈維爾夫妻也每天邀請他們前來晚餐。簡而言之，兩家你來我往的，都亟欲證明自己才是比較無私好客的一方。

瑪莉一開始過得叫苦連天，但既然在萊姆待了那麼久，想必整體而言樂大於苦。查爾斯．海特一天到晚跑來萊姆，她看了心煩，而且在哈維爾家用餐時，竟然只有一位女僕從旁伺候。一開始，哈維爾太太就讓穆斯格羅夫太太帶領大家用餐，不過在發現瑪莉是誰家女兒後，她更是為自己的無知殷勤致歉，此後兩邊來往更加頻繁，也常一同在穆斯格羅夫一家的租屋與哈維爾家之間散步，瑪莉還常去萊姆的圖書館[72]借閱藏書，因此相對於厄波克羅斯，瑪莉對萊姆的好感可說與日俱增。她不但去了鄰近小村查茅斯、洗了海水浴，還上了教堂，發現此地上教堂的人比厄波克羅斯多上太多，也有更多可觀之處。再加上感覺自己在此似乎挺有用處，她最後過了心情極為舒暢的兩週。

安問起班威克上校，瑪莉的表情立刻變得陰沉，查爾斯看了大笑。

「噢！我相信班威克上校過得很好，但他實在是個怪異的年輕人。真搞不懂他的心思。我們邀請他來家裡住上一、兩天，查爾斯承諾帶他去打獵，他似乎很開心，我也以為事情就這麼說定了。但你聽我說！到了週二晚上，他突然給了個蹩腳的藉口，說『我從來不打獵的』，還說『是你們之前誤解我的意思』。明明是他給了一堆承諾，現在卻又翻臉不認帳。我猜他是怕來了無聊，但相信我，若要招待這樣一位成天心碎萎靡的年輕人，我們別墅算是夠有朝氣了。」

查爾斯再次大笑出聲，接著說：「好了，瑪莉，你明知一切都是你自找的，」然後他向安

71 聖誕假期是從聖誕前夕一直延續到一月六日的主顯節。

72 當時萊姆有兩間流通圖書館，通常必須繳季費或年費才可借閱，這類圖書館之所以興起，是因為書籍價格很高，即便是相對富有的家庭都不容易負擔。

解釋，「他以為只要跟著我們回來，就有機會見到你。他以為所有人都住在厄波克羅斯。不過一發現羅素夫人住在距離我們三英里之處，他立刻就喪氣地不敢來了。這絕對是事實，我以人格擔保，瑪莉心裡也很清楚。」

但瑪莉拉不下臉認錯，大家也不確定原因為何。她或許是嫌棄班威克上校的出身，深信他沒資格與艾略特家族的人談戀愛，也或許是因為不相信比起自己，安竟然更能吸引他前來厄波克羅斯。總之，安沒有因為聽了這話就對班威克上校失去好感，反而欣然接受他的心意，甚至進一步問候他的情況。

查爾斯嚷嚷著說：「噢！他老是談起你，他是這樣說的——」但瑪莉打斷他：「查爾斯，我敢保證，待在萊姆的這段期間，我從未聽他提起安的名字超過兩次。我保證，安，他完全沒有談論你。」

查爾斯也承認：「是啦，據我所知，他確實不會隨意提起你，但他顯然非常愛慕你。他往腦中塞滿你推薦他閱讀的書籍內容，一心就想找你討論。他因為其中某本書中理解了某個道理……那個道理……哎呀，我怎麼可能記得呢！反正他得到了不錯的啟發。我有聽見他跟亨莉耶塔提起這件事，還大肆誇讚了『艾略特小姐』一番！所以，瑪莉，我敢保證這是我親耳聽見的話，當時你在另一個房間。『優雅、甜美又漂亮，』噢！艾略特小姐還真是魅力無邊呀。」

「那我敢確信，」瑪莉激動起來，「若他真這麼說了，表示這人毫無信用可言。哈維爾小姐六月才過世呢，如此善變的心意毫無價值。是吧，羅素夫人？我相信你會同意我的看法。」

羅素夫人微笑著說：「我得先見過班威克本人才能判斷。」

查爾斯接著說：「一定很快就有機會了，夫人，我保證，他雖然沒敢跟我們一起回來，之後也沒敢正式來訪，但總有一天會親自來到凱林奇府。您儘管相信就是了。我告訴了他前往此地的精確距離及路線，也說此地教堂非常值得一看，畢竟他對這類事情有興趣，適合當作來此一遊的藉口，他極度專注又仔細地聆聽，我敢說看他那副模樣，沒過多久就會來訪。因此，羅素夫人，我這就算是先知會您一聲。」

羅素夫人和善地回應：「安的任何朋友來訪，我都歡迎。」

瑪莉說：「噢！與其說是安的朋友，還不如說是我的朋友吧。畢竟我這兩週幾乎每天都與他見面呢。」

「那麼，既然是你們共同的朋友，我當然更樂意見見這位班威克上校了。」

「夫人，你在他身上找不到任何討喜的特質，我跟你保證。他真是世上最無趣的年輕人之一了。他曾跟我一起散步，結果我們都從沙灘的這一頭走到那一頭了，他竟然一個字也沒說。他實在沒什麼教養可言。你肯定不會喜歡他。」

安開口說：「關於這點，我有不同意見，瑪莉，我認為羅素夫人肯定會喜歡班威克上校。她一定會覺得他頭腦很好，也很快會看出他的舉止無從挑剔。」

查爾斯說：「我的想法跟你一樣，安，我認為羅素夫人會喜歡他。他倆是同類人。只需要一本書，他就能讀上一整天。」

瑪莉口氣譏誚地說：「那倒是沒錯！他真的會埋頭猛讀，讀到別人跟他講話也不知道，讀到旁邊有剪刀掉在地上也聽不見，反正不管發生什麼事都渾然未覺。你覺得羅素夫人會欣賞這種人嗎？」

羅素夫人忍不住笑了出來，說：「說真的，我向來自認看人的標準一致，而且實事求是，沒想到這回竟引發如此極端不同的臆測。到底為何會讓人留下如此極端的印象呢？我實在好奇，真想立刻見見。真希望你們誰能讓他早點來訪，屆時你一定會知道我的看法，瑪莉，但此刻我絕不願妄下評論。」

「你不可能喜歡他。我真心確定。」

羅素夫人開始聊起其它事，瑪莉則興奮地說起眾人巧遇（或說錯過）艾略特先生的過程。

羅素夫人開口：「我完全不想見到這個男人。他拒絕與家族的大家長誠心交好，在我心裡留下非常糟的印象。」

羅素夫人這話說得果決，瑪莉立刻發現不妥，本來正談到艾略特先生的容貌看得出有許多家族特徵，此刻也只好趕忙轉移話題。

至於溫沃斯上校的近況，安不敢貿然詢問，但查爾斯與瑪莉言談間就已提供不少資訊。他的精神振奮不少，可以想見的是，隨著路易莎康復，他的心情也隨之好轉，狀態和第一週時已截然不同。他始終沒跟路易莎見面，就怕見了會給她帶來不好的影響，所以始終沒要求這麼做，反而計畫要離開萊姆七到十天，等她的神智更穩健後再回去。他曾提起打算南下普利茅斯待上一週，還說服班威克上校同行。不過正如查爾斯所堅持的一樣，班威克上校似乎更想駕車拜訪凱林奇府。

打從那時開始，羅素夫人和安不時就會想起班威克上校。每當門鈴響起，羅素夫人都覺得是有人要通報他的到來；每當安在父親的領地內自得其樂地散步，或者造訪村內的櫻桃園，內心總想著是否會碰到班威克上校，或聽見他的消息。不過班威克上校始終沒來，或者是因為想來的心意沒有查爾斯料想的熱切，又或是個性太過害羞。總之，在等了一星期之後，羅素夫人對班威克上校的興致也退了，便聲稱這人根本不值得認識。

穆斯格羅夫先生與太太回家後，不但迎接了從寄宿學校返家的孩子，還把哈維爾夫妻的孩子也帶回來。此舉不但能使厄波克羅斯熱鬧些，也能使萊姆清靜些。亨莉耶塔仍在萊姆陪伴路易莎，但穆斯格羅夫家的其他人都已重回生活正軌。

耶誕假期期間，羅素夫人及安曾上門拜訪過一次，安發現大宅已再次歡騰起來。儘管亨莉耶塔、路易莎、查爾斯．海特及溫沃斯上校都不在，跟安上次所見到的寂寥場面相比，這間大宅簡直蛻變為完全不同的空間了。

哈維爾家的孩子緊貼在穆斯格羅夫太太身邊。別墅的兩個男孩聲稱只是在逗他們玩，但事實是她得努力保護他們不受欺侮。房內其中一側擺了張桌子，幾個女孩圍坐著閒聊，手上同時將絲綢與金紙裁剪出花樣；另一側則放了盤架與碟子，形狀被野豬肉及冷派的重量壓得有點彎曲，還有男孩聚在一旁高聲吵鬧。最後當然少不了炙烈的耶誕爐火，無論環境多喧鬧，都彷彿決心要讓大家聽聞自己的存在。在他們造訪期間，查爾斯和瑪莉當然也加入，穆斯格羅夫先生特別向羅素夫人致意，還在她身旁坐了十分鐘，努力提高音量與她交談，但因為膝上孩子吵個不停，誰也聽不到彼此……只能說真是一幅家庭和樂的美好場面呀。

以安自己的性情來做判斷，眾人在經歷了路易莎的意外之後，精神都很脆弱，這種家庭歡鬧的場面反而會妨礙復原。不過穆斯格羅夫太太卻不這麼想。她特地走到安身邊，不停誠心感謝她之前對這個家族的付出，然後一邊總結這段時間受到的折磨，一邊開心地環顧房內，表示在吃盡苦頭後，若說想得到什麼寬慰，莫過於這般靜享與家人相處的美好。

路易莎的復原情況穩定。穆斯格羅夫太太甚至相信她能在弟妹返校前回來。無論路易莎何時回家，哈維爾一家都承諾隨行前來，也順道在厄波克羅斯待上一陣子。溫沃斯上校則去什洛普郡拜訪弟弟，目前人不在萊姆。

「我希望未來能提醒自己，」羅素夫人重新坐進馬車後立刻開口，「千萬別在耶誕假期時造訪厄波克羅斯。」

就跟世間其它事物一樣，人們對於聲音的好惡各有不同，一種聲音究竟是無害或惱人，多半看的是種類而非音量。之後沒過多久，羅素夫人在某個下雨的午後乘坐馬車進入巴斯，從舊橋經過漫長街道北上抵達卡姆登寓所，沿途能聽見其它馬車的疾駛聲響、運貨小車與板車的轆轆聲響，販賣報紙、鬆糕及牛奶的小販叫賣聲響，以及硬質雨鞋敲打地面的聲響，但她毫無怨言。當然沒有怨言，這些聲響可是冬天的樂趣，她的心情總能隨之高昂起來，雖然嘴上沒說，但她心裡有著跟穆斯格羅夫太太類似的感想，畢竟在鄉間待了這麼久，若說想得到什麼寬慰，莫過於這般靜享身處城市的美好。

安卻沒有同樣感受，她暗自堅決地抵制著巴斯。第一次見到雨景朦朧的巴斯時，無論是密集的建築物還是煙囪冒出的煙，她都沒有再看上一次的興致。街上的車流與行人不但惱人，步調也太快了。更何況，這裡有誰見了她會開心呢？她只能無比遺憾地思念曾在厄波克羅斯的快意奔忙，以及生活在凱林奇的幽靜閒散。

不過，伊莉莎白的上一封信寫了挺有意思的消息：艾略特先生正在巴斯。他曾到他們位於卡姆登寓所的住處拜訪，甚至還去了第二次、第三次，而且一次次都表現得無比殷勤。如果伊莉莎白和父親沒有自欺欺人的話，這個曾經想方設法迴避他們的艾略特先生，此刻卻亟欲與他們交好，甚至強調兩家關係之重要。若一切屬實當然也很好，羅素夫人對此既好奇又困惑，明明之前曾聲稱完全不想見到他，現在也改變了立場。她現在非常希望見到他。若他是真心悔悟，以家族一分子的身分尋求和解，那首先得為了脫離家族譜系而尋求諒解。

安倒沒有像羅素夫人那般興致高昂。比起巴斯的其他人，她倒比較想見見艾略特先生。她在卡姆登寓所下了馬車，羅素夫人的馬車則繼續往李佛斯街的住處駛去。

15

華特爵士在卡姆登寓所租了間非常好的房子，再加上位處高處，又屬高檔地段，可說完全符合他的身分。他和伊莉莎白對住處都相當滿意。

走進屋內時，安一想到即將連續數月困在此地，心情就非常低落，同時也焦慮自問，「噢！我究竟何時才能再次離開這兒呢？」不過出乎意料地，她算是受到父親與姊姊的熱烈歡迎，心情確實改善了些。她父親和姊姊之所以見到她開心，其實是為了炫耀房子與家具才表現得如此親和。晚餐時，安發現自己被排在第四順位，算是不錯的待遇。

面對安時，克雷太太和顏悅色又笑容滿面。這倒容易想像，安本來就覺得她會為了迎接自己表現得禮數周到，卻沒料到另外兩人也表現得如此殷勤。他們顯然興致高昂，而她很快就聽出原因為何。他們沒打算聽安分享什麼，只想從她那裡套話，知道老鄰居對他們搬走的深刻遺憾與思念——這話她可說不出口。於是他們只敷衍地問候了一下，接著就全在講自己的事。厄波克羅斯完全引不起他們的興趣，凱林奇也差強人意，到最後談的全是巴斯。

他們開心地向安保證，巴斯各方面都超越他們的期待。他們的房子無疑是卡姆登寓所最棒的一棟，光就客廳而言，比起其它見過或聽過的客廳，他們的眾多客廳更具許多決定性的優勢。此外，屋內裝潢風格與家具品味也絕對大勝。前來交好的人可說絡繹不絕，他們得推掉不少引薦，但還是有許多根本沒聽過的人在門廳留下名片[73]。

這些都是樂趣的來源呀！安對於父親與姊姊的喜悅感到驚訝嗎？或許稱不上驚訝，但看到父親對於人生的重大改變毫無羞恥心，她確實深深地嘆惜。他是一名地主，有必須承擔的責任與尊嚴，此刻竟沒有絲毫的痛悔，甚至還為這個城裡的小住所沾沾自喜。另外是伊莉莎白，她那樣真是看得安搖頭嘆息，也非常訝異，她會打開分隔客廳的拉折門，歡欣鼓舞地從一間走到另一間，只為了炫耀空間有多寬敞。這女人還真是說變就變，明明曾貴為凱林奇府的女主人，現在這兩面牆之間僅有區區三十英尺寬，她竟然還能為此洋洋得意？

但令他們開心的還不只這些。他們現在還有艾略特先生。安這次聽他們說了不少艾略特先生的事。他不只獲得原諒，還贏得了父女倆的歡心。他已經在巴斯待了兩週。十一月時，他曾在前往倫敦時經過巴斯，雖然只待了二十四小時，但已足夠得知華特爵士定居當地的消息，卻實在沒空前來拜訪；既然這次要待上兩週，他當然一抵達就登門留下名片，之後又熱切表達會面的意願。一見面後，他態度坦然，迅速為過往的行徑道歉，並表達被接納為家族一分子的渴望，因此，他們立刻恢復了過往的友好關係。

他們發現在艾略特先生身上找不到任何錯處。他釐清了所有過往看似怠慢的原因，表示完

73 留下卡片代表已進行過私人造訪，通常這些卡片也會被陳列出來，好讓之後的訪客知道誰已經來過。

全是出於誤會。他從未想與艾略特家切斷關係，反而擔憂是自己被拋棄，而且完全不知道原因，他又生性謹慎，所以始終保持緘默。聽說自己被指控毀壞家族名譽，或是談及家族時態度輕慢時，他真的氣壞了，畢竟他始終以身為艾略特家的一分子為榮，這份對血緣的連帶感如此強烈，甚至在這反封建的社會風氣中顯得格格不入！這項指控實在令他太震驚了！但他相信自己的日常言行就是最好的反證，他也不怕向華特爵士介紹所有認識他的人。此外，這次他費盡心思，一有機會就前來尋求和解，以求恢復關係及預定繼承人的身分，正是自己言行一致的最佳證據。

就連他的婚姻也情有可原。這話題倒不是由艾略特先生本人提起，而是他的摯友瓦歷斯上校。他是個非常體面的男子，也是道地的紳士（而且長得可不難看呢，華特爵士特地這麼補充），在馬爾伯勒社區過著非常優渥的生活。他特別要求艾略特先生引薦，認識了華特爵士及伊莉莎白，曾在談話間提起這場婚姻一、兩次，他們聽了也不再覺得有那麼不光彩。

瓦歷斯上校與艾略特先生認識很久，也和他的妻子很熟，對於兩人之間的故事很清楚。她雖然不是名門出身，卻受過良好教育、多才多藝又富有，而且深愛著他的朋友。她不但擁有這些魅力，還主動追求；說實話，如果不是擁有這些吸引人的優點，她的財富絲毫誘惑不了他。而且他還向華特爵士保證，她真的長得非常好看。這下情況確實好理解多了：一個女人好看、有錢，還深愛著他呀！華特爵士似乎完全接受這情況值得諒解，伊莉莎白雖沒那麼寬宏大量，也覺得堪稱情有可原。

此後艾略特先生經常來訪，也和他們共進過一次晚餐，他們一般不邀請外人，艾略特先生為備受禮遇甚感開心。簡而言之，每次只要他們對這位親戚伸出友善的手，他都非常開心，也將與這家人的親密往來視為眼下無可匹敵的幸福。

安聆聽他們訴說這一切，卻又不是很理解。她很清楚他們的話一定得打折扣，而且還是大打折扣。她所聽到的說法一定經過不少修飾。畢竟那段和解過程中有許多浮誇又不合理的內容，想來八成都是轉述者在加油添醋。不過，艾略特先生與他們家斷絕來往多年，現在突然尋求接納，她總覺得背後藏有更不為人知的意圖。從世俗觀點來看，他與華特爵士交好並無好處，就算保持疏離關係，他也沒什麼風險要擔，畢竟他應該早已比華特爵士富有，也無論如何能夠繼承凱林奇府以及從男爵的頭銜。明明是個聰明人呀！至少看起來**非常**聰明，究竟為何現在要這麼做？她只能想到一個理由：或許是為了伊莉莎白吧。他或許曾經喜歡過她，只是被種種意外及機運推上另一條道路，現在既然可隨心所欲行事，便打算向她表白心意。伊莉莎白確實長相秀美，教養良好，言行又優雅，兩人當初只在公開場合見過面，加上當時艾略特先生又年輕，不可能看穿她的真實本性。不過艾略特先生已到了觀察力敏銳的年紀，伊莉莎白的脾性與歷練不確定能否經得起檢視，安對此實在非常擔憂。若伊莉莎白真是他的目標，安真心希望他的觀察力別太敏銳，標準也別太嚴苛。另一方面，伊莉莎白深信艾略特先生在追求自己，顯然克雷太太也卯足勁附和，因為只要大家談起艾略特先生來訪頻繁一事，她們倆便立刻會心交換眼神。

安提起曾在萊姆遇見艾略特先生，卻沒人認真聽，「噢，是啦，有可能是艾略特先生，我們不清楚，確實可能是他，大概吧。」他們不想聽她描述，只顧著自己講，尤其是華特爵士，他公允地稱讚他相貌極具紳士風範，周身散發優雅時髦的氣息，臉型很好，眼神睿智，但是「他的下巴實在太突出了，真可惜。而且這項缺點似乎隨著年齡更加顯眼。畢竟已經過了十年，實在無法說他的五官沒有任何老化。不過艾略特先生看我，倒覺得跟多年前最後一次見面時沒什麼差別。」而且華特爵士「無法以同等的熱誠恭維他，實在有點尷尬，但沒有抱怨的意思。艾略特先生已經比大部分男性長得好看了，我完全不介意他人在社交場合中看到我們一同出席。」

他們整晚都在聊艾略特先生，另外也聊他住在馬爾伯勒社區的朋友。「瓦歷斯上校真的很想認識我們，艾略特先生也急著引薦！」另外還有一位瓦歷斯太太，但目前大家仍未見過本人，只知道她現在懷孕了，隨時可能分娩，正在隔離靜養，而根據艾略特先生的描述，她「極有魅力，非常值得卡姆登寓所這家人認識，」等她產後養好身體，他們便可結識。華特爵士特別推崇瓦歷斯太太，也聽說她是個非常好看的女子，美貌絕倫，「我真渴望見到她，好彌補路上只能見到平庸面孔的遺憾。巴斯最糟的就是，到處都是長相普通的女子。倒不是說沒有好看的女人，但難看的實在多得不像話。我常在街上常邊走邊算，每看到一名漂亮女子，之後都會看到超過三十名醜陋女子，甚至可能被連續驚嚇三十五次。還有一次，我站在邦德街一間店裡，連續八十七名女子路過，我竟然都沒見著一名能看的。那還真是一個霜雪滿天的早晨，真的是嚴寒，能通過此番考驗的女子本來一千個裡面也找不著一個，但巴斯的醜女數量未免也多得太嚇人。至於男人呀！更是糟透了！滿街男人都穿得破破爛爛！光看女人見到得體男人的反應，就知道她們有多不習慣這類場面。每次我跟瓦歷斯上校挽臂行走時（雖然髮色棕黃，但瓦歷斯上校擁有挺拔的軍人體態），總能見到女人的眼神緊盯著他。大家都無法把目光從瓦歷斯上校身上移開。」華特爵士多謙虛呀！但他實在也躲不開這種場面。他的女兒和克雷太太趕緊聯合起來暗示：瓦歷斯上校的夥伴體格跟他一樣好，還沒有棕黃色的頭髮呢。

「瑪莉看起來如何？」華特爵士心情正好時問起，「上次見面時她鼻子好紅，希望不是每天都這樣。」

「噢！沒有的事。那純屬偶然。她身體一直挺不錯，打從米迦勒節之後看起來都很好。」

「我本來想送給她新的寬邊帽和長風衣，卻又怕她因此頂著刺骨寒風往外跑，把皮膚給吹得粗糙了。」

安正考慮大膽建議父親改送禮服和無邊帽，就幾乎能避免他所擔心的誤用問題，卻被一陣敲門聲打斷思緒，「有人敲門！怎麼會這麼晚來！都十點了呢！難道是艾略特先生嗎？我們知道他今晚去蘭斯頓新月街的餐廳吃飯，確實有可能在回家時順路登門問候。實在想不出還可能有誰了。克雷太太也斷定是艾略特先生呢。」克雷太太的判斷確實沒錯。身兼管家與雜役的僕人禮數周到地把艾略特先生請進房內。

除了穿著不同之外，眼前出現的確實就是安那天見到的男人。其他人接受艾略特先生的致意時，安稍微往後退，看著他為了在不尋常的時刻造訪而向姊姊致歉：「既然都在附近了，我實在想確認你和你的朋友沒有受昨天的風寒影響……」一切交談來往都極為客氣，即便如此，下一刻就要輪到安了。華特爵士談起最小的女兒（此時沒有理由想起瑪莉）：「艾略特先生，請容許我介紹我年紀最小的女兒，」於是安禮貌微笑，同時臉紅起來，剛好展現出艾略特先生難以忘懷的那張臉龐。令安玩味的是，他眼中立刻閃現驚詫神色，顯然之前完全不知道她的身分。他非常驚訝，但更多的情緒是喜悅，眼神也立刻亮了起來，欣然喜悅地接受了兩人之間的關係，不但提起兩人在萊姆的相遇，也希望安面對自己千萬不要見外。他看起來跟在萊姆時一樣好看，容貌因言語更形出色，舉止也相當得體、洗鍊、自在又令人喜歡，她印象中氣質能與之媲美的只有一人。當然，兩人風格截然不同，但或許可說同等優秀。

他坐下加入談話，氣氛立刻比之前熱絡多了，而且只須花上十分鐘，就足以讓人確定他是個明理之人，無論語調、表情，或是話題的選擇與收放，都可確認出自一個聰明又敏銳的心靈。他一找到機會就跟她談起萊姆，除了交換對那個地方的看法，也特別想聊他們投宿在同一間旅棧的巧合。他提起自己的旅遊路線，稍微了解了她的遊歷經過，想到竟然錯過與她致意的機會，還是非常遺憾。她簡單描述了同行的旅伴，以及前往萊姆的目的，他於是越聽越懊惱。他整晚都孤單地待在他們隔壁間，一直聽到歡鬧聲響，心想真是群可愛的人呀，內心也很想加入，但絲毫沒意識到自己有自我介紹的權利。真希望當時有去探問這群人的身分呀！光是「穆斯格羅夫」這個姓氏就能提供充分資訊了。「好啦，這樣至少能矯治我絕不在旅棧探問他人身分的陋習。這是我從年輕時就有的習慣，總覺得好奇打探不是高尚行為。」

他說：「我認為，二十一、二歲的年輕人為了證明自己像個人物，刻意追求所謂『必要』的合宜舉止，簡直比世間任何行為都還要可笑。他們所採取的作為，就跟他們腦中的想法一樣愚蠢。」

但艾略特先生也很清楚，自己不能老是只跟安聊天，很快又把注意力分散到旁人身上，只偶爾回頭再次聊起萊姆。

不過正因為他再三探問，安只好詳細解釋了在他離開後，自己一心奔忙的事項為何，因為他一聽到「意外」兩字就堅持問了所有細節。一旦他開始細問，華特爵士與伊莉莎白也跟著關心，但安實在很難不注意到他們之間的態度差別。跟羅素夫人一樣有同理心的只有艾略特先生，他真心想知道事發經過，也明白身為目擊者的安勢必受到不小的打擊。

艾略特先生待了一個小時。當壁爐架上的典雅小鐘敲出「十一點的銀色聲響」，守夜人例行的報時聲也從遠方傳來，大家才意識到時間已過了那麼久。

真沒想到呀，安前來卡姆登寓所的第一晚竟過得如此愉快！

16

安這趟回家，比起確認艾略特先生是否愛上伊莉莎白，其實更想確認父親沒有愛上克雷太太。不過返家幾小時後，她還是無法完全放心。隔天早晨，她下樓準備用早餐，卻聽到克雷太太正假意地禮貌表示要離開，她完全可以想像克雷太太是這麼說的：「既然安小姐回來了，我就無法假裝自己在此有什麼用處了。」伊莉莎白回答的聲音壓得好低：「這根本算不上什麼理由，我向你保證我才沒這麼想。跟你比起來，她對我毫無幫助。」接著她剛好聽見父親完整的回答：「親愛的夫人，千萬別這麼想。你之前只顧著幫忙，都還沒好好遊覽過巴斯，現在可別丟下我們跑走呀。你得留下才能認識瓦歷斯太太，我相信以你細緻優雅的心靈，欣賞如此美貌必會大感滿足。」

他說話的神情如此誠懇，安毫不意外地發現，克雷太太不禁偷瞄了伊莉莎白和她一眼，或許也有打量這對姊妹反應的意思。不過針對克雷太太心靈的稱讚，伊莉莎白似乎沒有打算進一步回應，克雷太太只好屈從兩人共同的心願，表示同意留下。

同一天早晨，安跟父親恰好有機會獨處。他稱讚她的外貌變好看了：「我覺得你的身型和臉頰豐潤了，皮膚和氣色也大有改善，更為清亮、嬌嫩不少。你有使用什麼保養品嗎？」「沒有，完全沒有。」他推測：「至少用了高蘭乳液[74]吧，」「不，真的什麼都沒用。」「哈！那還真令人驚訝！」之後又補充，「當然，若能持續保持現在的容貌是再好不過，不過我仍推薦高蘭乳液，最好在春天時持續使用。克雷太太就在我的推薦下用了，你也看到效果如何，雀斑都因此淡化了。」

真希望伊莉莎白有聽到這話！這麼親密的稱讚一定會引起她注意，更何況在安看來，克雷太太的雀斑根本毫無減少的跡象。雖說世間任何事都只能順其自然，但若伊莉莎白已經結婚，克雷夫人跟父親結婚這事的衝擊確實會小一點，至於她本人呢，反正總能跟羅素夫人住在一起。

羅素夫人行事向來從容有禮，但這段時間在卡姆登寓所目睹一切來往，實在也有點沉不住氣了。不但克雷太太如此受到喜愛，安更是備受冷落，看了始終令她著惱。就連在外暢飲溫泉水[75]、飽覽新出版的刊物，並和大量友人歡聚，她總還是有點時間為此惱怒。

不過打從認識艾略特先生之後，她對待他人就更顯寬厚，或說是漠不關心。他的舉止首先就深獲羅素夫人讚賞，兩人交談之後，更確認他表裡完全一致，她甚至還曾驚訝地問安，「這人真是艾略特先生嗎？」她真的很難想像有比他更討喜、更可貴的男子了。所有優點在他身上構成絕妙平衡，不但理解力強、判斷精準、知識淵博又待人親和；極度看重家族關係及名譽，

74 高蘭乳液：當時知名的美容用品，號稱可以消除臉上的斑點。
75 當時的人普遍相信飲用巴斯溫泉水可以治癒多種疾病。

態度也不卑不亢。他有錢但慷慨，從不炫富；判斷事物自有一套準則，但為人處事時絕不刻意與輿論作對。他個性沉穩、敏銳、溫和又純良；絕不粗率行事，也不自私，更不會以情感強烈為藉口將以上行為合理化。不過，他確實有種親人又可愛的敏感特質，也能理解家庭生活的各種美好，而那是虛情假意及過於衝動的人裝不來的。羅素夫人確定他的婚姻並不幸福。瓦歷斯上校提過，羅素夫人自己也親眼見過，但他的心靈卻沒有因此變得刻薄，也沒有放棄再婚（她很快就猜測他有再婚的意圖）。羅素夫人對艾略特先生太滿意了，甚至蓋過她對克雷太太的埋怨。

打從多年開始，安就發現和這位好友的看法偶爾會出現分歧。因此，面對艾略特先生積極求和，羅素夫人竟沒有心生懷疑，不覺得他自相矛盾，也沒打算追根究柢，安自然不感訝異。在羅素夫人看來，一個人只要心智成熟了，自然會渴求與家族的大家長打好關係，更何況，身邊的明理之人也同樣會讚譽這項作為。他本來就是個頭腦清楚的人，當然會選擇這麼做，以前只不過因為年輕而一時昏頭才犯下錯誤。安考慮了一下，還是選擇開口提起伊莉莎白，羅素夫人聽了，盯著她瞧了一陣子，接著謹慎回答，「伊莉莎白！噢，好吧，我相信答案會隨時間水落石出。」

這確實是未來才能確認的事，安觀察了一陣，也同意羅素夫人的判斷，畢竟此刻她也無法得出什麼結論。伊莉莎白是家中地位最高的女性，所有人都得稱她「艾略特小姐」，很難靠稱謂斷定她是否特別受到誰的親暱關注。至於艾略特先生，也別忘了他才成為鰥夫七個月，面對再婚一事，若想放慢腳步也非常合埋。其實，安每次看到艾略特先生繫在帽子上的黑紗，都擔心老在想像這些未免大不敬。他的婚姻是不幸福，但也維繫多年，她不相信他能迅速從喪偶的可怕打擊中恢復過來。

無論未來如何，他無疑都是這家人在巴斯最喜愛的親友，在安心中確實也是無人可比。安很高興能偶爾和艾略特先生聊起萊姆，他似乎和她一樣熱切期望再去一趟，就為了能多觀賞當地美景。他與安多次談起初次偶遇的種種，也希望她明白，當時自己的眼神確實是真心讚賞。她很清楚，當然也記得另一個人當時臉上的表情。

但兩人的想法也不全然相契。比起安，他更看重階級與家族關係。比如安的父親與姊姊為了某事擔憂，艾略特先生亦然——並不是出於順從，而是真心認同背後緣由，安卻看不出有什麼道理可言。原來某日巴斯報紙刊出一條消息：「孀居的道林波子爵夫人及其女兒卡特雷小姐閣下抵達巴斯」。此後凱登姆住處再無安寧，整整鬧騰了幾日，因為艾略特家跟道林波家有親戚關係（在安看來，著實是道林波家的不幸），為了如何得體地會見他們，這些人大傷腦筋。

安從未見過父親與姊姊跟貴族來往，此刻必須承認內心好生失望。他們向來自視甚高，安本以為在這種時候能沉著一些，此刻面對這種場面，內心卻前所未有地渴盼他們多點傲氣，而不是成天叫嚷著「我們的親戚道林波夫人及卡特雷小姐」或者「那跟我們有親戚關係的道林波家呀」。

華特爵士曾跟子爵見過一次面，但沒見過其他家族成員，而兩家之所以斷絕往來，是因為之前曾為了弔唁信起了不愉快。子爵過世時，華特爵士剛好生了重病，凱林奇府不幸在忙亂中忘記將致意信寄至愛爾蘭。這可是會被視為罪惡之首的重大疏漏，因此，當華特爵士那位可憐的妻子過世時，凱林奇府也沒收到他們的致意信。各種跡象都顯示道林波家族拒絕再與他們往來。眼前最大的問題是：究竟要如何擺平這件令人焦躁的麻煩事，才能讓他們重新承認兩家的親戚關係？即便羅素夫人和艾略特先生向來較為理性，也無法忽視此問題的重要性。「家族關係永遠值得聯繫，好朋友永遠值得追求。道林波夫人會在勞拉寓所[76]租房，預計住上三個月，而且一定會過得很闊綽。她前一年才來過巴斯，羅素夫人聽說她是個極迷人的女子。如果艾略特家能夠不失體面地處理，這確實是段值得重修舊好的親戚關係。」

最後，華特爵士仍選擇了自己的方式。他向這位尊貴的親戚寫了封和解信，其中又是洋洋灑灑的解釋，又是懊悔與懇求原諒，羅素夫人和艾略特先生都相當不讚賞。不過這封信仍然達成預期目的，孀居的子爵夫人捎回潦草的幾句話：「我非常榮幸，很開心能夠與你們結識。」令人煩心的拖磨結束，甜蜜的未來就此展開。他們去了勞拉寓所的住處拜訪，拿到孀居的道林波子爵夫人及卡特雷小姐閣下的名片，並得知對方隨時願意在他們方便的時候回訪。此後他們到哪裡都要提起「我們的親戚道林波夫人及卡特雷小姐」。

安覺得很丟臉。就算道林波夫人和卡特雷小姐非常討人喜歡，她仍會為了家人造成的騷動感到丟臉，更何況那兩人根本一無是處。舉凡言行、才藝或見識都絲毫沒有過人之處。道林波夫人之所以能博得「迷人」的美名，純粹是因為面對外人總是微笑有禮。卡特雷小姐更不用說了，不但長相不好看，個性又笨拙，如果不是因為出身貴族世家，根本沒資格住在勞拉寓所那種高級地段。

羅素夫人承認她們沒有想像中優秀，仍覺得她們是值得來往的親戚。安進一步向艾略特先生表達自己的看法後，他也同意那兩個人一無是處，不過作為家族親戚往來，或者就像那些廣結善緣的人一樣，就當作交個好朋友，總之仍有一定的價值。安微笑著說：「我所認為的好朋友，艾略特先生，是那種機靈、博學又能說善道的人。那種人才值得稱為好朋友。」

艾略特先生輕柔地說：「你誤會了，那不是好朋友，那是最棒的朋友了。好朋友只需要出身好就夠了，教育程度甚至不需要太高。出身和舉止得宜當然是基本要求，但才疏學淺絕非危殆之事[77]，反而可能相當不錯呢。我的好堂妹安在搖頭了，她可不滿意，可挑剔了。我親愛的堂妹，」他坐到安身邊，「跟我認識的所有女人相比，你絕對最有資格挑剔，但這能解決問題嗎？能讓你快樂嗎？如果接受住在勞拉寓所這兩位女士的善意、盡可能享受這份親戚關係帶來的好處，不是比較明智嗎？相信我，她們今年冬天一定有辦法躋身巴斯的上流社會，階級畢竟

76 勞拉寓所（Laura Place）是巴斯最高貴的住宅區。

77 艾略特先生引用改稱的是亞歷山大．波普著名的《論批評》（*An Essay on Criticism*, 1711）中的格言，其中提到「才疏學淺是危殆之事。」

是階級，只要別人知道你們有親戚關係，到時候你們家，或者容許我說我們家，就一定能得到所有渴求的關注。」

安嘆了口氣：「沒錯，搞成這樣，誰不會知道我們有親戚關係！」接著重整情緒，再次開口，但這次沒打算要人回應，「但我覺得，實在沒必要為了結識她們如此大費周章。我想，」她微笑起來，「跟你們任何人比，我的自尊心是太高了，但不得不承認，這件事確實令我惱火。明知他們根本沒把這種小事放在心上，但為了讓兩家的親戚關係被承認，我們竟還如此大費周章。」

「請容我說，親愛的堂妹，你未免太看輕自己的權利。如果是在倫敦，或許還能過著你想要的那種清靜生活。不過如果是在巴斯，華特．艾略特爵士及其家人絕對是值得結交的對象，想結識任何人都沒問題。」

安說：「這樣呀，那我的自尊心真的很高，甚至高到無法享受這種完全因為『地位』而受到的歡迎。」

他說：「我喜歡你的怒氣，這是非常自然的反應。但既然人在巴斯，就得為華特．艾略特爵士建立起應有的名望及尊貴地位。你說你的自尊心高，我知道別人也這麼說我，我也願意相信自己確實如此，因為若仔細分析，我們之所以自尊心高，雖然路線似乎不太相同，但無疑都是為了追求同樣的目標。有件事情，我相信，我親愛的堂妹，」雖然房內沒有其他人，但艾略特先生仍然壓低聲音，「有件事情，我確信我們一定都有同感。只要能在你父親的社交圈裡多增加一個人，哪怕只是地位相近或更高貴的人，總之都能轉移他對地位低下者的心思。」

他一邊說，一邊把眼神移向克雷太太最近常坐的位置，此舉顯然意有所指。安不認為他們的自尊心有任何相似之處，但很高興得知他對克雷太太的厭惡。如果是為了擊退她，那麼他想促成父親結識尊貴親戚一事，在道義上也算說得過去了。

17

華特爵士和伊莉莎白努力在勞拉寓所攀親帶故，而與此同時，安正在重拾一份截然不同的友誼。

她拜訪了以前教導她的女老師，得知有位老同學正在巴斯，她過去對安很和善，此刻又正深陷苦難，安覺得實在有必要去關心她。這位漢彌頓小姐（現在是史密斯太太）曾在安人生最脆弱的一段時刻伸出友善的手。當時的安剛失去摯愛的母親，哀痛的她又初次離家上學，她本來就是一位易感又憂愁的十四歲少女，學校生活於是極為不快樂。漢彌頓小姐比她大三歲，但舉目無親又無家可歸，所以在學校多留了一年；在她的幫助與好意下，安的痛苦大幅緩解。這可不是能夠輕易遺忘的恩情。

漢彌頓小姐離校後沒多久就結婚了，據說對方是個非常富有的男子，但安之前對她的了解僅止於此，直到此刻，女老師才給了確切的近況資訊，而那光景與之前截然不同。

她現在是位非常貧困的寡婦。她丈夫揮金如土，大約兩年前過世時留下龐大債務，害她支應不暇。除了財務上的煩惱，她還染上嚴重的風濕病，最後因為轉移至雙腳而成為跛子。她正是為了治療雙腳前來巴斯，現在就住在溫泉浴場附近，生活過得非常儉省，甚至沒錢請個僕人減少生活不便，當然也沒有出入社交場合。

這位女老師身為她們的共同友人，認為艾略特小姐若能登門拜訪，一定會讓史密斯太太很開心，安也就打算立即動身。不過她沒跟家裡提起這件事，也沒讓他們知道自己要做什麼，反正他們也不會因此表現適當的同理心。安只找了羅素夫人商量，她完全能理解安的心情，也很樂意遵循安的意願，讓馬車載她去史密斯夫人住處附近的西門大樓[78]。

安於是前去拜訪，雙方重拾往日情誼，甚至比以往更熱切地關心彼此近況。確實，兩人在剛見面的十分鐘有點尷尬，情緒也很激動，畢竟分開了十二年，兩人早已不是對方想像中的模樣。十二年之後，安不再是那位安靜、青澀的十五歲青春小姐，而是一位優雅的二十七歲小女人，各方面都美麗非常，卻再也不青春，舉止則總是世故、合宜又文雅。十二年時光也大大改變了漢彌頓小姐，她不再如同過去美麗、活力充沛，並散發健康及無比自信的光采，反而成為一位貧困、虛弱又無助的寡婦，就連過去曾照顧過的對象前來拜訪，她都視為一種恩惠。然而兩人初見面的不自在氣氛迅速消散，接著便是興味盎然地談起過往的各種喜好及回憶。

如同安之前大膽假設的那般，史密斯夫人確實聰明又好相處，但安沒想到她竟還能如此健談又快活。無論是過去的放縱及揮霍，抑或此刻疾病與苦難帶來的限制，似乎都沒有讓她灰心喪志。

78 西門樓街區（Westgate Buildings）是巴斯中下階層居住的區域。

第二次拜訪時，史密斯夫人仍快意坦然地與安閒聊，安益發感到驚奇，因為實在想不到有誰的處境比史密斯夫人更淒苦。史密斯夫人非常喜愛她的丈夫，但終究失去了他，曾有的財富也早已付諸流水。她沒有兒女為生活再次帶來歡樂，沒有親戚為她處理繁亂的生活瑣事，甚至沒有足以應付生活的健康身體。她的生活範圍幾乎限於吵雜的客廳，頂多再加上後方那間陰暗的臥房，如果沒有人攙扶，她完全無法移動，但又只請得起一名僕人，因此除了去溫泉浴場，她根本足不出戶。然而，即便如此，除了少數倦怠或消沉的時刻，她大多時候仍使自己過得既忙碌又愉快。這究竟是怎麼做到的？安在仔細地觀察及思考之後，最後認定背後運作的不只是剛強或認命的精神。接受宿命或許能使人堅忍，世故練達或許能使人堅毅，但史密斯夫人的狀況不僅止於此。那是一種心靈應變的彈性，容易得到安慰，也總能昇華痛苦處境，找到一些方法讓自己超脫出去。那完全是天賦，是上天最珍貴的賜予。安認為她的朋友正是深受上天慈悲眷顧，所受恩惠足以抵銷生命中所有缺憾。

史密斯太太告訴安，她確實曾消沉到幾乎想放棄一切，跟剛抵達巴斯相比，現在的她根本稱不上病人。當時的她真的可憐透了，因為在旅途中染上風寒，才剛找到住處就臥病不起，身心都承受著巨大的痛苦，而且身邊全是陌生人。她非常需要一名全職護士照顧，卻沒有錢支付這項龐大的開銷，但終究還是撐過來了，甚至真心認為這趟苦難磨練了自己，也因此能在遇到好心人時愈加懷抱著感恩之心。她見過太多世態炎涼，早已對突然其來的無私善意不抱期待，但因為這場大病，她才認識了這位人格高潔且不願虧待人的房東女士。更幸運的是房東女士的姊妹恰好是專業護士，沒有工作時就跟她住在同一棟房子中，又剛好有空可以照顧她。史密斯太太說：「而且她不只是盡心照護我，也確實是個值得珍惜的友人。一旦我有辦法使用雙手後，她就教我編織，真的是很棒的消遣。她總讓我做一些線袋、針插和名片台[79]，所以你看我總是忙個不停，也讓我有能力為附近的一、兩戶極為窮苦人家做點慈善。她有許多朋友，當然都是工作上認識的，其中許多人頗有消費能力，她於是把我做的商品賣給他們。她完全知道如何引導他人。你也知道，一個人剛從極度的痛苦中解脫，或者好不容易恢復健康時，心胸總是比較開闊，魯克護士很清楚這是適合開口的時機。她是個謹慎、機靈又有智慧的女性，因為工作關係又常有機會觀察人性，再加上本身就是個善於理解又有眼光的人，跟那些『受過頂尖教育』卻渾然不知世事的人相比，簡直強過太多。每次只要她有餘閒與我相處半小時，總能跟我說些有趣又有益的事情，或者你會覺得不過是八卦消息，卻總能讓我更了解同胞一些。人總喜歡知道世間發生的事情，也想搞清楚人們又鬧出了什麼微不足道又愚蠢的新把戲。對我這種總是孤單獨居的人而言，我向你保證，聽她談話簡直是種難得的享受。」

安絕不願苛責她的這項樂趣，她說：「我完全能夠想像。那種階級的女性有許多機會接觸人群，如果本身又聰明，說的話確實值得一聽。想想看，她們平常有機會目睹多少人性呀！而且她們常能見到的不只人性愚昧，也能在有趣或感人時刻觀察人性。她們眼前想必曾出現過熱

---

79 十九世紀的英國女性常會手工製作名片架來賺點小錢，名片架就是用來展示來訪賓客留下的名片。

誠、無私又忘我的情感，也可能出現過英雄主義、剛強或堅忍謙和的人格，甚至目睹人們展現高貴人性的各種衝突與犧牲。以此觀之，病房就像藏書豐富的圖書室。」

史密斯太太遲疑地說：「沒錯，有時確實是如此，但人們能從中學到的教訓恐怕沒你描述的那麼高尚。確實，無論在何處，任何人都可能在面對考驗時表現出高貴情操，但整體而言，你在病房中看到的大多是人的軟弱，而非力量，聽到的也大多是自私與不耐的故事，而非慷慨或剛強的格調。真正的友情可說世間難尋！而且，不幸的是，」她壓低聲音，「太多人不懂認真思考的重要，覺悟時又往往太遲。」

安明白這情緒背後的悲慘處境為何。因為丈夫沒有盡到責任，妻子被迫淪落到這群人當中，於是發覺世界充滿比想像中更糟糕的面向。然而這種情緒稍縱即逝，史密斯太太很快轉換心情，同時迅速改變語氣：

「我不認為魯克護士目前的工作能帶給我任何樂趣或教誨。她現在只有在馬爾伯勒社區照顧瓦歷斯太太，那位太太想來不過是個美麗、愚蠢、揮霍又趕流行的女人罷了，因此，除了華服與蕾絲，魯克護士應該沒什麼能與我分享的事。不過，我打算從瓦歷斯太太身上撈點好處，她手頭寬裕，我打算讓她買下我目前有的高價編織品。」

安去拜訪這位朋友幾次之後，卡姆登寓所一家才知道這人的存在，而且其實是發生了某件事，安才不得不提起。某天早上，華特爵士、伊莉莎白與克雷太太從勞拉寓所回來，表示道林波夫人臨時邀請大家當晚一同聚餐，但安已跟史密斯夫人約好去西門大樓了。她對於無法前去並不遺憾，深信道林波夫人不過是因為染上重感冒，待在家也是閒著，既然艾略特一家急於攀親帶故，不如就找來打發一下時間。安欣然表示無法前往，也解釋了理由，「我和一位老同學約好共進晚餐。」大家對安的事向來不感興趣，但為了了解這位老同學的背景，還是提出了一些問題。伊莉莎白聽了安的回答一臉輕蔑，華特爵士的反應更是苛刻。

他說：「西門大樓！堂堂的安．艾略特小姐跑去西門大樓拜訪誰？一個名不見經傳的史密斯太太，而且還是寡婦。史密斯太太的丈夫是誰？大概就是隨處可見的五千位史密斯先生的其中一人吧。她有什麼吸引力呢？就是又老又病吧。說實在話，安．艾略特小姐，你的品味也未免太驚人了吧！明明是別人避之唯恐不急的組合，包括地位低賤的朋友、簡陋的房間、髒濁的空氣，和朋友身邊令人作嘔的來往對象，你卻深受吸引。你跟這名老女士的晚餐之約可以改到明天吧，我猜她還不至於那麼快死，再活個一天沒問題吧。她幾歲啦？四十？」

「不，父親，她還不滿三十一歲，而我不認為能夠改期，因為這是我們近期唯一晚上都有空的日子。她明天得去溫泉浴場，你也清楚我們這個禮拜還有什麼行程。」

伊莉莎白問：「但，羅素夫人對你這個朋友又是怎麼想的？」

安回答：「她沒覺得有什麼不妥，相反的，她還非常贊成我們來往。只要我去拜訪史密斯太太，她都會慷慨地派馬車載我過去。」

華特爵士表示：「竟有馬車停在西門大樓附近的人行道上，裡頭的人一定很驚訝吧！亨利．羅素騎士的遺孀馬車上除了家徽，確實沒有事蹟足以為其增色，但再怎麼說，那還是一部裝備氣派的馬車，上頭無疑還載著大有來頭的安．艾略特呢。結果呢，安．艾略特選了誰當朋友？一位窮酸、勉強支應著度日，而且年紀三十到四十歲之間的寡婦，還是一位史密斯家族的人；明明世界上有太多其他高貴的家族，安．艾略特小姐就偏偏選了這位史密斯太太，而且比起自家英格蘭和愛爾蘭的親戚，她竟然還比較喜歡這位朋友呢！史密斯太太呀！還真是好一個姓史密斯的！」

克雷太太本來一直跟著在旁邊聽，此刻覺得還是離開現場比較明智。安本來可以繼續說下去，也確實想為朋友辯解上幾句，畢竟和家人的朋友相比，**她的**朋友不該受到如此大的差別待遇。不過基於對父親的尊重，她終究放棄回應。就隨他去回想是哪一位吧。反正在巴斯這個地方，年紀三、四十歲、守寡、生活拮据，姓氏又不夠尊貴的史密斯夫人也不只一個。

安還是依原定計畫赴約，其他家人則去了道林波家，隔天早上，安果然聽說他們過了愉快的一晚，而她是唯一缺席的人。原來華特爵士和伊莉莎白不只奉命到子爵夫人家作客，還欣然接受了她呼朋引伴的指示，大費周章邀來了羅素夫人及艾略特先生。艾略特先生本來跟瓦歷斯上校有約，為此只好提前離席；羅素夫人為了能夠服侍子爵夫人，也只好立刻重新安排當晚所有行程。透過羅素夫人，安知道了前晚所有細節。對她而言，最有趣的莫過於好友羅素夫人及艾略特先生竟然不停談起自己，兩人不但都希望她在場，也為了她的缺席感到遺憾，同時又覺得她無法赴宴的理由值得敬佩。她生病的老同學過得很拮据，而艾略特先生很高興她願意造訪對方，也認為此舉既善良又有慈悲心。他認為她是名了不起的年輕女子，無論脾氣、舉止和心智都堪稱是優秀女性的典範，甚至能跟著羅素夫人討論安的各種優點。安聽好友說了這麼多，又得知被一位明理男子如此大力稱讚，內心不免愉悅湧現──而這也正是羅素夫人的目的。

羅素夫人對艾略特先生的看法已經很清楚了。她確信艾略特先生遲早會跟安求婚，而他也確實配得上安，甚至開始計算他還要幾週才能擺脫鰥夫身分、毫無顧忌地公開使出他高超的追求本領。羅素夫人對此十拿九穩，但不想說得太明白，只給了安一些暗示，讓她知道以後會出現什麼情況：他對安或許有感情，若證明屬實，安也確實有意，羅素夫人暗示這會是門好婚事。安聽了沒有激烈回應些什麼，只是露出微笑，雙頰泛紅，同時輕輕搖頭。

羅素夫人說：「你也知道我不作媒的，我非常清楚人事就是充滿各種變數與算計，我只是想讓你知道，艾略特先生若真打算追求你，而你也樂意接受他，我認為你們一定能過得很快樂。大家一定都會覺得這是非常門當戶對的婚事，在我看來，這更會是段幸福快樂的婚姻。」

安表示：「艾略特先生是名非常好相處的人，就許多方面而言，我對他的評價也很高，然而我們並不合適。」

羅素夫人當作沒聽見，但仍有點氣急敗壞地繼續說：「我必須承認，如果你能成為凱林奇府未來的女主人，成為府中那位艾略特小姐，對我來說實在是無上的滿足。我真想看到你填補母親空出來的那個位子，繼承她的所有權利、名聲，當然還有美德。你的容貌與氣質跟母親幾乎如出一轍，如果容我放肆想像，一旦你擁有了她的地位、名號及家業，掌管且庇蔭著同樣一座府邸，那麼人們一定會更加敬重你！我親愛的安，到了這個年紀，實在沒別的事更能讓我快樂了。」

安聽了不得不起身離開，走到遠處某張桌邊斜倚著，然後假裝忙碌，就為了平緩內心被這片美景引發的情緒。有那麼一瞬間，她徹底醉心於這片想像出來的光景。光是想到能像母親過去那樣掌管一切，擁有「艾略特小姐」這個珍貴的名號，自己在凱林奇府的地位能就此恢復，也能再次將這座府邸稱為家，而且還是永遠的家，一切都充滿令人難以抗拒的吸引力。羅素夫人沒再多說什麼，打算讓一切順其自然地發展下去，但也希望艾略特先生此時要是能親自表白心意就好了！不過簡而言之，羅素夫人相信的願景，並非安真正的心之所向。一旦想像艾略特先生向自己訴說同樣的未來，安就立刻清醒過來，凱林奇府及「艾略特小姐」的魅力也隨之消散。安是不可能接受他的，不只因為她只鍾情於另一名男子，還因為審慎考量過這門婚事的各種可能性之後，她發現艾略特先生不是理想的人選。

確實，他們已經認識一個月了，安仍不確定完全了解他的個性。他是個明理又好相處的男子，能說善道、見解高超，似乎原則明確卻又行事得體，種種正向特質都擺明了。他確實也是個明辨是非之人，安找不出任何他在道義上的明顯僭越之處，卻不敢為他的行為擔保。就算此刻沒有問題，安也無法信任他的過去。他在言談間透露過一些人名，也提起某些作為和目標，都在在令人懷疑他的過去並不如同現在正直。安發現他以前有些壞習慣，比如時常在週日出遊旅行[80]，而且人生中曾有一段時期（恐怕還不短），他總是輕率處理本該嚴肅以對之事。當然，現在的他已經不同了，但他畢竟是個聰明又謹慎的男子，年紀也足以明白必須維護良好名聲，有誰能為這樣一個人的真實情感做擔保？又有誰能真正確定他已經改過自新了？

艾略特先生理性、謹慎又世故，但並不坦率。他從未表達過情緒，無論是憤怒、喜悅或對他人的好惡都沒有。這對安而言是致命的缺陷，而且是完全無從補救的第一印象。在各種特質中，她最看重的就是坦誠、直率以及熱切的性格，即便時至今日，溫暖及熱情的人仍能使她著迷。她覺得比起那種心意從不搖擺、說話也從不閃失的人而言，那些偶爾言行粗率莽撞的人反而更加真誠，也更值得信賴。

艾略特先生整體而言太好相處了。父親家中的人各有不同個性，他卻有辦法討好所有人。他忍讓過頭，也太附和每個人的想法。他曾對她稍微坦承對克雷太太的看法，似乎完全看透了她的把戲，也為此感到輕蔑，但克雷太太仍跟其他人一樣覺得他討喜。

與安比起來，羅素夫人不是想得太少就是太多，總之完全不覺得艾略特先生有什麼不值得信賴之處。她想不出比艾略特先生更匹配安的對象了。若是到了秋天還能看到艾略特先生與安在凱林奇府成婚，那就更令她快樂不過了。

80 由於星期日是安息日，對於虔誠的教徒來說，週日旅行是有道德爭議的行為。

18

時序剛進入二月，安已經在巴斯待了一個月，非常想知道厄波克羅斯和萊姆的消息。瑪莉寫來的信已無法滿足她，更何況上一封信還是三週前的事。她只知道亨莉耶塔又回到厄波克羅斯了，路易莎雖然看似復原迅速，卻仍待在萊姆。某天晚上，安正熱烈思念著這些人，正好收到一封比平常還要厚的信，更令她驚喜的是，其中還夾帶了克勞夫特上將夫妻的問候紙條。

克勞夫特夫妻在巴斯！安從紙條得知這項資訊，不禁起了興趣。她總是非常自然地想關注這兩人的動向。

華特爵士問：「這是什麼？克勞夫特夫妻在巴斯？那對承租凱林奇府的克勞夫特夫妻？他們給你帶來什麼？」

「一封來自厄波克羅斯別墅的信，父親。」

「噢，這些信真成了方便進出貴族人家的通行證呀，既然幫忙送了信，對方勢必得為了回禮拜訪，不過反正我本來就得拜訪他們。這點對待房客的禮貌我還算懂。」

安完全聽不進去了，就連這次可憐的克勞夫特上將的膚色如何逃過父親的批評，她都沒能注意。她一心只想著那封信，那封才幾天前寫來的信。

二月一日，

我親愛的安，

我不打算為了沒給你寫信致歉，因為我很清楚，在巴斯這種熱鬧地方，沒什麼人會對讀信有興趣。你一定過得很開心吧，根本不可能想起厄波克羅斯，反正這地方也沒什好寫的。我們的耶誕節過得很無趣，假期期間，穆斯格羅夫先生與太太一場晚宴也沒舉辦。對我來說海特家族在跟不在沒兩樣。反正，假期終究結束了，我想從未有孩子經歷過如此冗長無謂的耶誕假期吧。至少我就沒見過。大家昨天都回去了，只剩哈維爾家的孩子，你聽了或許會訝異，他們一直都沒回家過。哈維爾太太竟然可以跟孩子分離這麼久，古怪的母親，我真是搞不懂。在我看來他們實在不是好孩子，但穆斯格羅夫太太似乎把他們當作自己的孫兒一樣喜歡，甚至還更喜歡一些。話說，我們這裡的天氣實在太糟了！你們在巴斯可能沒感覺，畢竟人行道鋪設完善，但在鄉下就有差了。打從一月的第二個星期開始，就沒有任何一個人來拜訪過我，只有查爾斯．海特，而且頻率高得令人厭煩。私下跟你說吧，我覺得亨莉耶塔和路易莎一直待在萊姆實在令人遺憾，不然就能盡量避開那個傢伙了。今天馬車已經出發，預計明天把路易莎和哈維爾夫妻載回來，但我們卻是後天才獲邀共進晚餐。穆斯格羅夫太太實在太擔心路易莎旅途勞累，但她被照顧得這麼好，我想勞累的機率不大，而且對我而言，還是明天去用晚餐比較方便。看到你說艾略特先生好相處，我很開心，真希望也有機會認識他，但我這個人命就是不好，每次好事發生都沒我一份，在家也總是最不受在意的角色。克雷太太也在伊莉莎白身邊待太久了吧！她完全不打算離開嗎？但就算她離開，家裡有了空房間，大概也不會有人邀請我們去吧。讓我知道你對這件事是怎麼想的。我不指望我的孩子受邀，但總之，我可以把孩子寄放在大宅，一個月或六週都沒問題。此刻我正好聽說，克勞夫特夫妻打算即刻動身前往巴斯，似乎是因為上將患了風濕。這是查爾斯偶然聽來的消息。他們也沒想到禮貌性地知會一聲，或詢問是否需要帶些東西回來，我只能說他們敦親睦鄰的手段毫無進步。我們平日就已經見不到他們，這次又更是個十足漠視我們的惡劣例子。查爾斯也一同問候你，祝你一切順心。

你親愛的
瑪莉

很遺憾地，我得讓你知道我身體狀況非常不好。保姆潔蜜瑪才告訴我，最近有種非常嚴重的咽喉炎正在肆虐，我敢說我一定是染上了。你也知道，我的咽喉炎要是發作起來，可是比誰都來得厲害。

第一部分就結束在此。後來在折成四折用蠟封住之前，瑪莉又加上了跟之前差不多長的內容[81]。

我一直沒把信紙封上，心想或許能跟你說說路易莎返家後的狀況，很高興我這麼做了，確實有很多事值得報告。首先，克勞夫特太太昨天送給我一張字條，詢問是否需要替我帶任何東西給你，正如她所該有的態度，那張指名給我的字條內容非常親切有禮。因此，我不需要擔心郵資問題，想寫多長就寫多長。上將看起來沒有病得很重，我誠心希望巴斯能給予他所需要的一切好處，之後也會為了他們歸來感到開心，畢竟我們這鄉下可少不了如此討喜的一家子。不過，至於路易莎，我有些消息得報告，你聽了一定會大為驚訝。她和哈維爾夫婦在週二時安然返家，晚上我們去問候她，卻驚訝地發現同哈維爾夫婦受邀的班威克上校沒來。你知道原因是什麼嗎？不多不少恰恰好，正是因為他愛上了路易莎！因此，在得到穆斯格羅夫先生的認可之前，他不打算貿然前往厄波克羅斯。在路易莎離開萊姆之前，兩人就已確認了彼此心意，他還透過哈維爾上校寫了封信給路易莎的父親。這事千真萬確，我能以名譽擔保。除非事前收到暗示，不然你怎麼可能不驚訝？至少我就非常驚訝，畢竟事前一無所知。我們都以為穆斯格羅夫太太早已知情，但她鄭重否認。不過我們都很為她開心，雖然班威克上校不比溫沃斯上校，但再怎麼說也比查爾斯·海特來得好。穆斯格羅夫先生已經回信表示同意了，所以班威克上校今天就會來到厄波克羅斯。哈維爾太太說，面對這樁婚事，她丈夫想到可憐的妹妹還是百感交

81 珍·奧斯汀的時代沒有信封，而是用法定尺寸的紙張寫好後折成四折，再以蠟封上，沒有封蠟的那面寫上收件人姓名及住址。

集，但兩人畢竟都很喜歡路易莎。確實，哈維爾太太和我都同意，因為照顧過路易莎，我們對她的情感也特別深。查爾斯很好奇溫沃斯上校會怎麼反應，但如果你還有印象，我從不覺得他喜歡路易莎，真的一點也看不出來。此外你也明白，這也代表班威克上校確實不是你的仰慕者。查爾斯怎麼會有這種想法呢？我還真是不明白。我希望他現在能對我的判斷更服氣一些。確實，對於路易莎．穆斯格羅夫而言，這不算一門頂尖的婚事，但比起跟海特家聯姻還是好上百萬倍。

瑪莉根本不用擔心姊姊是否事前得知消息，她這輩子可說從未如此驚訝！班威克上校跟路易莎！簡直美妙得難以置信！她必須用盡全力才能逼自己冷靜地待在房內，也才有辦法應付此刻父親的探問（幸好問題也沒幾個）。華特爵士想知道，克勞夫特夫妻駕駛前來巴斯的馬車是否用了四匹馬？另外，他們在巴斯的落腳處是否適合尊貴的他和伊莉莎白前去拜訪？此外他就沒什麼興趣了。

「瑪莉過得好嗎？」伊莉莎白開口詢問，但沒等安回答，「請問又是什麼風把克勞夫特夫妻吹來巴斯啦？」

「他們是為了上將來的。他診斷出風溼的問題。」

華特爵士說：「又是痛風又是老化的！真是一位可憐的老紳士。」

伊莉莎白問：「他們在這裡有朋友嗎？」

「我不知道。不過若我要猜，根據上將的的年紀與職業，他在巴斯這種地方恐怕不會認識太多人。」

華特爵士冷淡地說：「真要說的話，他們就算出名，我猜也是因為身為凱林奇府的房客。伊莉莎白，我們能把他們介紹給勞拉寓所的親戚嗎？」

「噢！不！我認為不妥。身為道林波夫人的親戚，我們千萬得小心避免任何尷尬場面，別把他們可能不認可的朋友帶上門。如果我們沒有親戚關係，那倒不要緊，既然有關係，她一定會謹慎看待我們的任何建議。我們最好還是讓克勞夫特夫妻自己去找些身分相襯的朋友吧。這附近常有幾個長相古怪的傢伙在街上閒晃，據說都是海員，他們人可去找這些人來往！」

對於瑪莉的來信，華特爵士與伊莉莎白的興趣僅止於此。克雷太太倒是較為厚道地關心了查爾斯．穆斯格羅夫太太，以及她兩名漂亮的孩子。問答結束後，安就能自由行動了。

回到房間後，安試著整理從信中得知的資訊。查爾斯當然會想知道溫沃斯上校的想法！說不定他是主動退出情場、放棄路易莎，不再付出愛意，又或者是發現自己從未愛過她？她無法想像他和班尼克上校之間出現任何背叛、輕率或幾乎是利用他人善意的糟糕戲碼。她無法忍受他們原本誠摯的友誼毀於如此不正當的理由。

班威克上校跟路易莎．穆斯格羅夫！路易莎．穆斯格羅夫是如此活潑、樂觀又多話，班威克上校則總是消沉、熱愛思考、易感又喜歡閱讀，兩人看起來南轅北轍，根本搭不上一對，個性也完全沒有相似之處！究竟為何能夠彼此吸引？她想了想，答案很快就浮現了，一切想必都是情境使然。他們被迫共處好幾個禮拜，一直寄宿在同一個小家庭中，自從亨莉耶塔離開後，他們更是幾乎全然仰仗彼此。路易莎大病初癒，處境又特別堪憐，而班威克上校也不再像之前那般深陷喪妻之痛。安之前就懷疑過班威克上校的心境可能如此。也就是說，根據此刻事態發展，安的結論與瑪莉相反，反而更加確認班威克上校之前曾對自己有意。她知道瑪莉對此萬萬無法接受，但她下這判斷並非為了滿足虛榮心，只是此刻更加相信，只要遇上任何願意聆聽、看似關心自己，且姿色不差的年輕女子，班威克上校都會因此傾心。他有一顆多情的心，就是非愛上某人不可。

她看不出兩人有什麼無法幸福的理由。首先，路易莎向來欣賞海軍，兩人的性格想必也會隨著時日更加相似。班威克上校性情會變得快活，她也會開始學習欣賞司各特爵士和拜倫勛爵的作品；不，大概已經懂得欣賞了吧，他們一定是因為詩歌陷入愛河。路易莎竟然變得具有文學品味又多愁善感，想來就很逗趣，但情況想必正是如此。那天在萊姆堤防上的一跌，肯定對她的健康、精神、勇氣及性格產生終身影響，甚至進一步全面改變她的命運。

安總結一切：這名女子儘管曾經了解溫沃斯上校的優點，但如果無人反對，就算愛上別的男子甚至與其訂婚，也沒什麼值得驚訝的；若是溫沃斯上校也沒因此損及友誼，那就更沒有令人遺憾的道理。不，當安想到溫沃斯上校不再受到任何情感約束，此刻是個自由人了，使她情不自禁心跳加速又臉紅的情緒絕非遺憾。她心中湧起連自己都羞於深究的感受，太接近喜悅了，雖然這根本沒有道理！

她非常渴望見到克勞夫特夫婦，但真正見面時，卻發現他們對這場婚事一無所知。在雙方行禮如儀地互訪過程中，路易莎．穆斯格羅夫及班威克上校的名字都曾提及，但兩人臉上並未因此出現絲毫笑意。

克勞夫特夫妻在蓋伊街這個好地段租了房子，華特爵士非常滿意，也不再羞於提起這位友人。他變得更常提起上將，心裡也老惦記著他，就連上將都沒這麼把華特爵士放在心上。

克勞夫特夫妻在巴斯認識的人夠多了，對他們而言，與艾略特家不過是形式上必須往來，絲毫不會給他們帶來什麼特別的樂趣。就跟在鄉下一樣，這對夫妻幾乎到哪兒都形影不離。醫生囑咐上將得多行走，以免痛風問題惡化，克勞夫特太太似乎願意與丈夫共同承擔一切，為了幫助他好起來，她幾乎是拚了命地在陪他散步。安到哪裡都能撞見他們。羅素夫人幾乎每天早上乘馬車帶她出遊，她幾乎每次都想起他們，也幾乎每次都能見著。她理解這對夫妻的情感，而兩人同行的畫面正是最吸引她的幸福光景。她總是把握機會觀察著兩人，開心地想像自己理解他們可能在談的話題，就連看到上將與偶遇的老友熱情握手，她也感到歡喜。她喜歡看他們兩人獨自散步，也喜歡看他們和幾名海軍舊識偶然聚首時，那副熱切談話的模樣，此時克勞夫特太太看起來聰明又犀利，跟身旁軍官相比也毫不遜色。

安太常跟羅素夫人出遊，自然少了獨自散步的機會，但剛好就在某天早上，也是上將夫婦抵達巴斯約一週或十天之後，她想要與朋友分頭走走，或是因為不想搭馬車，於是在城鎮南側下車，打算獨自走回卡姆登寓所。正沿著米爾森街走時，她有幸遇見上將。他站在一間版畫店的櫥窗前，雙手交握在背後，正仔細地觀賞店內幾幅畫作，完全沒注意到安打從身邊經過，還得靠安碰了碰他的手臂，又喊了一聲，才終於注意到她的存在。然而，一旦發現並認出了安，他隨即展現出一如往常坦率又好相處的個性。「哈！原來是你呀！謝謝你、謝謝你把我當作朋友般打招呼。你瞧，我就在這兒呆呆盯著一幅畫看，每次經過都忍不住要停下來。不過這畫到底在表達什麼呢？以一條船而言？請看看吧，你有見過這種船嗎？畫家真是古怪的生物呀，竟然想像有人願意甘冒性命危險坐上這種破舊不堪的小船。而且，這兒還有兩位紳士堅持神態自若地待在船上，同時環視周遭山巖，彷彿不知道下一刻就要遭殃，畢竟我想那船是一定要翻的。真想知道這船是打哪兒造出來的，」上將笑得開懷，「如果是這條船，我就算是在馬喝水的池子裡也不敢搭。總之，」他突然看向安，「你正要去哪裡呢？我可以代替你去嗎？或者陪同前往？有什麼我幫得上忙的嗎？」

「沒有，謝謝你。我正要回家，剛好有一小段與你同路，若你能陪我走上這段，可說是我的榮幸。」

「當然沒有問題，我很樂意，甚至打算多送你一段。是啊，是啊，就讓我們舒適地散步吧，我在路上也有事要告訴你。來吧，請挽我的手臂，就是這樣，身邊若沒一位女士，我總感覺不太對勁。老天爺！那到底算什麼船呀！」在出發之前，上將又忍不住看了那艘船一眼。

安問起：「先生，你說有事要告訴我？」

「是的，但此刻正好有位朋友走來，是布里頓上校，不過我只會在與他錯身時道聲『你好』，不會停下來閒聊。這個布里頓上校呢，每次只要發現在我身邊的不是妻子，總要瞪大眼睛盯著我瞧。我的妻子真可憐，腳不能走，因為一個腳跟長了水泡，簡直有一枚三先令硬幣[82]那麼大。若你往對街瞧，可以看見布蘭敦上將跟他的兄弟正走來。卑劣的傢伙呀，兩人都一個樣子！幸好他們沒跟我們走在街的同一側。蘇菲完全受不了他們，因為他們曾經耍了卑鄙的手段，把我幾個頂尖的下屬給搶走了，我下次再把故事從頭到尾告訴你。眼前又走來老亞齊柏德．德魯爵士跟他的孫子，瞧，他看見我們了，還給你送了個吻，看來是把你認作我的妻子了。啊，他的孫子是個年輕海員，但和平來得太快，他沒有累積財富的機會了。可憐的老亞齊柏德．德魯爵士！對了，艾略特小姐，你還喜歡巴斯嗎？我們可是住得很稱心，因為總能在街上遇見三五好友，每天只要白天出門，幾乎滿街都是他們，我們總能聊得盡興，與他們分道揚鑣後，我們又能把自己關在房內，窩在椅子上作畫，生活過得幾乎跟在凱林奇府一樣舒服。是的，也能說像之前在北雅茅斯港和迪爾港一樣愜意。我這麼告訴你吧，此地住處讓我回想起在北雅茅斯港的第一個家，壁櫃也一樣透風，可我一點也不討厭呢。」

他們又往前走了一段路，安才再次大膽催問上將剛剛打算說的事情。她希望能在走出米爾森街之前滿足自己的好奇心——但還是被迫等了一陣子，因為上將打算走到更為寬敞安靜的貝爾芒特路再說，而她既然不是真正的克勞夫特太太，也只好任由他作主。不過一走上貝爾芒特

82 三先令硬幣的直徑大約三點五公分。

街，上將就開口了，

「好了，現在我打算說件事，你一定會大感驚訝。不過首先，你得提醒我那位小姐的名字，總之，就是我們都很關心的那位年輕女士。我要講的就是那位穆斯格羅夫小姐的事。她的教名是什麼？我老是忘記她的教名。」

安早就知道他在說誰了，但不好意思直接表現出來，此刻終於有辦法安然地說出「路易莎」這個名字。

「對，對，就是路易莎．穆斯格羅夫小姐，就是這名字沒錯。我真希望年輕小姐沒這麼多花俏的教名，如果她們都叫蘇菲之類的名字，我就不可能記不住了。總之，這個路易莎呢，我們都以為她會跟菲德瑞克結婚，畢竟他也追求了她好幾個星期。唯一令人奇怪的是，兩人也不知道在等什麼，然後就發生了萊姆那場意外，顯然也得先等路易莎的腦子恢復正常。不過即便在那時候，兩人的情況也有些古怪。菲德瑞克沒有待在萊姆，反而跑去了普利茅斯，接著又跑去拜訪哥哥艾德華。等我們從麥伊黑德港[83]回來時，他已經待在艾德華家好一段時間了。我們打從十一月之後就沒見過他，就連蘇菲也搞不懂是怎麼回事。不過，最奇怪的事才要發生呢，這位年輕女士，也就是這位穆斯格羅夫小姐，竟然放棄了菲德瑞克，打算跟班威克上校結婚。你認識詹姆斯．班威克吧？」

「稍有來往。我跟班威克上校是有一點交情。」

「反正，她打算跟他結婚，不，說不定都已經結了吧，反正我也看不出有什麼好等待的。」

安說：「我認為班威克上校是名非常討喜的年輕人，據我所知，他的性格也相當好。」

「噢！沒錯，確實沒錯。詹姆斯・班威克這人無從挑剔。不過他去年夏天才晉升為海軍中校，現在這個世道恐怕很難再往上晉升。除此之外，我還真挑不出他的毛病。他是個心地善良的好傢伙，我向你保證，也是名積極又熱心的軍官，雖然他看似溫吞，但光憑平日舉止評斷他並不公平，他的優點絕對比人們表面上看到的更多。」

「你誤會了，先生，我絕沒有暗示班威克上校缺乏活力的意思。我認為他非常好相處，也敢擔保大多數人會跟我有類似感受。」

「哎呀，這樣好，女士們的眼光向來最準確了。不過在我看來，班威克上校還是太內向了一點，但也可能是我們偏心，畢竟蘇菲和我總覺得菲德瑞克優秀多了。菲德瑞克有些特質就是比較對我們的胃口。」

安感到一陣困窘。她只是覺得溫和的人也能很有活力，因此想反駁大家的刻板印象，但也不是說班威克上校優秀到無人能及。她猶豫了一陣子，才開口表示：「我沒打算拿這兩位好友來分出個高下，」此時上將又插嘴說道：

「我說的可是真話，絕非沒有根據的謠言。我們的消息來源是菲德瑞克，他姊姊昨天收到他的來信，信中就提了這件事。而他又是從哈維爾夫妻那裡得知，他們在事發現場的厄波克羅

83 麥伊黑德港（Minehead）是位於西薩默塞特郡的一座海港。

斯給他寫了信。」

安無法抗拒這個機會，因此立刻開口探問：「上將，我希望溫沃斯上校告知這項消息的語氣沒讓你們夫妻倆不自在。畢竟去年秋天時，他和路易莎．穆斯格羅夫看起來確實兩情相悅，我希望兩人不過是感情自然淡了，因此和平結束關係。希望信上沒有散發著被虧待的氣息。」

「沒有，完全沒有！從頭到尾都沒出現任何咒罵或埋怨的字眼。」

安低頭掩飾滿臉的笑意。

「不，不，溫沃斯上校不是那種會哼哼唧唧或抱怨不休的人。他的志氣不會允許自己這麼做。若那女孩比較喜歡別人，選擇和那人結婚當然比較合理。」

「那是當然。但我的意思是，我希望透過他的信件，你們沒發現他感覺被友人虧待的情緒。你也知道，或許不是以直說的形式展現。他們兩人算是患難真情，如果這份友誼被這門婚事摧毀，甚至只是因此受損，我都會覺得非常遺憾。」

「是的，是的，我了解你的意思，但信中完全沒有透露類似訊息。他對班威克上校沒有絲毫怨懟，就連『我真的搞不懂，我確實有理由搞不懂吧。』這類話都沒說。光憑他的信件，你甚至不會猜到他曾對那個什麼小姐有意——她到底叫什麼名字呀？——他非常大方地祝他們婚姻幸福，我認為其中完全沒有不諒解的問題。」

安無法完全相信上將的解讀，但此刻進一步追問也沒用。因此，她只是以一些尋常話附和著上將，不然就是靜靜聆聽，反正讓他說自己想說的。

他最後終於這麼說：「可憐的菲德瑞克！現在他一定又從頭開始追求某人了吧。我認為我們得把他找來巴斯。蘇菲應該寫信懇求他來巴斯。我確信這裡的漂亮女孩夠他追了，反而是再跑去厄波克羅斯沒什麼意義，因為我發現，另一位穆斯格羅夫小姐也跟那位年輕表兄訂婚了，是吧，那位助理牧師？你難道不覺得嗎，艾略特小姐，我們最好還是把他找來巴斯，對吧？」

19

正當克勞夫特上將與安一同散步，說著希望把溫沃斯上校找來巴斯的同時，溫沃斯上校其實早已動身，甚至在克勞夫特太太開始寫信之前，他就已經抵達巴斯了。就在安下一次出門散步時，便見著了他。

當時艾略特先生陪著兩位堂妹及克雷太太，一行人正在米爾森街上走著。下起雨來，雨勢雖然不大，但已經是女士們需要遮蔽的程度了。他們正好瞧見道林波夫人的馬車停在不遠的轉角，艾略特小姐於是立刻想要利用馬車先行返家。於是她、安和克雷太太一起走進莫倫甜點店躲雨，艾略特先生則前去尋求道林波夫人的協助，之後很快帶回了好消息。道林波夫人非常樂意載他們回家，而且再過幾分鐘就會過來接他們。

道林波夫人擁有豪華的四輪馬車，但最多只能搭載四名乘客。卡特雷小姐跟母親一同坐在馬車上，因此，她們最多只能招待兩位卡姆登寓所家的小姐。當然，艾略特小姐一定得先回去，畢竟誰都能吞忍不便，就唯獨她不行，不過另外兩人就彼此禮讓了好一段時間，無法決定誰先回去。其實雨真的不大，安是真心想跟艾略特先生一同散步回家，但克雷太太也覺得這不過是小雨，甚至覺得雨根本沒在下，更何況她的靴子又很厚！比安小姐的靴子厚多了！簡而言之，她實在客套得誇張，讓人覺得她也跟安一樣很想留下來跟艾略特先生散步。兩人皆大方有禮，但也不願退讓，只好仰賴旁人為她們定奪。艾略特小姐堅稱克雷太太已經受了點風寒，艾略特先生更認為堂妹安的靴子比較厚，事情便這麼定了。

於是在剩下這夥人中，他們決定讓克雷太太先坐馬車回家。剛得出結論，坐在窗邊的安就清楚明瞭地看見溫沃斯上校沿著米爾森街走來。

她內心慌亂，但沒人發現，之後卻立刻覺得自己蠢到極點！根本莫名其妙！荒謬！之後好幾分鐘，她眼前一片空白，腦中紛亂，茫然不知所措，等到終於清醒過來，發現大家仍在等馬車，而總是殷勤的艾略特先生剛離開，打算前往聯合街替克雷太太辦點事。

安現在好想走到室外，好想知道是否還在下雨。為什麼她要懷疑自己的動機呢？現在出去也見不到溫沃斯上校了吧？她離開座位，她就是要去，她不該總讓理智勝過感情，或任由理智貶低自己的感情。她就去看看是否還在下雨就好，但又坐回位子上，因為緊接著下一刻，溫沃斯上校就走進了店裡，身旁跟著幾位紳士與小姐，應該是他剛在米爾森街另一頭巧遇的舊識。他見到她，一瞬間似乎震驚又迷惑，是她之前從未看過的反應，就連臉也跟著紅起來。打從兩人再次相遇以來，這是溫沃斯上校首次透露出比她明顯的心情震盪，她畢竟先見到他了，稍微多了點準備時間，初見面時那種令人目眩神迷的強烈震驚效果已經褪去，不過，她內心還是翻攪著各種情緒！其中包括焦躁、痛苦、歡愉，可以說是悲喜交織。

他對安說了些話後轉身離開，神態尷尬。安不知道他究竟算是冷淡或友善，就連那情緒是否該稱為尷尬都不確定。

過了沒多久，他又前來找安說話。兩人先交換了尋常的問候，但恐怕誰也沒把話好好聽進去，安則明確意識到他變得比較不自在。之前或許是因為兩人常有機會相處，早已習慣淡漠又冷靜地交談，但現在的他做不到了。時間改變了他，又或者是路易莎改變了他。安就這麼胡思亂想了起來。他似乎過得很好，身體或精神看來都沒什麼問題，甚至暢談起厄波克羅斯和穆斯格羅夫家的事，就連談起路易莎時，他也似乎精神奕奕，一瞬間還露出他特有的調皮神色。但溫沃斯上校根本上仍是難受又不自在，也無法完全掩飾掉它們。

伊莉莎白見到了溫沃斯上校，卻沒打招呼，安對此並不驚訝，但仍感到悲傷。她確定溫沃斯上校和伊莉莎白都有看見彼此，內心也都認出對方，她相信溫沃斯上校期待能得到舊識的對待，也已做好準備，伊莉莎白卻不為所動，冷淡地轉身而去，安看了實在傷心。

就在艾略特小姐等得不耐煩時，道林波夫人的馬車總算來到店門前，僕從也已進門通報。外頭再次下起雨，但店內這行人又是一陣磨蹭、忙亂，同時話又講個不停，另外這群人終於也聽懂了，原來道林波夫人被找來載艾略特小姐回家。最後僅僅靠著這位僕役的伺候（畢竟艾略特小姐的堂哥還沒回來），艾略特小姐終於和友人順利離開，本來望著她們的溫沃斯上校再次面對安，儘管沒有開口，但以姿態示意要護送安上車。

安回答：「非常感謝你的好意，但我沒打算跟她們上車。馬車一次無法載那麼多人。我打算用走的。反正我本來就比較喜歡走路。」

「但在下雨呀。」

「噢！這雨可小了。在我看來，幾乎跟沒下差不多。」

溫沃斯上校沉默了一陣子，然後開口：「雖然我昨天才抵達，但早為巴斯這地方做好準備，」他指指手上的新雨傘，「如果你決心要步行，希望你願意把傘拿去用，雖然我覺得還是讓我替你招輛轎子比較妥當。」

她真的非常感激，但仍婉拒了他的好意，再次表示希望走回家，更何況此刻雨真的不算什麼。接著又補充說：「我只是在等艾略特先生。我確定他很快就會回來了。」

她話還沒說完，艾略特先生就走了進來。溫沃斯上校完全記得這個人，他的相貌跟當時站在堤防階梯上愛慕地看著安時沒有兩樣，只不過根據此刻的氣氛、模樣與舉止，他和安已經成為交情匪淺的朋友。他匆忙走進來，眼裡及腦裡似乎都只有安，先是為自己的遲歸道歉，也表示讓她久等令他好生難受，此刻只想在雨勢變大之前，一刻也不耽擱地趕緊把她送回家。他們隨即一同走出店面，此時安挽著艾略特先生的手，害羞又溫和地看了溫沃斯上校一眼，只有時間最後說聲「早安，再見。」

一等兩人出了視線範圍，跟溫沃斯上校同行的女士們就議論起來。

「我想，艾略特先生應該對堂妹有意吧。」

「噢！當然，我想簡直再明顯不過了。任何人都能猜到後續發展。他老是跟那家人待在一起，生活中幾乎有一半時間都在那兒度過。長相多麼好看的一個男人呀！」

「沒錯，艾金森小姐曾在瓦歷斯家跟艾略特先生一同參加晚宴，說他是自己見過最好相處的男人呢。」

「她很美，我是說安．艾略特，只要你仔細瞧，真的很美。雖然大家普遍不那麼覺得，但我得承認，比起她姊姊，我還更喜愛她。」

「噢！我也是！」

「我也這麼覺得，根本沒得比嘛。不過男人老是為了艾略特小姐瘋狂，安對他們而言太嬌弱了。」

這段走回卡姆登寓所的路上，如果堂哥能不發一語地陪在身邊，安一定會感激萬分，因為此刻的她發現，與艾略特先生熟識以來第一次，要專注聆聽他說話竟如此困難。他確實一如往常地熱絡又貼心，所談的主題也跟之前一樣有趣，包括誇讚羅素夫人是多麼溫暖、正直，又深具犀利的判斷眼光，此外還極度理性地分析克雷太太值得非議之處。但她滿腦子想的都是溫沃斯上校。她摸不清溫沃斯上校此刻的感受。他到底有沒有因為婚約告吹而失望？若她的心情要獲得平靜，就得先搞清楚這件事。

她真希望自己能早點成為一個理性又明智的人，但哎呀，哎呀，她得承認自己的修養仍不夠。

她還得搞清楚他在巴斯預定停留多久，他應該沒有提起，又或者是她想不起來。他可能只是剛巧路過此地，但也極可能打算在此待上一陣子。如果是後者，在巴斯這地方，大家總有機會碰頭，羅素夫人也一定會在哪兒見到他。她會記得他嗎？兩人見面會是什麼情況？

儘管不情願，出於禮節，安之前仍跟羅素夫人報告了路易莎・穆斯格羅夫跟班威克上校成婚的消息，也被迫面對了羅素夫人意有所指的驚訝反應。現在，若羅素夫人在任何場合巧遇溫沃斯上校，因為對事件不完全理解，很可能會對他再添上一分偏見吧。

隔天早上，安和羅素夫人一同外出，整整一小時都因為可能遇見他而緊張得要命，但始終沒能巧遇，最後總算在回程的普爾特尼街上發現他。他就站在右側的人行道上，儘管隔著一段距離，仍是不容忽視的存在。他身邊有許多男人，另外還有幾群人跟他朝著同方向前進，但沒錯，安確定那個人就是他。安立刻本能地望向身旁的羅素夫人，倒不是瘋狂地覺得她能跟自己一樣迅速認出對方，不，除非在街道兩側幾乎正對著彼此，不然夫人不可能認出來，但安還是時不時地焦灼地望向她。等近到幾乎足以讓羅素夫人認出他的時刻，雖然安已不敢再盯著她瞧（她的表情實在太不自然了），卻完全能意識到羅素夫人的眼光直直射向他的方向，總之，羅素夫人正專注地盯著他瞧。安能感覺到，羅素夫人已折服於溫沃斯上校此刻的風采，眼神幾乎移不開；她一定很震驚，八、九年的光陰過去，就算經歷海外各地的飄泊與征戰，他的容顏不但毫髮無傷，就連優雅氣度也絲毫未損。

終於，羅素夫人轉過頭來。安心想：「她這下又要怎麼說他了？」

羅素夫人開口：「你一定很想知道，我究竟是盯什麼盯了這麼久，其實我是在找窗簾，昨晚愛麗西亞夫人跟法朗克蘭太太提到，這個街區對側有棟房子，客廳掛的可說是全巴斯最漂亮、最好的窗簾，但我想不起她們提的門牌號碼。我一直想找出可能的建築物，但得承認沒看到符合描述的目標。」

安嘆了口氣，臉紅地微笑起來，心裡湧起一股既遺憾又輕蔑的情緒，只是不確定是針對羅素夫人還是自己。安最介意的是，因為浪費時間小心翼翼地觀察及做心裡準備，反而錯過確認溫沃斯上校是否有注意到她們。

之後又過了一、兩天，安和溫沃斯上校之間什麼都沒發生。溫沃斯上校不是跑皇家劇場就是新社交會堂，但對艾略特家而言，這些場所都不夠高級。他們晚上總要去那些「優雅的」蠢私人派對尋歡作樂，而且越來越沉迷其中。安對於兩人之間毫無進展感到厭煩，也恨自己對他的近況一無所知，她開始想像自己已經擁有更多面對他的勇氣，卻苦無試煉的機會，也因此盼望音樂會之夜趕快到來。那是場道林波夫人為某人贊助的音樂會，艾略特家勢必會出席，也期待能夠好好享受一晚，熱愛音樂的溫沃斯上校想必也不會錯過。安想像著，只要能跟他說上幾分鐘的話應該就夠了，至於如何向他開口，她想只要有機會見到面，內心自然就會充滿勇氣。之前溫沃斯上校不受伊莉莎白重視，又被羅素夫人忽視，她覺得自己有義務關照他。

她先前曾含糊地答應在那晚與史密斯太太碰面。匆忙短暫的拜訪中，她請求原諒，並將約會延期，承諾隔天會前來造訪更久時間。史密斯太太和顏悅色地同意了。

她說：「不過，隔天你一定要來跟我講所有細節。你們有誰會一起去？」

安一一說了眾人的名字，史密斯太太沒有答腔，不過就在安打算離開時，她半是嚴肅半是打趣地說：「總之，我真心期望音樂會能一如你預期的美好。如果你明天能夠前來，也千萬別讓我失望，因為我有個不祥的預感，之後或許不太有機會能在家見到你了。」

安既驚訝又迷惑，站在那裡猜疑了片刻後，雖然不得不離開，但心裡其實有點雀躍。

20

音樂會當晚，一行人中最早抵達社交廳是華特爵士、他的兩個女兒，以及克雷太太。既然必須等道林波夫人抵達，他們決定先在社交廳中心的八角廳[84]候著，但還沒完全安頓好，門就開了，溫沃斯上校獨自走了進來。安距離他最近，但還是稍微趨前才立刻開口招呼。溫沃斯上校本來打算鞠躬後直接走過，但一聽到安那聲輕柔的「你好」，他立刻改變路線拐彎走近她，儘管安身後就是難對付的父親與姊姊，他仍然回應了她的問候。對安而言，既然父親與姊姊在背後，她的膽子也大了起來，反正看不到他們的表情，似乎也就能坦然去做自己覺得正確的事。

就在兩人交談時，安聽見父親與姊姊在背後竊竊私語，雖然聽不清楚，大概也能猜到主題。此時溫沃斯上校對她身後的人鞠躬致意，看來判斷力較好的父親終究決定向這名舊識簡單致意，安側頭朝身後匆匆看了一眼，恰巧看見伊莉莎白也對溫沃斯上校稍微行了個禮。這致意來得太遲，既不甘願也不優雅，但總好過毫無表示，她的心情也因此好上不少。

不過在聊過天氣、巴斯和這場音樂會之後，對話內容逐漸變得乏味，兩人都不太知道該說些什麼，安覺得他應該隨時會離開，但沒有。溫沃斯上校似乎不急著走，此刻精神可說煥然一新，甚至臉上帶著一點微笑與淺淡紅暈，並開口：

「自從去萊姆一遊之後，我幾乎沒機會見到你。我一直擔心你嚇壞了，特別是你當時一點也沒嚇到的樣子。」

她要他安心，自己一切都好。

他說：「真是令人驚恐的一刻！令人驚恐的一天！」他摀了一下雙眼，彷彿光是回憶就令他痛苦，不過很快就又露出微笑，「不過，那天畢竟還是留下些好處，甚至造就了一點也不令人驚恐的歡樂結果。當時是你建議讓班威克上校去找醫生，並強調他才是最適合的人選，應該也沒想到他會成為最擔心路易莎復原狀況的人。」

「確實沒想到，不過他們似乎很相配，至少我希望他們幸福。雙方都是有原則又好脾氣的人。」

「是的，」他的眼神似乎迴避著安，「但我想他們的相似之處也就僅止於此。我全心祝賀他們幸福，也為他們的婚事沒有受到任何阻撓慶幸。他們各自家中都沒有需要支應的顧忌，沒有人反對、心意不定或蓄意消極拖延。穆斯格羅夫一家如同往常般慈藹可敬，身為家長，他們只是真心在意女兒能否擁有舒適自在的婚姻生活。這一切都非常有利於他們的婚姻，也許遠勝……」

84 八角廳（Octagon Room）為上社交廳中央的一個八角形空間，可通到舞廳、紙牌室和茶室，許多人會在舞會或音樂會開始前約在這裡見面。

他沒說下去，似乎突然憶起過往，心裡一陣翻湧，安也因此紅了雙頰，眼睛只能牢牢盯著地面。不過，溫沃斯上校清了清喉嚨，繼續說：

「我得老實說，我覺得他們之間存在太大的差異，太大了，而且是比心智更本質上的問題。我認為路易莎．穆斯格羅夫是非常甜美可親的女孩，對事物的見解也沒什麼缺陷，但班威克可不僅止於此。他很聰明，而且博學，我得承認他喜歡上路易莎這件事太讓我驚訝了。他愛她是否出於感激呢？是不是因為既然路易莎喜歡自己，就得試著回應她的感情呢？若真如此，那就另當別論，但我認為機率不高。相反地，他似乎是不由自主地愛上了她，其中完全沒有刻意的成份，這實在令我驚訝。畢竟他還是個剛失去未婚妻沒多久的男人呀！他的心才剛被撕裂、傷害，幾乎都要破碎掉的呀！芬妮．哈維爾是非常出色的女子，班威克對她付出的也是真情。既然曾對女人付出那樣的真心，絕不可能如此輕易地走出傷痛！根本不應該，也不會才對的。」

或許是意識到他的朋友確實已走出傷痛，又或許是意識到其它事，總之他沒再繼續往下說。至於安，儘管剛剛溫沃斯上校後半段講得語氣激動，又儘管八角廳內充滿各種噪音，包括門不停被甩上及人走過的窸窣聲響，她還是清楚聽見了他說的每一個字。她先是震驚，然後開心，再來困惑，最後呼吸急促，心中一時百感交集。她不可能加入這個話題，不過，沉默一陣子後，她覺得必須說些什麼，雖然不指望全盤扭轉話題，但至少想辦法稍微岔開一聊。

「我想，你之前在萊姆待了好一陣子吧？」

「大約兩週。路易莎復原情況穩定下來之後，我才有辦法離開。我必須為這場意外負起的責任太大，內心實在難以平靜，一切都是我的錯，完全是我。如果不是我一時意志軟弱，她就不會固執地這麼做了。不過萊姆鄉間的景致相當好，我常常在其間散步或騎馬晃遊，見得越多，就發現越多值得喜愛的光景。」

安說：「我真想再去萊姆看看。」

「確實！我沒想到萊姆還能在你心中激發如此美妙的情感。畢竟當時你在場，不但經歷了心靈的耗損，精神更是深受折磨！我還以為你只對萊姆留下無比厭憎的印象。」

安回答：「最後幾小時確實令人痛苦，但只要痛苦過去，留下的通常是令人開心的回憶。人要是熱愛一個地方，並不會因為曾在其中受苦而變得討厭，除非是從頭到尾都在受苦，留下的也全是痛苦回憶，而我在萊姆的經驗絕非如此。我們只是在最後兩小時經歷了焦慮及沮喪，但之前一直玩得很盡興呀。那地方多新奇、多美麗呀！我真的很少出外旅遊，任何新鮮的地方都令我感到有趣，不過萊姆確實擁有許多美景；總之，」她的臉因回憶而紅起來，「整體而言，我對那地方留下非常好的印象。」

她話語方落，入口的門再次打開，出現了這一行人正在等候的對象。「道林波夫人！道林波夫人！」歡喜招呼的聲音此起彼落，華特爵士急切但不失優雅地上前，連同兩位小姐一起向道林波夫人致意。艾略特先生負責護送道林波夫人及卡特雷小姐走進八角廳，另外還有幾乎同時間抵達的瓦歷斯上校。隨後，由於其他人陸續加入行列，安發現自己無可避免地被人潮帶著走，也就和溫沃斯上校走散了。他們之間的有趣談話被迫暫時中斷，簡直像是因為太過享受那段對話而受罰，但跟內心感受到的幸福相比，安覺得這點代價不算什麼！在談話的最後十分鐘，安更了解溫沃斯上校對路易莎的感情，甚至更了解他對感情的整體想法，完全是她之前想也不敢想的好運！因此，她現在願意配合同行家人做必要的社交禮儀，亢奮但不失應有的體貼及優雅姿態，也願意好脾氣地應付所有人。她現在心情不同了，能夠禮貌又親切地對待每個人，甚至憐憫起大家，誰叫她比所有人都還快樂。

不過，等她離開同行家人，正打算再跟溫沃斯上校聊下去，卻發現他不見了，原本愉快的心情立刻打了折，最後只瞥見他走入音樂廳的身影。他離開了，消失了，安瞬間感到一陣悔恨，但仍心想：「我們一定會再見面。他會來找我，今晚活動結束之前，他一定很快就會再來找我。此刻分開一下也好，我也需要時間思考剛剛發生的一切。」

之後沒過多久，羅素夫人也到了，眾人會合後只剩一件要緊事：整齊列隊走進音樂廳，並盡可能吸引所有目光、激起各種耳語，總之干擾越多人越好。

走進音樂廳的伊莉莎白和安都非常、非常開心。伊莉莎白與卡特雷小姐挽著手臂，盯著孀居的道林波子爵夫人的寬大背部，感覺世界已在自己掌握之中。不過，若要拿安此刻的幸福感受與姊姊相比，恐怕是一種侮辱，畢竟伊莉莎白的快樂純粹是滿足了自私的虛榮心，而她的快樂源自於豐盈的情感交流。

安對外界富麗精彩的場面視若無睹，也不覺得有什麼要緊。她的快樂完全發自內心，甚至沒意識到自己雙眼發亮，臉頰還泛紅。她腦中想的全是剛剛那半小時的事，光是走向座位的路程中，她就將兩人的對話快速回顧了一遍，包括他所選擇的話題、他的措辭，當然更重要的是他的舉止及神色，而能解釋一切的原因只有一個。比如說吧，他認為路易莎．穆斯格羅夫心智不夠優秀，而且一副不吐不快的模樣，另外還有他對班威克上校迅速變心的訝異。他還談了對於初戀的強烈感受，不但講得欲言又止，眼裡還散發出半是閃爍、半是無法掩藏的含情目光，一切都顯示他終將回心轉意；他不再抱著怒氣及恨意迴避她，兩人將再續前緣，而且重拾的不只是友情及關心，還是曾經的柔情。是的，正是兩人過往擁有的柔情。她越是思考，答案越是昭然若揭：他一定是愛她的。

這些思緒及隨之而來的願景盤據在安的心頭，她心緒紊亂，完全沒有餘力觀察眼前場景，因此，她不只是穿越音樂廳時沒看到溫沃斯上校，也沒試圖找出他來。直到走近座位，大家的位置也都安排妥當後，安才環顧四周，想知道上校是否可能剛好和她坐在同一區；但顯然沒有，她怎麼找也找不到。音樂會才剛開始，她只好暫時收斂住喜悅。

這一行人分成兩批，坐在兩張緊鄰的長凳上。安就坐在最前頭，艾略特先生則在瓦歷斯上校的幫助下，想盡辦法坐到了安的身旁。艾略特小姐則是兩旁坐著貴族親戚，還有瓦歷斯上校不停對她獻殷勤，心裡相當滿意。

安的心境完全適合享受今晚這類娛樂活動，可說非常閒適，不但能充分感受音樂中的柔情，也有精神跟著愉悅振奮，具有面對系統化樂段的專注力，即便疲倦了也有足以面對的耐心，至少在第一段演出結束前，她從未如此享受過一場音樂會。就在第一段表演接近尾聲，台上唱了首義大利歌曲，緊接著是一小段空檔，安趁機向艾略特先生解釋了歌詞內容，同時對照著兩人手上拿的那張節目單。

安說：「我說的這些與其說接近歌曲精神，其實傳達的還是字面意思。義大利情歌的精神無法言傳，我只能盡力解釋。我實在不敢假裝精通這種語言，也得承認對義大利文的研究非常淺薄。」

「是的，是的，我真是了解你的意思。你對義大利文還真是一竅不通。你對這種語言的認識呢，只足以將眼前這些充滿倒裝、移位和省略的義大利歌詞，翻譯成清楚、易懂又優雅的英文。不要再強調你的無知了，眼前證據已極為充分。」

「你這種善意的恭維，我當然是收下了，但若來了一位真正的義大利文專家，我哪裡經得起檢視。」

他回答：「這段時間以來，我有幸多次拜訪卡姆登寓所，對安・艾略特小姐也算有些認識。我認為你太謙遜了，導致世間之人對你的才華僅是一知半解，而且明明如此多才多藝，你表現出來的謙遜又比世間任何女性都自然許多。」

「這真的太讓人害羞了！完全是溢美之詞。對了，接下來的演出是什麼？我都忘了。」她繼續低頭看節目單。

艾略特先生說：「或許可以這樣說，我對你的品行早有認識，而且比你知道的還久。」

「是這樣嗎！怎麼會呢？應該是我來到巴斯後，你才有機會了解我的品行吧？除非之前就聽我的家人談論過？」

「早在你抵達巴斯之前，我就聽過別人對你的評價，而且來自曾經與你親近來往之人的轉述，因此，我早已熟知你的品行多年，包括你的為人、脾性、才藝、舉止……全都有人跟我仔細描述過，簡直可說歷歷在目。」

艾略特先生想以此話題引起安的興趣，結果確實也沒讓他失望，果然沒人能抵抗這種神祕的魅力：明明安才認識這人沒多久，卻早已有人跟他仔細談過自己？而她卻不知道是何方神聖？這種神祕感實在令人難以抗拒。安實在是滿心好奇，腦中不停想著可能人選，口中也熱切追問艾略特先生，卻都沒有得到答案。他很高興安對自己問個不停，卻怎麼都不肯回答。

「別問了，別問，也許再過一陣子或改天告訴你吧，但不是現在。我現在絕不會透露任何人名，但可以向你保證，我所說的絕對是事實。早在多年前我就聽過別人談起安．艾略特，對你的種種優點早有了高度評價，也非常迫切地想要結識。」

安想了想，除了蒙克福德的前任助理牧師，也就是溫沃斯上校的弟弟之外，實在不知道還有誰會對自己如此讚賞。艾略特先生確實有機會與他來往，但她實在沒勇氣直接問起。

他說：「安．艾略特這個名字，聽起來總讓我覺得興味盎然，在我的想像中，這名字一直擁有一種魅力。如果容我冒昧，我希望這個名字可以永遠不必改變姓氏。」

安確信艾略特先生是這麼說的，卻幾乎聽不進去，因為注意力全被身後的對話吸引了。和那段對話內容相比，其它事都微不足道。說話的是她父親和道林波夫人。

華特爵士說：「真是好看的男人，非常好看的男人。」

道林波夫人說：「確實是個資質非常好的年輕人！比起巴斯見到的人更有氣勢。我敢說應該跟我一樣，是名愛爾蘭人吧？」

「不，我恰巧知道他的名字，是我的點頭之交。他的姓氏是溫沃斯。溫沃斯海軍上校。他的姊姊是我房客的妻子，就是克勞夫特先生，他租下我在薩默塞特郡的凱林奇府。」

華特爵士還沒把話講完，安的目光終於投向正確的方向，並在稍遠的一群男子中認出了溫沃斯上校。他正站著，而當安的眼神落到他身上，他的眼神似乎也才剛移開。似乎先前正在看她，只是安晚了一步。等到她再次鼓起勇氣望過去時，溫沃斯上校卻沒有再次望過來。此時演奏再次開始，她只好努力把注意力轉移到台上，眼神也直直看著前方。

等到安有機會再次看過去時，溫沃斯上校已經不見了。就算他想接近她，此刻的情況也不允許：她被親友團團圍繞，完全無法自由行動，不過她更在意的是他是否注意到自己？

艾略特先生剛剛的一席話太令人困擾，害得安現在沒了跟他說話的興致。她真希望兩人沒坐得那麼近。

第一段表演結束。她希望情勢能往對自己有利的方向改變，就在眾人不甚熱絡地搭了一陣子話後，有些人決定先去喝點茶。安和另外幾個人選擇留在位子上，她和羅素夫人都沒起身。她很高興能擺脫艾略特先生，如果有機會再與溫沃斯上校見面，無論她覺得羅素夫人會怎麼想，她都會繼續跟溫沃斯上校對話，絕不閃躲。根據羅素夫人的表情，她一定也已經瞧見溫沃斯上校了。

然而他沒出現。安一度以為遠遠地看到他了，他卻不曾現身。這段休息時間就在她焦慮的等待中荒度了。接著大家回來了，音樂廳再次擠滿人，眾人重新在長椅上找好位子，等待又一小時的饗宴或受罪？還是又一小時的樂音或呵欠？總之取決於每個人貨真價實或被牽著走的品味。不過對安而言，攤在眼前的完全是一小時的焦躁等待。如果在離開前無法跟溫沃斯上校再見上一面，並再次交換友善的眼神，她的心就不可能平靜。

等大家重新坐定後，位置有了不少改變，而結果對安非常有利。瓦歷斯上校拒絕再次坐回原位，而在道林波夫人及卡特雷小姐不容拒絕的邀請下，艾略特先生坐到她們兩人之間。其他人也有一些變動，安又使了點心機，坐到比起之前更靠長椅末端的位置，也比較有機會接觸經過走道的人。她發現自己的行徑簡直跟小說《西西莉亞》中那位羞怯的拉羅思小姐[85]沒兩樣，還是執意這麼做了，可惜結果不如預期。不過在音樂會結束前，坐在她旁邊的聽眾提早離席，情勢因此對她轉而有利。

於是情況是這樣：就在安身邊有了空位時，溫沃斯上校終於出現，而且人就在不遠處。他

85《西西莉亞》（*Cecilia*）是法蘭西斯．伯尼（Francis Burney）的愛情小說，拉羅思小姐試圖在音樂會上吸引某位男子的注意力，失敗後表示以後聽音樂會一定要坐在走道，因為這樣才有機會跟路過的人說上話。

確實看見她了，卻表情凝重，一副拿不定主意的模樣，最後才磨磨蹭蹭地過來搭話。她感覺剛剛一定發生了什麼事，畢竟他的改變實在太明顯，跟之前在八角廳時相比，那態度簡直天壤之別。會是什麼原因呢？她先是想到父親，又想到羅素夫人，會不會是他們沒給他好臉色看？他跟她聊起音樂會，但神態仍然凝重，完全是之前在厄波克羅斯時的樣子。他承認自己對今晚的音樂會感到失望，本以為歌唱部分的表現會更好，總之如果老實說，他絕不會為今晚的演出結束感到絲毫遺憾。安為音樂會說了不少好話，但仍體貼地表示理解他的感受，他的神色才終於緩和下來，再次回話時臉上甚至出現若有似無的笑意。他們又聊了幾分鐘，氣氛越來越好，他的眼神甚至飄向長椅，彷彿終於發現那裡有個不錯的空位。不過此時有人碰了安的肩膀，安不得不回頭；原來是卡特雷小姐急著想知道下一首歌的大概意思，艾略特先生只好抱歉來占用她的時間，希望她幫忙解釋義大利文的歌詞。安無法拒絕這項請求，但感覺從未基於禮節做出如此大的犧牲。

她盡快解釋完畢，仍無可避免地花了幾分鐘。等到她終於得以為自己作主，能夠跟之前一樣回頭看向溫沃斯上校時，迎接她的卻是急匆匆的冷淡告別。「祝你今晚愉快，我要走了，而且得盡快趕回家。」

「接下來這首歌難道不值得留下來聽嗎？」安沒預料到這種轉折，一時也只能著急地想辦法讓他留下。

他斷然拒絕：「不了！沒什麼值得我留下來了。」然後直接離開。

他在嫉妒艾略特先生！這是唯一合理的推測。溫沃斯上校嫉妒她的感情！換作是一星期之前，就算是三小時前好了，她都不敢相信會有這種事！有那麼一瞬間，她覺得所謂得償所願莫過於如此。但哎呀，她心境突地一轉，開始思考之後該如何平息這場嫉妒之禍？又該如何讓他理解真相？目前兩人各自陷於一些不利於這段情感的困境，在此前提之下，究竟該如何讓他明白自己的感受？沒想到艾略特先生的愛慕之情如此後患無窮，真令她想來苦惱。

21

隔天早晨，安開心地想起自己與史密斯太太有約。這代表在艾略特先生最可能來訪的時候，她正好不在家，而此刻對她而言，避開艾略特先生可說是第一要務。

安對艾略特先生很有好感。雖然他的殷勤為她帶來不少災難，她仍該對他付出感激與敬重，或許還欠他一點憐憫。她無法不去想兩人相遇的種種機緣巧合，此外，無論考量兩人之間的關係、他的感受，以及老早聽聞過她種種優點的緣分，他喜歡上她可謂水到渠成。安確實受寵若驚，卻也非常痛苦。該遺憾的事實在太多了，但去想若沒有溫沃斯上校這個人，她是否可能愛上艾略特先生，又是個毫無意義的提問。溫沃斯上校確實存在，不管兩人能否破鏡重圓，她都會永遠愛他。兩人最後是結合或分開並不重要，總之，其他男人都不可能再走進她心裡。

從卡姆登寓所的住處走向西門大樓時，安還為堅貞不渝的愛情雀躍著。她懷抱著無人能比的美好心情走過巴斯街道，簡直足以一路淨化並薰香沿途環境。

安果然受到朋友的熱烈迎接，史密斯太太今天似乎特別感激她的到訪，儘管兩人本來就有約定，她卻一副不敢奢望安光臨的模樣。

兩人很快談起音樂會的話題。安回憶時淨是快樂，言談間表情靈動，神色充滿喜悅。她所談到的都是開心的細節，但以實際去過的人而言，真正提供的資訊卻不多，也無法滿足史密斯太太的好奇探問。關於音樂會的內容及成功演出，她早已率先從洗衣女工及餐廳侍者口中探聽到了，而且講得比安還要詳細。對於巴斯的公侯名流及惡名昭彰之人，史密斯太太可說如數家珍，但當她拿其中幾個名字詢問安時，卻問不出個所以然。

她說：「杜蘭茲家的孩子都到了吧，我推想。然後一副張嘴準備接住音樂的模樣，彷彿羽翼未豐的麻雀在等待餵食。他們從不錯過音樂會的。」

「有的，我沒親眼見到他們，但有聽艾略特先生提起他們在現場。」

「伊伯松斯一家呢？他們有去嗎？不是還有兩位剛來巴斯的美女，另外還有位愛爾蘭軍官，大家都說他屬意其中一位美女呢。」

「不知道，我想他們應該不在。」

「瑪麗．麥克林老夫人呢？其實根本不用問，我很清楚，她絕不可能錯過這場盛會，你也一定見到她了。她一定跟你一樣坐在內圈座位。既然你跟道林波夫人一起，勢必坐在靠近樂隊的貴賓席，一定的。」

「不，我最怕貴賓席，那會讓我渾身上下不舒服。幸好道林波夫人總是坐在距離樂隊很遠的地方，所以我們被安排了很棒的位置，不過主要是利於聆賞音樂，卻不利觀察現場；顯然我似乎沒特別看到些什麼。」

「噢！你所看見的就夠你開心了。我能理解。即便在群眾之中，大家都能看出你們一家有種自得其樂的氛圍，這就是了。你們這一大群人的事就夠精彩了，根本不必朝外界尋樂子。」

「但我確實該多留心四周情況的，」安此時意識到，自己不是沒有四處張望，而是目標只有一人。

「不，不，你有更要緊的事得做。不用解釋，我知道你昨晚過得愉快，光看眼神就能明白，也完全清楚你是如何度過昨晚的時光：你自始至終都聆聽著美妙的聲音，而且是在音樂會休息時間與人對話。」

安遲疑地笑了一下，「你光從我的眼神就能看出這些？」

「是的，沒錯，光靠你的表情，我就確定昨天有個人出現在你身邊，還是你在世界上最喜愛的人。就算世間萬物的價值加總起來，都比不過此人此刻在你心中的份量。」

安的臉頰整片紅了起來，人也羞得說不出話。

「正因為如此，」史密斯太太稍微停頓了一下，「我希望你能相信，對於你今早仍願前來造訪的慷慨心意，我是真的非常珍惜。你人真好，明明此刻還有更多令人開心的事要忙，卻仍跑來這裡，就為了陪我坐著閒聊。」

安完全沒把這段話聽進去，內心還因為好友的犀利觀察感到震驚又困惑。她是怎麼得到有關溫沃斯上校的消息的？安怎麼想也不明白。兩人又沉默了一陣子。

史密斯太太說：「請問，艾略特先生知道我們的交情嗎？他知道我在巴斯嗎？」

「艾略特先生！」安驚訝地抬頭，口中覆誦這個名字，接著思考了一下，就明白其中出了什麼誤會。她瞬間搞懂情況，接著安心地重新鼓起勇氣，迅速而鎮定地接續話題，「你認識艾略特先生？」

「之前曾經很熟，」史密斯太太表情愁苦，「但交情似乎淡得差不多了。我們也好久沒見面了。」

「我完全不知道這件事，你從未提過。若是知道，我一定會開心地向他談起你。」

「老實說，」史密斯太太恢復平日的輕快神色，「我就是希望你能開心地這麼做。我希望你向艾略特先生談起我。我需要你對他的影響力。他能帶給我非常實質上的幫助。若你願意好心幫我這個忙，親愛的艾略特小姐，只要你打定主意要幫，事情就一定能成。」

安回答：「我非常樂意幫忙。就算只能幫上一點小忙，希望你也別懷疑我的真心。但跟實際情況相比，我懷疑你高估了我能對艾略特先生提出要求的權利及影響力。不知怎地，你似乎被灌輸了這種想法，但事實是，你只能把我看作艾略特先生的親戚。以此為前提，若有什麼身為堂妹可合理要求的事情，懇求你千萬別遲疑，儘管告訴我便是。」

史密斯太太犀利地看了安一眼，接著露出微笑，開口說：

「我想是我太急著揣測了。請原諒我吧。我應該等你們正式宣布後再開口。不過現在，我親愛的安．艾略特小姐，既然都是老朋友了，請務必給我一點暗示，讓我知道何時開口比較恰當？下星期嗎？我想到了下星期，事情一定會談妥，我也就能託艾略特先生的福，進一步做點自私的盤算了。」

安回答：「不，無論是下星期、或是再下一個星期，還是再往後一個星期，我向你保證，你以為可能會談妥的事都不可能發生。我沒打算跟艾略特先生結婚。我想知道你為何會有這種想法？」

史密斯太太再次極為認真地盯著安瞧，接著微笑搖頭，大聲叫嚷起來：

「真希望能搞懂現在的你在想什麼！真希望明白你腦中在打什麼主意！我很清楚，只要正確的時刻來臨，你絕不會故作冷酷，而且在那一刻之前，我們女人總要一副沒打算跟誰結婚的樣子。這確實是女人的習慣：在有個男人真正求婚之前，我們得拒絕所有追求。但我們何必這麼故作冷酷呢？讓我為我的朋友說句話吧，雖然現在稱不上朋友，畢竟以前也有過交情。你還能上哪兒找到更適合的對象呢？還能上哪兒找到更有紳士風度、更討人喜歡的男人呢？讓我向你推薦艾略特先生吧。我相信瓦歷斯上校一定滿口都是他的好話，誰又能比瓦歷斯上校更了解他呢？」

「我親愛的史密斯太太，艾略特先生的妻子才剛過世半年多，他還不該開始追求任何人才對。」

史密斯太太打趣地叫著：「噢！如果這是你唯一的顧忌，艾略特先生顯然是過關了，我也不用再為他費心說好話。反正，你們結婚時可千萬別忘了我。他現在有那麼多事務及聚會得處理，一般來說，就算聽到別人需要幫忙，想擺脫麻煩也是自然的反應，一百個人當中大約有九十九個人都會這麼做，真的是自然反應。當然，他也不會明白這件事對我有多重要，但只要知道我是你的朋友，為我辦點事就不顯得太麻煩了。總之，親愛的艾略特小姐，我希望你幸福，也相信你一定能幸福。艾略特先生懂得珍惜你這種女人的價值。你絕不會像我這般家道中落。你的物質生活無虞，而他的性格也沒有問題，絕不會誤入歧途，絕不會被旁人帶上那條自我毀滅的道路。」

安說：「不，我確實認同你對我堂哥的稱讚。他似乎是個非常冷靜又果決的人，完全不會給人留下不可靠的印象。我也非常敬愛他。根據我的觀察，我沒有任何理由相信他是個不穩健的人。但我認識他的時間不長，也認為很難有人能在短時間內真正親近他。既然我能這麼談論艾略特先生時，史密斯太太，不就證明他對我毫無意義嗎？我沒說錯吧？這描述他的語氣夠冷靜吧？而且，就聽我說一句：他對我毫無意義。要是他真的向我求婚——儘管我完全無法想像他為何會這麼做——總之，我一定會拒絕。我向你保證，我一定會拒絕。我向你保證，無論你以為昨晚發生了什麼事，無論那場音樂會上可能有什麼讓我愉快的理由，總之都跟艾略特先生無關。不是艾略特先生，那個人不是艾略特先生，而是……」

她停在這裡，臉頰變得好紅，後悔自己一下透露得太多，但要是說得太少，又無法充分解釋自己的心情。畢竟若非意識到還有另一個男人存在，史密斯太太不可能相信艾略特先生竟然這麼快就出局。果不其然，史密斯太太立刻不情願地接受了這個說法，但假裝沒聽懂她說到一半的話。安實在不想被進一步探問，同時也急著想知道，史密斯太太究竟為何以為她會跟艾略特先生結婚？她這想法是打哪兒來的？或是從誰口中聽來的？

「請務必告訴我，你怎麼會興起這個想法？」

史密斯太太回答：「我會開始這麼猜想，是因為發現你們常結伴出現，而且對你們兩家而言，這都是件求之不得的好事，感覺機率就更高了。你儘管相信我的話，所有認識你的人都樂見其成。不過是直到兩天前，我才真正聽到有人提起這件事。」

「真有人提起這事？」

「昨天你來訪時，有注意到替你開門的那名婦人嗎？」

「我沒注意，不是一如往常地由史畢德太太替我開門嗎？不然就是你的女僕？我沒特別注意到其他人。」

「開門的是我朋友魯克太太，也就是魯克護士。對了，她對你很好奇，所以很開心有機會為你開門。她禮拜天從馬爾伯勒社區順道來我這兒一趟，也就是她說你會跟艾略特先生結婚。她是從瓦歷斯太太本人那兒聽來的，感覺確實是個挺可靠的來源。然後禮拜一晚上，她坐在這裡一小時，把你們之間的完整故事都跟我說了。」

「完整故事！」安重複這句話時不禁笑了出來。「我想那故事應該不會很長，畢竟本質上是則毫無根據的傳聞呀。」

史密斯太太沒接話。

安隨即又繼續說道：「不過，就算我和艾略特先生之間的謠言毫無真實性可言，我還是非常樂意盡我所能地幫忙。需要我向他提起你人在巴斯嗎？需要我為你帶個話嗎？」

「不用。我感謝你的好心，但不用，真的不用。我剛剛一時衝動，又誤會了你們的關係，才巴巴地希望你能關注我的處境。現在不用了。不用，我感謝你的好心，此刻沒什麼要麻煩你的。」

「你似乎說早已認識艾略特先生多年？」

「確實。」

「我猜不是在他婚前吧？」

「是在婚前。我一開始認識他時，他還沒結婚。」

「那麼，你們很熟嗎？」

「非常熟。」

「真的嗎！他當時是怎麼樣的人呢？請務必告訴我。我很好奇艾略特先生年輕時是什麼樣子、跟現在可有任何相似之處？」

「我已經三年沒跟艾略特先生見面了，」史密斯太太回答的表情實在凝重，安覺得不適合追問下去，然而在一無所得的情況下，她反而更加好奇。兩人就這麼沉默了一陣子。最後，史密斯太太在認真思考後開口：

「請原諒我，親愛的艾略特小姐，」她叫嚷起來，語氣再度一如往常地熱切，「請原諒我剛剛回答得如此簡略，實在是因為不確定怎麼做比較好。我一直在考慮該怎麼跟你說，為此很是苦惱。有太多因素需要考量了。沒人喜歡多管閒事、說人壞話或引起爭端。無論一個家庭埋藏了多少難以忍受的問題，維持表面和平仍有其價值。不過我下定決心了，我認為這樣做才對，我認為你該了解艾略特先生的真面目。我完全相信你沒打算接受艾略特先生的情意，現在確實相信，但未來的事誰又說得準？之後或許有一天，你又會對他產生不同的情感。因此，趁你還沒被情感蒙蔽了判斷力之前，讓我來告訴你真相。艾略特先生這個人沒有靈魂、沒有良心，純粹是個精於算計、防備心重的冷血生物，腦中考慮的永遠只有自己。為了滿足私利或為了省事，只要在不會損及外在整體形象的前提下，他什麼殘酷或背叛人的事都做得出來。他完全不懂同情別人的處境。就算是因為他才走上毀滅道路的人，他也能視而不見，或一腳踢開，內心不會有絲毫愧疚。噢！他根本是個偽君子，沒心沒肝！」

安看起來嚇壞了，甚至還發出驚呼，史密斯太太於是暫時住口，接著才以比較冷靜的語調繼續說：

「我的措辭嚇到你了。請原諒我這個曾因他受害而憤怒的女人吧。我會試著控制自己的情緒，也不會再辱罵他。我只會把我對他的理解原原本本地告訴你，反正證據會說話。他曾是我親愛丈夫的親密好友，我丈夫非常敬愛他、信任他，也以為艾略特先生是這麼看待他。在我們結婚前，他們就已經非常要好了，而我當然也因此變得很喜歡他，談到他時總贊不絕口。你也知道，人在十九歲的時候，事情不可能想得多深入，但至少在我看來，艾略特先生跟大家沒什麼差別，一樣是個好人，甚至比大多數人更討人喜歡。我們三人幾乎同進同出。我們大多在倫敦市區活動，生活過得很優渥。他當時經濟情況比較差，是我們當中比較窮的。他住在聖殿區的法律學院，得勉強才能維持體面紳士的形象。我們的家永遠為他開放，只要他想，隨時都能來住。我們把他當作親兄弟看待。我可憐的查爾斯，他擁有這世界上最善良、最慷慨的人格，就算身上只剩一枚硬幣，他也願意與艾略特先生共享，他的錢就是艾略特先生的錢，我知道他常對他伸出援手。」

安說：「就是這個階段，我對他的這個階段特別感到好奇，我父親和姊姊一定也是在這時候認識他的。我當時不認識他，只聽說過他的傳聞，不過無論是他對待我父親和姊姊的方式，還是他後來的婚姻，跟現在的艾略特先生相比，總令我覺得有些對不上的地方。以前跟現在的他似乎是完全不同的人。」

「我全都知道！全都知道！」史密斯太太激動大叫，「他被引介給你父親與姊姊認識之後，我才認識他，但之後老是聽他談起。我知道他受邀去拜訪，而且他們的態度非常積極，但他選擇不去。我所能提供的資訊恐怕超乎你的預期，至於他的婚姻狀況，我更是從頭到尾都知情。我知道所有對贊成或反對這場婚姻的意見，身為他的密友，艾略特先生也會將所有希望與計畫與我分享。此外，雖然我原本不認識他的妻子，畢竟她的社會地位太低，根本不可能結識，但認識之後，我對她的一切知之甚詳——至少是她人生的最後兩年。所以無論你想問什麼，我都能回答。」

安說：「不用了，關於他的妻子我沒什麼特別想問的。我一直知道他們不是一對幸福的夫妻。不過我確實想知道，當時的他為何忽視我父親的示好。我父親確實打算親切周到地對待他呀。為何艾略特先生不領情呢？」

史密斯太太回答：「艾略特先生當時眼裡只有一個目標，就是發財，而且得是比當律師更快的方式。他決心靠婚姻致富，而既然已下定決心，他就不能讓任何有欠思考的婚約打亂計畫。當然，我無從斷定他的判斷是否公允，但總之，他深信你父親和姊姊之所對他殷勤邀約，是想讓艾略特家的預定繼承人跟你那位年輕的姊姊結婚。但若往這個目標前進，將無法實現他想快速致富及自由度日的願望，所以他才這麼不領情，我敢肯定地跟你這麼說。他把一切都告訴我了，真的毫無保留。這一切還真是巧合得古怪，當時我才剛離開有你在的巴斯，結果第一個因為丈夫而熟識的人就是你的堂兄，然後透過他的描述，又常聽見你父親與姊姊的消息。不過呀，每次他提起那位艾略特小姐，我滿心懷念的可是那家的另一位小姐呢。」

安突然靈光一閃，忍不住驚叫：「說不定你偶爾會跟艾略特先生提起我？」

「確實，而且很常提起。每次談起我的安．艾略特時總是讚譽有加呢，還向他擔保你好多了，就是跟……那個誰相比的話。」

她及時停住話頭。

「這說明了他昨晚的話，」安情緒激動，「完全說得通了。我發現他以前聽說過我的事，卻完全搞不懂為什麼。我還胡猜亂想了半天，就是當局者迷！這樣怎麼想結果都不對呀！請原諒我打斷你的話。你說艾略特先生當時完全是為了錢結婚？或許你也是因此第一次看清他的真面目吧。」

史密斯太太猶豫了一下，說：「噢！這種事太常見了。只要是活在這世上的人，無論男女都常為了錢而結婚，大家也就覺得沒必要為此大驚小怪。而且我當時太年輕，又只跟年輕人來往，我們三人都非常自我中心，成天尋歡，行為舉止毫無規範可言，反正活著只求享樂。現在的我想法當然不同：光陰、疾病和苦難讓我有了其它體悟，不過我得承認，當時的我並不覺得艾略特先生的行徑可憎。他說人有義務『為自己做最好的打算』，我也接受了。」

「但她不是一個地位非常低下的女人嗎？」

「沒錯，我也因此反對過，但他不管。他只想要錢，滿腦子都是錢。那女人的父親是靠牧養牛羊維生，祖父是屠夫，而他都不當一回事。她確實是名優秀的女性，受過良好教育，靠著親戚引介偶然打入艾略特先生的社交圈，之後又愛上他。至於她的出身，艾略特先生完全不覺得是問題，也從未表達過任何顧忌。他若要說對什麼小心翼翼，也只有在談訂婚事前小心翼翼地確認她的財產數字。你儘管相信我，就算此刻的艾略特先生如何看重自己的身分地位，年輕時的他可是完全不當一回事。他本來有機會繼承凱林奇府，那份地產確實有其價值，他卻把隨之而來的家族名號視為糞土。我常聽他夸夸而談，說要是從男爵的名號可以出售，他一定用五十磅賣掉，而且連同家徽、銘言、姓氏和僕從制服一併附送。但我也不諱言，現在我引述的還不及他曾胡說過的一半，畢竟說太多對他也不公平。但你確實需要證據才能相信，不然該如何判定真偽？我應該想辦法向你證明。」

安反駁：「其實，親愛的史密斯太太，我不需要什麼證據，你口中的艾略特先生跟我們對他多年前的觀察十分一致，只不過進一步證實了我們之前聽說並確信的消息而已。不過我更好奇的是，他現在為何有了那麼大的改變？」

「就算是為了我吧，是否能請你好心地搖鈴叫馬俐過來？等等，若你能親自到我臥房，從櫃子最上層拿來一個嵌花盒子，那我勢必會更加感激你的好心。」

看到朋友如此堅持，安也就照做了。她把盒子取來後放在史密斯太太面前，史密斯太太一邊打開盒子，一邊嘆息著說道：

「這裡面裝的文件都屬於我丈夫，在他過世後，我得處理不少文件，而這只是其中一小部分。艾略特先生曾在我們婚前寫了信給我丈夫，我要找的就是那封信。真難想像有人會把這種信留下來，但，我丈夫就跟其他男人一樣，處理這種事時往往粗心又缺乏組織。因此，我在檢視他的遺物時發現了這封信，其實還有其它更無關緊要的他人來信，我這裡發現一封、那裡又發現一封，反倒是那些真正重要的文件都沒好好留著。找到了。我之所以沒燒掉這封信，是因為當時就已經對艾略特先生極為不滿，決心保存所有我們曾親密往來過的證據。現在我很高興能派上用場，雖然理由完全不同。」

那是一封寄給「坦布里奇威爾斯[86]鄉紳查爾斯·史密斯先生」的信，一八〇三年七月寄自倫敦。

親愛的史密斯，

來信收悉。你的仁慈幾乎讓我無法承受。真希望老天讓世上多一些跟你一樣好心的人，但我活了二十三年，卻從未見過誰足以與你相比。請相信我，目前我真的不需要資助，我手頭又有現金了。恭喜我吧！我擺脫華特爵士跟他的千金了。他們啟程返回凱林奇府，幾乎是逼著我起誓，要我今年夏天一定得去拜訪。但要我去拜訪，除非是華特爵士死了，我才會帶著房產測量員過去，好知道如何將一切拍賣個好價錢。不過，這位從男爵似乎沒打算再婚，真是夠愚蠢的，若是他再婚，就不會一直煩我，這份平靜的價值簡直等同於繼承家產。他的身體確實比去年更糟了。

真希望我不姓艾略特，厭煩透了，什麼其它姓氏都好。這下我可以不用繼承凱林奇府主人的祖傳姓氏『華特』了，感謝老天！我希望你別再拿我名字中可能出現的第二個W[87]來取笑我了。也就是說，此後身為你真摯的朋友，我的全名只會是——

威廉・艾略特

86 坦布里奇威爾斯（Tunbridge Wells）是位於肯特郡的一個水療小鎮，距離倫敦東南側三十英里，十八世紀時成為繼巴斯之後深受上流社會歡迎的度假勝地之一。

87 繼承凱林奇府之人都要使用「華特」這個家傳教名，因此，若艾略特先生繼承凱林奇府，他的全名就會變成威廉・華特・艾略特（William Walter Elliot）。

讀了這封信要不氣得滿臉發紅才怪呢。史密斯太太發現安神色激動，於是說：

「我明白，他的語氣實在不敬。我已經不記得他的精確用詞，但對內容大意有留下清楚印象。相信這封信能讓你看清這個人。瞧瞧他對我丈夫表白的心意，還能有什麼比這更肉麻？」

目睹有人對父親說出這種話，安一時驚駭得反應不過來，不過還是提醒自己，這種偷看行徑並不光明磊落，無論是誰，都不該因為這種證據而遭受批判或揭發，因為私人通信本來就不該與他人分享。她終於冷靜下來，不再深思這封信的意義，並把信還給史密斯太太，然後說：

「謝謝你。這確實是非常充分的證據，完全支持你剛剛的論點。但艾略特先生現在為何又想跟我們來往？」

史密斯太太微笑著說：「關於這點，我也能解釋。」

「真的嗎？」

「真的。我已經讓你看到他十多年前的真面目了，此刻要再讓你明白他是怎麼樣的人。當然，我不可能再拿出書面證據，但仍能提供口頭證詞，而且來源說有多可靠就有多可靠，包括他現在追求的目標，以及正在進行的計畫。他現在不是個偽君子，也是真想跟你結婚。此刻他是誠摯地想與你們家建立關係，全然出自一片真心。我就直說吧，我的消息來源就是瓦歷斯上校。」

「瓦歷斯上校！你認識他？」

「不，我得到的不是第一手消息，中間還拐了一、兩個彎，不過不打緊。如果消息如同溪水，我所得到的水質如同源頭一樣好，就算在拐彎處累積了一點渣滓，也很容易排除。艾略特先生向瓦歷斯上校說了對你的看法，而且毫無保留。根據觀察，我想瓦歷斯上校應該是個明理、謹慎又有眼光的人，雖他的妻子實在愚蠢，瓦歷斯上校很多事都不該告訴她；總之說都說了，這次也一個字都沒遺漏。他妻子因為產後得休養身體，也閒得發慌，就把一切都覆述給照顧自己的護士聽，而護士知道我跟你認識，自然也把一切都告訴了我。於是，就在週一晚上，魯克護士幾乎把馬爾伯勒社區的祕密全讓我知道了。所以你瞧，之前我提及你們之間的『完整故事』，並不全然如你想的那般空穴來風。」

「我親愛的史密斯太太，你的論據並不充分。實在講不通呀。艾略特先生之所以與我父親積極尋求和解，跟他對我的想法毫無關係，畢竟他們在我來巴斯前就有來往，而且在我抵達時，他們的關係已極為友好。」

「我明白，這一切我都清楚，但是……」

「真是的，史密斯太太，我們不能指望從這種流言中獲得真實資訊。無論是什麼樣的事實或意見，只要多轉過幾手，只要其中有個傻子或者無知的傢伙誤解了，最後剩下的幾乎就沒有真相可言。」

「就先聽我說一下吧。針對其中的細節，你可以立刻反駁或予以證實，之後再判斷這個消息來源的可信程度。沒有人假定你是艾略特先生尋求和解的首要誘因。當然，他確實見過你，而且是在抵達巴斯之前就已仰慕你，只是不知道你的身分。至少魯克護士是這麼說的，她有說對嗎？艾略特先生是否曾在去年夏天或秋天見過你？根據她的說法，是在『西邊某個地方』，只是當時不知道你就是安．艾略特？」

「他確實見過我。目前為止都沒說錯。我們是在萊姆見面的。當時我正好在萊姆。」

「既然如此，」史密斯太太得意地繼續往下說，「第一個消息成立，代表魯克護士的說法還算可信。他在萊姆見過你，心生仰慕，因此，在卡姆登寓所的住處見到你，而且發現你就是安．艾略特小姐時，他真的欣喜若狂。我也確信從那刻起，他去拜訪時內心就有了兩個動機。不過除了你之外，之前確實還有一個動機，我現在就向你解釋。如果在我講的故事中，有任何你覺得錯誤或難以成立的部分，請立刻打斷我。我要說的是你姊姊那位朋友，就是那位跟你們住在一起的女士，也是我曾聽你提起過的那位，總之，她早在九月就跟著你父親及姊姊來到巴斯，根本等於是一起搬過來，之後也就一直住在那兒。她機巧、精於算計又好看，人窮卻擅長巴結，根據她的處境及舉止判斷，華特爵士周遭的親友都覺得她有意成為艾略特夫人，就伊莉莎白毫無警覺，真令大家驚訝。」

史密斯太太暫時打住，但看安沒想說什麼，於是又講下去。

「早在你來巴斯之前，這是艾略特家親友的共同看法。瓦歷斯上校一直很關注你父親，所以也知道這件事，雖然當時尚未到卡姆登寓所的住處登門拜訪，但基於對艾略特先生的關心，他也不停照看著你父親家裡的動靜。就在耶誕節前夕，艾略特先生正巧為了點瑣事在巴斯停留一、兩天，瓦歷斯上校就把他觀察到的情況全說了，還包括那些早已到處流竄的傳言。不過你得了解，隨著時間過去，艾略特先生對從男爵位的態度已經有了根柢上的改變。若要論及貴族血統及門第的觀念，他更是判若兩人。長久以來，他都不缺揮霍的錢，在貪婪及縱慾方面實踐得非常徹底，可說毫無遺憾，因此也逐漸意識到，未來應該將幸福寄託於他可以繼承的爵位上。在我們失聯之前，我想他就有了這個想法，只是現在更加確認我的感覺沒錯。現在的他要是無法成為威廉爵士，那是絕對無法接受的。因此，你也能想像，當他從朋友那裡聽說這個消息時，心裡會有多不痛快，你也能猜到之後的發展：他決心盡快趕回巴斯，在此地待上一陣子，不但希望和你們家重修舊好，也想重新穩固自己在其中的地位，如此一來，他就能近距離觀察情勢的危殆程度，一旦發現不妙，也才能立刻阻止那個女人。艾略特先生和瓦歷斯上校一致認為眼下只能這麼做，身為朋友，瓦歷斯上校也願意盡其所能提供一切協助。於是，瓦歷斯上校想辦法找人將自己引介給你父親，接著是瓦歷斯太太，所有人就此結識。艾略特先生依計畫回到巴斯，並如你所知，在尋求原諒後重新獲得家族接納。在你回來之前，他始終只抱持一個目標，也就是監視華特爵士與克雷太太的互動。他從不放過任何與他們相處的機會，想盡辦法從中作梗，幾乎無時無刻登門拜訪，不過關於行動細節，我不用說得太多，你應該能想像一個機靈的男人會怎麼做。有了這些提點，或許你更能意識到他之前某些行為的意涵。」

安說：「沒錯，你所說的跟我所知完全一致，不然至少也都不難想像。得知狡詐行為的細節難免令人討厭。自私與欺瞞的算計向來令人作嘔，但目前為止，我還沒聽到的什麼真正令我驚訝的事情。我知道，許多人會在得知艾略特先生的行徑後非常驚訝，甚至難以置信，但我向來對他有所保留。我始終認定他的行為背後有其它動機。不過，關於他所害怕發生的事，我倒想知道他現在的看法如何。他認為威脅已經減輕了嗎？」

史密斯太太回答：「確實有減輕的跡象，據我所知，他認為克雷太太怕他，而且知道自己的意圖被他看穿。現在就算他不在，她也不敢貿然行事。不過他畢竟不可能永遠在場，而她目前仍有影響力，所以我實在不知道他怎麼可能放心。魯克護士告訴我，瓦歷斯太太有個好笑的想法，也就是在你跟艾略特先生結婚時，得在結婚條款[88]上註明你父親不得與克雷太太結婚。這完全是瓦歷斯太太才會想出來的點子，但我的好友魯克護士一下就看出其中荒謬之處，她說：『這是何必呢，夫人？這項條款又無法阻止華特爵士跟其他女人結婚！』我確實得承認，魯克護士內心並不真正反對華特爵士再婚。你知道，她應該是支持婚姻制度的，更何況這還牽涉個人利益，畢竟誰敢說她沒有想入非非，巴望透過瓦歷斯太太的推薦去照顧下一位艾略特夫人呢？」

「我很高興知道這些，」安想了一下之後開口，「現在要再跟艾略特先生相處，對我來說確實比較痛苦，但至少更懂應對。此後我的態度會更直截了當。艾略特先生顯然是個虛偽、狡猾又勢利的傢伙，除了自私之外，這人沒什麼處世原則可言。」

不過，關於艾略特先生的話題還沒完呢。史密斯太太一時分心、離了題，安也因為擔心家裡的事，忘了原本史密斯夫人話語間對艾略特先生的批評。不過史密斯太太繼續解釋之前提及的不滿，安也就把注意力轉回來，仔細聆聽史密斯太太詳列出的罪狀。就算這些罪狀無法將史密斯太太的怨憤全數合理化，至少也能證明艾略特先生待她十分無情，種種行為背後不但毫無正當性，更無同理心。

根據史密斯太太的描述，艾略特先生婚後仍繼續與史密斯夫妻密切來往，但開始帶著史密斯先生過著揮霍無度的生活。史密斯太太不願承擔責任，對丈夫也顯得不忍苛責，但從她的話語間，安可以推測這對夫妻始終入不敷出，打從一開始，他們兩人就已過著奢華的生活了。根據這位妻子對丈夫的描述，史密斯先生非常熱情、隨和、行事粗率，而且不是非常通曉世事，他和好友艾略特先生截然不同，相較之下更好相處，但總是被牽著走，說不定也被看不起。至於艾略特先生，他因為婚姻大大發了財，得以滿足所有享樂及虛榮的需求，卻又不用付出任何難以抽身的代價（他儘管行事放縱，花錢方面卻挺謹慎）。然而就在他變得富有的同時，他的朋友因為揮霍理所當然變得貧窮，他卻沒去注意朋友可能遇上的財務問題，反而搧風點火地鼓勵他繼續大肆鋪張，這怎麼能不破產呢？於是最後，史密斯夫妻也真的破產了。

史密斯先生還沒搞懂怎麼回事就過世了。在他過世之前，史密斯夫妻知道財務應該出了問題，想尋求朋友幫助，結果卻證明艾略特先生的友情完全經不起檢驗。史密斯先生直到過世前才明白家中經濟情況有多危殆，但基於感情而非理性，他仍選擇相信艾略特先生，甚至指定他為遺囑執行人。但他沒有採取應有行動，害得史密斯太太得處理堆積如山的困境與阻礙，加上本來就得面對丈夫過世的傷痛，一切的一切都令史密斯太太說得悲從中來，安也聽得既同情又

88「結婚條款」（marriage articles）是夫妻婚前簽署的私人法律文件，其中也會規定丈夫給妻子的零花錢數字。

義憤填膺。

史密斯太太曾為此寫了不少信給艾略特先生，安讀了其中幾封。面對史密斯太太的求助，艾略特先生態度一致：既然沒有好處，他死活不想惹上這個麻煩。明知她會因此受苦，他卻仍鐵石心腸，僅是客套有禮地淡漠以對，完全是忘恩負義又毫無人性的恐怖化身。在某些情況下，安覺得這種作為比所有明目張膽的罪行更糟糕。她聽得可多了，包括過往悲慘場景的細節，以及從各種煩惱中進一步岔出去的枝微末節，史密斯太太之前只是在對話中暗示過，現在卻痛快地詳實宣洩。安完全能理解那種想抒發的強烈慾望，但對於這位朋友平日冷靜自持的姿態，也就益發感到訝異了。

在史密斯太太抱怨的過往中，有件事特別令她生氣。她丈夫在西印度有筆資產，由於債主申請，多年來處於扣押狀態，但應該可以透過適當途徑取回。這份資產不算太多，但總能讓她過得比現在有餘裕一些，卻沒人願意費心幫忙。艾略特先生不肯代勞，史密斯太太也辦不了，一方面是身體虛弱，另一方面就算想找人代辦，手頭也缺錢。她甚至沒有親戚可以商量，更別說負擔雇用律師的費用。種種阻礙都使原本的困境更形惡化。只要稍微花點心思，她明明可以過得舒適一些，現在還得擔心討取資產的權益隨時間受損，光想就覺得難受！

史密斯太太之前指望安幫忙的就是這件事。她以為安會跟艾略特先生成婚，還害怕可能因此失去這位朋友，不過既然他不知道史密斯夫人在巴斯，自然也不可能阻撓兩人來往。此外她也意識到，如果能讓他愛的女人施加一些影響力，她的事或許能辦成。於是，她盡可能在安全範圍內小心地描述艾略特先生的人格，迫切地希望提起安對他的興趣。然而，安駁斥了這門婚事的所有可能性，情勢因此全面改觀。確實，她一開始急著辦成的事恐怕要落空了，但至少現在不用違背心意，能夠心安理得地說出一切實情。

安聽完所有描述後，不得不對史密斯太太一開始大肆稱讚艾略特先生感到吃驚。「你一開始對他滿口稱讚，還大力向我推薦呢！」

史密斯太太回答：「親愛的，當時的我別無選擇呀。我以為你們一定會結婚，只差他正式開口而已。若他成為你的丈夫，我又怎麼能說出真相？當我說你們一定會幸福時，我的心其實也在淌血呀。不過，他確實是個明理的人，又討喜，如果對象是你這樣的女性，這段婚姻也不算毫無希望。他對前妻很壞，兩人在婚姻中過得很悲慘，但她畢竟是個無知又輕挑的女子，不但不值得尊敬，艾略特先生也沒愛過她。因此，我願意相信你的遭遇一定會比她來得好。」

就算安不想承認，她確實可能被說服、嫁給艾略特先生；光想到隨之而來的不幸生活，她就不寒而慄。羅素夫人是真有可能勸說成功的呀！若她成功，待時光揭露他的真面目，安將過得極為悲慘，那豈不是太遲了嗎？

羅素夫人不該再被蒙在鼓裡了。這場重要會面進行了大半上午後，兩人做出的結論之一，就是必須由安作主，看如何將艾略特先生對待史密斯太太的一切行徑告訴羅素夫人。

22

安回家把剛剛得到的資訊仔細思考了一遍。在得知艾略特先生的為人後，她確實算是鬆了口氣，也不再覺得面對他時有必要心軟。艾略特先生跟溫沃斯上校恰恰相反，他總是強人所難、令人生厭。昨晚他對安大獻殷勤，所造成的後患恐怕難以收拾，但至少安已經完全清醒，也不再迷惘。她不再同情他了。不過這是她在思考後唯一感到寬慰的一點。除此之外，無論她放眼當下或預想未來，看到的淨是不值得信任或令人恐慌的可能性。她很擔心羅素夫人會因為知道實情而失望痛苦，也擔心父親和姊姊會備感屈辱；此外，她還預見許多可能帶來的苦痛，卻不知如何防範。不過，她最慶幸的還是認清了艾略特先生的真面目。她沒怠慢史密斯太太這位老友，並不是為了獲得什麼樣的回饋，卻仍因此得到了好處！除了史密斯太太之外，她是不可能從別人那裡得到這種資訊的。她的家人會不會已經得知這些消息了呢？算了，別在這空想了，安非得跟羅素夫人談不可，她得把一切告訴她、尋求她的意見，想辦法處理，盡可能冷靜地面對可能的結果。只是，她心底有個角落藏了件真正令她難以冷靜的事，卻無法跟羅素夫人分享，包括隨之而來的焦慮與恐懼，她也只能獨自承受。

安才一回到家，果然發現艾略特先生不但白天來訪過，還待了很久。她確實成功避開與他見面，本以為至少到隔天早上都不用擔心，沒想到還來不及為躲過一劫徹底慶幸，就得知他將於晚上來訪。

伊莉莎白假裝漫不經心地說：「我可是絲毫沒打算請他來的，但他不停暗示想來。至少克雷太太是這麼說的。」

「確實呀，我真是這麼說。我這輩子從未見過比他更想受邀的人，都使出各種暗示了。可憐的傢伙！我還真為他難過。安小姐呀，你姊姊真是鐵石心腸，似乎打定主意要狠心對待他呢。」

伊莉莎白嚷嚷：「噢！我太習慣這種把戲了，才不會因為男人暗示幾句就立刻屈服呢。不過今早，當我發現他因為沒見到父親而深感遺憾，立刻就回應了他的要求，畢竟只要有機會讓那兩人共處，我都不想錯過。他們總能帶出彼此的優點與光采！相處起來多麼融洽！艾略特先生又是多麼尊敬父親呀！」

「確實看了愉快！」克雷太太熱情應和著，說話時卻不敢看著安的眼睛，「完全就像一對親父子呀！親愛的艾略特小姐，我可以冒昧地這麼描述嗎？」

「噢！我是不會禁止任何人說話的。你盡可抒發心中所想！但老實說吧，我不認為他對父親的態度有比其他人殷勤。」

「我親愛的艾略特小姐！」克雷太太驚詫地雙手高舉，往上瞧的雙眼睜得老大，但最後還是把所有的驚訝壓抑下去，得體地沒再說些什麼。

「好了，我親愛的潘妮洛普，你不用為了他的事這麼緊張。我確實邀他來了，不是嗎？早上也是帶著微笑把他送走的。他明天整天都得去松貝里公園區拜訪朋友，我知道後還真同情他。」

安可真佩服這位朋友的好演技。艾略特先生分明不想讓她在這個家達到目的，她卻還能在他面前表現出開心，甚至一副真心期待他來的樣子。可以想見的是，克雷太太一見著艾略特先生就討厭，只要有他在，她對華特爵士的殷勤就只能獻上一半，但她仍有辦法擺出最溫和有禮的姿態。

安則是一見著艾略特先生走進來就惱火，想到他會走近跟自己說話更是痛苦。她之前就覺得他並非百分之百誠懇，現在可是確知他所有的虛偽行徑。眼前的他對父親畢恭畢敬，跟之前信中那種無禮言語對比之後，更顯可憎；更何況，只要想到他曾待史密斯太太如此冷酷，她就覺得他的溫吞及微笑看了噁心，更別提語氣間的種種矯情作態。她知道自己面對他的態度一定會改變，就怕激起對方抱怨，因此她定下決心，總之盡可能避開眾人探問，也別介入任何可能引起注意的話題。不過，在兩人目前友好關係的可接受範圍內，她仍打算盡量表現冷淡；之前在艾略特先生的引導下，兩人確實親近了一些，而此刻她希望在不引人多想的情況下，再次將關係拉回原本的距離。因此，跟前晚相比，她確實變得更有戒心，也更冷淡了。

艾略特先生想再次引起安的興趣，於是又提起有人曾向他盛讚安的往事，內心盼望著她繼續追問細節，卻發現這個把戲不靈了。他發現堂妹實在自謙，似乎唯有在熱鬧的公眾空間，才有辦法點燃她的虛榮心；至少他能確定，那些面對其他人時能貿然使出的強硬態度，此刻完全行不通。他完全沒料到的是，這個話題此刻恰巧對他最為不利，因為安一聽，只會立刻聯想到他前晚惹出那無可饒恕的禍患。

但令安開心的是，她發現艾略特先生隔天一大早就會離開巴斯，而且幾乎要留在外地整整兩天。他受邀在回到巴斯的當晚再次拜訪卡姆登寓所，不過至少從星期四到星期六的傍晚，他確定不會在巴斯。無時無刻都得見到克雷夫人已經夠慘了，現在一行人中還多了個壞到骨子裡的偽君子，安的心情簡直給毀得毫無平靜安詳可言。每次只要回想父親與姊姊遭到欺騙，她就感到丟臉，不過可有更多羞辱人的資訊在等著他們呀！克雷太太雖然自私，但也沒他那麼居心叵測，也就不那麼可恨。此刻面對艾略特先生種種心機，為了避免隨之而來的後患，就算克雷太太跟華特爵士有諸多壞處，安都覺得可以妥協。

星期五一早，安就決定去拜訪羅素夫人，好把該說的話全都告訴她。她本來打算用完早餐就直接出發，但克雷太太打算出門為伊莉莎白辦點事，安於是決定推遲一會兒，免得兩人必須一同出門。她等克雷太太出門走遠後，才表示打算去李佛斯街找羅素夫人。

伊莉莎白說：「原來如此，那就替我問候一聲吧。噢！你就順便把她借給我的那本無聊書籍帶回去吧，假裝我有讀過就行了。我真的無法讀這些新出版的詩作還有國家論述，太折磨人了。羅素夫人真懂如何拿這些新書來煩人。還有——這話你就別告訴她了——我覺得她前些天晚上穿的衣服有夠難看。我還以為她有些品味，但音樂會那晚，我都為她的衣著感到丟臉。虧她還能擺出一本正經的造作模樣！背還打得挺直呢！不過，當然，還是替我獻上最誠心的問候吧。」

華特爵士說：「也替我問候一聲，替我送上最誠摯的敬意。也請告訴她，我很快就會登門拜訪，盡可能禮貌地轉達。但我應該只會去留張卡片。畢竟她這個年紀的女人很少打扮，也不喜歡人家晨間造訪。但願她能好好化妝，就不怕給人看了；不過我上次造訪時，她可是立刻把窗簾放下了。」

她父親話還沒說完，就有敲門聲響起。會是誰呢？安想起在音樂會之前，艾略特先生幾乎無時無刻前來拜訪，原本可以猜想是他，但畢竟昨晚已得知他今天在七英里之外有約。接著是一如往常令人猜疑的等待，又傳來一如往常的腳步聲，然後，查爾斯．穆斯格羅夫夫婦給人引領進來。

屋內三人都非常驚訝，但只有安是真的開心，另外兩人則是暗自慶幸有擺出得體的歡迎模樣。不過，一發現這兩位至親沒打算住下，伊莉莎白和華特爵士立刻誠心歡迎他們，極盡禮遇之能事。他們表示這次是跟穆斯格羅夫太太一同前來，目前下榻於白鹿旅館。兩人把情況解釋得差不多之後，華特爵士和伊莉莎白就把瑪莉帶進隔壁客廳，滿心愉悅地聽她讚不絕口，此時安終於有了餘裕，從查爾斯口中好好問出他們此行的來龍去脈，才搞清楚剛剛之所以笑得意味深長，故意不講清楚的究竟是何事，也才終於釐清一同前來的成員內容。

這一行人除了這對夫妻之外，還包括穆斯格羅夫太太、亨莉耶塔和哈維爾上校。查爾斯簡單明瞭地解釋了來由，在安看來，過程完全是集這群人的個性之集大成。首先是哈維爾上校想來巴斯辦事，而且一星期前就開始講了，而既然打獵的季節已經結束，查爾斯也沒事做，便提議一同前來；哈維爾太太似乎很喜歡這項安排，因為對自己丈夫有利，只有瑪莉無法接受自己孤伶伶地給留下，賭氣了一、兩天，此行眼看不是要延宕就是告吹。不過後來，查爾斯的父親及母親決定出手介入：他母親在巴斯有位很想拜訪的朋友，亨莉耶塔也覺得這是個好機會，可以順道來為自己及姊姊採購婚紗。總之，最後是以穆斯格羅夫太太為首，號召大家一起來訪巴斯，對於哈維爾上校而言，這大概是比較輕鬆自在的安排，而查爾斯和瑪莉當然也就順勢加入出遊行列。他們是昨晚抵達巴斯的，至於哈維爾太太、她的孩子、班威克上校及路易莎則留在厄波克羅斯。

讓安驚訝的事情只有一件：亨莉耶塔竟已談起婚紗了！根據她本來的猜想，既然現存的經濟問題難以解決，這門婚事不會很快談成。不過根據查爾斯的描述，就在最近（也就是瑪莉寄來上一封信之後），查爾斯．海特透過一位朋友的幫忙，得以替一名年輕人代行實習牧師的職務，而且一代就是許多年。因此，他現在的收入豐厚，即便不確定代理職務何時期滿，也勢必能很快獲得足以保障終身的財富。兩家於是決定順了年輕人的意思，應該幾個月後就會舉行婚禮，進度趕得簡直跟路易莎一樣快。查爾斯強調：「真是一份很不錯的工作，距離厄波克羅斯只有二十五英里，位於多塞特郡一處很美的鄉間，就坐落在幾片全國最棒的保育獵場[89]中央，

89 保育獵場為王室所有，需有特許狀才能在裡頭打獵。

四周被三名大地主的產業圍著，而且一座比一座值得豔羨。查爾斯・海特至少能在其中兩座產業得到狩獵許可，不過可惜了，他真心不懂這項優惠的價值，」他說著，「查爾斯就是對打獵太沒有熱情。他就是這點不好。」

安激動地說：「我實在太高興了，真心高興，沒想到兩姊妹能雙喜臨門，特別令人開心。這對姊妹都該獲得幸福，更何況兩人感情這樣好，任何一人的光明前程都不該使另一人失色，因此，我才覺得她們應該過得同樣寬裕，同樣幸福。希望你父母對兩人的婚事也同樣滿意。」

「噢，他們很滿意。要是女婿能再有錢點，我父親當然更開心，但這兩個對象確實無從挑剔。主要是錢的事，你也知道，人活著就是為錢煩惱，而且還是有兩個女兒同時結婚，要他一次拿出兩份嫁妝可不輕鬆，父親的手頭因此變得很緊。不過呀，我可不是說她們無權拿嫁妝，她們本來就該分到屬於女兒的那份家產，而父親也始終待我大方又公平。倒是瑪莉不怎麼喜歡亨莉耶塔的對象，你也知道的，她向來不太喜歡查爾斯・海特，但她看待他的方式不公平，也小看了溫索普那塊地的價值，任憑我好說歹說，她都不把那片地產當一回事。時代不同了[90]，這其實是一門非常好的婚事。我始終喜歡查爾斯這人，現在也不可能改變心意。」

「穆斯格羅夫先生和太太真的是很棒的父母呀！」安情不自禁地喊著，「一定會為了孩子的婚事開心的！我相信他們怎麼樣都想使孩子幸福。任何年輕人應該都想受到如此妥貼照顧，完全是福氣呀！你的家長毫不好高騖遠，否則無論老小都會因此進退失據，甚至陷入悲慘處境！對了，希望路易莎已經完全康復；在你看來是否如此呢？」

查爾斯答得有點遲疑：「是的，我想沒錯，她是康復得差不多了，但個性改變很多。路易莎現在不再到處跑跳，也不太愛歡笑或跳舞，幾乎可說是判若兩人。只要有人門關得大聲一點，她甚至會像隻年幼的小鸊鷉般驚跳起來。班威克上校整天坐在她身邊，不是讀詩給她聽，就是輕聲細語地安撫她。」

安忍不住笑了出來，她說：「你一定不欣賞這種風格的男人，我很清楚，但我確信他是個非常傑出的年輕人。」

「確實沒錯，這點無庸置疑。希望你別認定我腦袋死板。我並不以為所有男人都得有同樣的目標或嗜好，而且對班威克上校的評價非常高。只要有人引起他的興趣，他也能是個口若懸河的傢伙。而且，閱讀並沒有使他軟弱，畢竟他能文能武，是個非常勇猛的傢伙。上星期一，我第一次有機會好好認識了這個人。我們在父親的大穀倉捕鼠，忙了一早上，他表現得相當不錯，我比之前更欣賞他了。」

此時查爾斯被叫去觀賞鏡子及瓷器，兩人的話題只好被迫中斷，不過此時安對厄波克羅斯的現況了解得也夠了，足以為大家的幸福感到開心。她一邊開心一邊嘆氣，但這嘆氣沒有惡意或嫉妒的成份。如果可以，她當然也想獲得幸福，但絕不會因此去妨礙他人。

整體而言，這趟巴斯之行非常成功。瑪莉感染了大家的喜慶氣氛，再加上出門轉換環境，

---

90 十九世紀時，跨越階級門第，基於愛情與個性的婚姻逐漸興起。

情緒始終非常愉快。此外，這次出遊搭乘的是婆婆的四馬馬車，到了父親與姊姊位於卡姆登寓所的住處，她又因為與夫家同行，免去了寄人籬下之感，心情更是滿意愉快。她心有餘裕地讚賞眼下的一切，當父親跟姊姊仔細地解釋房子的各種優點時，她也能絲毫不勉強地沉醉其中。此行的她對父親與姊姊別無所求，甚至光坐在他們的漂亮客廳內，她都覺得自己的身分地位提升不少。

不過伊莉莎白倒是苦惱了一陣子。她是該邀請穆斯格羅夫太太一行人前來用餐，卻不希望他們目睹家道中落的光景；他們的地位明明低於凱林奇府的艾略特家，但若此刻前來用餐，勢必會發現隨侍的僕從縮減。她在禮數及虛榮心之間猶豫不決，最後決定屈服於虛榮心，也才再次開心起來。她暗自說服自己的說詞如下：「這裡跟鄉下不同，不盛行那種老派的好客作風。我們本來就沒有舉辦晚宴的習慣，巴斯的人也不好此道。愛麗西亞夫人姊妹一家已在巴斯待了一個月，也沒舉辦什麼晚宴。況且，我敢保證晚宴只會造成穆斯格羅夫太太的困擾。兩家格調差距這麼多，我確定她寧可不來，畢竟來了也不自在。我還是請他們來玩一晚上就好，那樣好得多，對他們也會是新奇又難得的體驗。他們一定沒見過有兩間客廳的房子，明晚前來時一定會很開心。那不會是場偷工減料的派對，規模雖小，但會很精緻。」伊莉莎白對自己做出的結論感到滿意，於是向在場兩人提出邀約，他們也承諾將邀約轉達不在場的其他人；至此，瑪莉可說滿意極了。伊莉莎白特別希望介紹艾略特先生給她認識，更令人慶幸的是，由於道林波夫人及卡特雷小姐早已答應在隔天出席，伊莉莎白也要把她引見給兩人，種種關注都令瑪莉心滿意足。伊莉莎白會在中午前正式前往拜訪穆斯格羅夫太太，安則直接跟著查爾斯及瑪莉離開，打算走路去向穆斯格羅夫太太及亨莉耶塔打聲招呼。

為此，安只好先擱下與羅素夫人長談的計畫。他們三人去了夫人位於李佛斯街的住處，但只待了幾分鐘，安告訴自己沒關係，這事晚一天說應該無妨，隨後便匆匆趕往白鹿旅館，想再次與去年秋天一同遊玩的友伴見面，他們曾是如此密切往來，安熱切希望重拾那份情誼。

他們回到旅館，見到了穆斯格羅夫太太及亨莉耶塔母女。安受到她們的最誠摯歡迎。亨莉耶塔是因為眼前正有全新的未來等著，心情也還沉浸在喜事已近的幸福中，狀態正好，面對所有喜愛之人時自然滿心熱情關懷。穆斯格羅夫太太則是真心關愛著安，畢竟安曾在他們家面臨困境時提供協助。安覺得自家正好缺乏這種真心、溫暖又誠摯的情感，此時更是特別開心。她們懇求安盡可能待下來，還邀請她每天都來，時間更是愈長愈好，幾乎把她當成家裡的一份子。她當然也就一如往常地有求必應，盡可能提供她們需要的關注與協助。查爾斯出門後，她先是聆聽穆斯格羅夫太太說明路易莎的近況，也聽了亨莉耶塔分享近況，然後針對她們此行的目的給予意見，還推薦了幾家商店。期間還不時照應著瑪莉的需求，包括從調整緞帶、找鑰匙、分類首飾到帳目結算等大小事。瑪莉本來情緒甚佳，但此時站在窗邊盯著大水泵房[91]的門

91 大水泵房（Pump Room）是巴斯的社交活動中心，以抽取地下礦泉水的幫浦得名，旺季時每天白天都會有音樂家在現場表演，人們一邊聽音樂一邊聊天交談，氣氛活潑。

口，卻又忍不住胡思亂想起來，安還得說服她真的沒被任何人虧待。

可以想見這個早上過得多麼混亂。他們一行人為數不少，旅館內果然一下子就出現各種亂哄哄的場景。一下子有人送來紙條，可過了五分鐘，又或許有人送來包裹，而安在那裡不過待了半小時，他們寬敞的餐廳就已塞得至少半滿：陸續有一群老朋友前來圍坐穆斯格羅夫太太身邊，查爾斯也帶了哈維爾上校和溫沃斯上校回來。後者的出現沒讓安驚訝太久，畢竟她也不是沒想過，既然他們的共同朋友前來巴斯，兩人很快就會有機會碰頭。他們上次的會面非常重要，安非常開心地確信，他的舊情就是因此復燃。不過當時溫沃斯上校誤會她與艾略特先生的關係，也因此匆匆離開了音樂廳；此刻看了他的表情後，她擔心誤解仍未解開，似乎也因此不願前來搭話。

她冷靜下來，告訴自己該順其自然，也努力理性地說服自己：「沒事的，只要雙方對彼此抱持堅定情感，很快就能心意相通。我們都不是小男生或小女生了，不能老是毛毛躁躁，或是為了一點小事誤解彼此，甚至虛擲幸福。」不過幾分鐘後，她又覺得，若持續在目前情勢下共處，兩人之間可能只會走向怠慢與誤解的終局，而且還是最有害的那種。

瑪莉在窗邊大叫：「安！我看到克雷太太了，絕對沒錯，她就站在柱廊那兒，身邊還有一名紳士。我看到他們剛從巴斯街[92]角轉過來。兩人似乎談得很熱烈。他是誰？你過來替我看看。老天爺！我想起來了。他就是艾略特先生本人。」

安立刻反駁：「不，不可能是艾略特先生，我跟你保證。他今早九點就離開巴斯了，而且明天才會回來。」

她一邊說話，一邊感覺溫沃斯上校盯著自己，同時感到又惱又窘。明明可以簡單解釋的事情，她何必說得那麼詳細。

瑪莉竟然被人指控認錯自己的堂兄，內心憤恨難當，激動地描述對方長相如何具有家族特徵，而且更確信對方就是艾略特先生，然後再次要求安自己親自過去瞧瞧，但安不為所動，想表現得冷淡又事不關己。然而，最讓她困擾的事又發生了，現場來訪的兩、三位女性彼此交換了意味深長的微笑及眼神，彷彿深信自己掌握內情。顯然與她有關的謠言已經傳開，接著是一陣短暫沉默，這下好了，流言一定要傳得更廣了。

瑪莉繼續嚷嚷著：「快點過來，安！你自己來看看。動作快點，不然就看不到了。他們要分頭走了，他們在握手[93]，他要走開了。竟然說我不認識艾略特先生，真是的！你似乎把萊姆的事情給全忘了吧。」

為了安撫瑪莉，或許也為了掩飾自己的尷尬，安還是快速地走向窗邊，剛好趕在那人消失之前，確認對方果真是艾略特先生，簡直不敢置信。同時克雷太太也迅速消失在另一側。這兩人的利益明明完全相反，此刻卻狀似友善地在商談些什麼，實在令人訝異。但安先把這份情

---

92 巴斯街（Bath Street）就緊接著白鹿旅館南側。

93 十九世紀初期，男女握手代表相當程度的親密來往。

緒壓抑下來，冷靜地開口：「是的，那位確實是艾略特先生，我猜他是改變了出發時間，沒什麼，不然就是我一開始搞錯了。可能是我沒聽仔細。」她走回座位，重新鎮定神色，希望剛剛這番話能成功為自己開脫。

此時訪客告別後離去，查爾斯得體地送客出門，接著立刻在他們背後做鬼臉，還罵他們根本不該來訪，接著開口說：

「是這樣的，母親，我做了件你一定會喜歡的事。我去戲院訂了明晚的包廂，真是個乖兒子，對吧？我知道你喜歡看戲。那個包廂夠大，有九個座位，我們全都能去。我已經請了溫沃斯上校，安一定也樂意加入，我相信；畢竟我們都愛看戲呀。母親，你說我是不是做對了？」

穆斯格羅夫太太心情大好，表示只要亨莉耶塔和其他人沒問題，她當然想去看戲。此時瑪莉突然心急地插嘴，大聲喊著：

「老天呀，查爾斯！你怎麼能想出這種主意？竟然明晚訂了戲院包廂？你難道忘記我們約好要去卡姆登寓所作客嗎？而且還是特地獲邀去與道林波夫人、她的女兒及艾略特先生見面。那些都是我們家的重要親戚，伊莉莎白特地要為我們引見，你怎能如此健忘？」

查爾斯回答：「好了！好了！晚間派對算什麼呀？根本是件不值得記住的事。如果是真心想見我們，你父親該邀請我們去參加晚宴才對。你想做什麼就去做吧，反正我明晚要去看戲。」

「噢！查爾斯，若你這麼做就太可惡了！你明明答應要去的。」

「不，我可沒答應，我只是隨意笑了笑，鞠了個躬，然後說出『很開心』的字眼，但可沒做下什麼承諾。」

「但你一定得去，查爾斯，失約是無法饒恕的行為。我們可是要特地去接受引見呢。我們家跟道林波家關係非常好，發生任何大事都會立刻互通聲息，算是非常親近，你懂嗎？艾略特先生也是，你特別應該認識他！我們都該多關注他，畢竟他是我父親的預定繼承人，也是這個家未來的大家長。」

查爾斯大喊：「別跟我談什麼繼承人還是大家長，我可不是那種把當家之人放在一邊，淨是巴結新興權貴的傢伙。如果我沒打算為了你父親去，為了他的繼承人去也未免太可恥。艾略特先生對我而言算什麼呀？」

查爾斯這話說得魯莽，卻成為安的救命索，因為她發現溫沃斯上校聚精會神地聆聽這番話，雙眼也緊盯著查爾斯；等他話說完，溫沃斯上校探詢的眼神又移到安身上。

查爾斯和瑪莉仍你來我往地爭吵。查爾斯語調半是認真半是打趣，總之堅持要去看戲，瑪莉的態度則無比嚴肅，對他的選擇表達激烈反對，並再三強調自己前去卡姆登寓所的決心。若大家堅持拋棄她跑去看戲，她會覺得備受欺侮。此時穆斯格羅夫太太開口調解了。

「我們就延期吧。查爾斯，你最好還是回去改訂下週二的包廂。大家被迫分頭行動未免可惜，而且派對是在安小姐父親家舉行，她會因此無法去看戲。如果安小姐去不成，我和亨莉耶塔對戲也沒什麼興致了。」

安對於她的善意極為感激，不過更令她慶幸的，是有機會可以清楚表明心意。

「若只問我個人意願，除非是考量瑪莉，不然這場派對完全不會妨礙我去看戲。我對這類聚會沒什麼興趣，反而比較樂意去看戲，也更喜歡跟你們待在一起。不過，或許還是別這麼做比較好。」

她說了，說完之後發現自己在顫抖，因為意識到有人正在仔細聆聽。她甚至不敢轉頭去看這話產生的效果如何。

所有人很快同意下週二再去看戲，就查爾斯堅持不放棄戲弄妻子的好處，說就算大家明天不去看戲，他也一定要去。

溫沃斯上校離開座位，起身走向壁爐，或許是為了之後立刻轉身走去坐在安身邊時，看起來能不那麼刻意。

他說：「你在巴斯待的時間還不夠久，才無法充分領略晚間派對的樂趣。」

「噢，不是的，我對這類聚會向來不感興趣。我不打牌的。」

「過去確實如此，這點我清楚。你以前不喜歡打牌，但可能隨時間改變的事情太多了。」

「我沒改變那麼多，」安急著辯解，但立刻住嘴，就怕不小心又造成什麼誤會。他沉默了一陣子，接著以一種似乎亟欲抒發的語調開口：「可是一段不短的光陰啊！八年半，確實不短！」

溫沃斯上校原本是否打算說下去呢？恐怕只能留待安之後較為清閒時自行想像。至於此刻，安一邊聽著他已經說出口的話，一邊被亨莉耶塔嚇了一跳。原來她打算趁著眼下清靜、外出一趟，所以要安趕緊準備，免得又有訪客前來打擾。

她們必須動身了。安口中表示一切準備妥當，也努力表現出應有的態度，但心中實在覺得，若亨莉耶塔明白她離開這張椅子有多麼遺憾又不甘願，基於對表哥的情感，且確知表哥也愛著安的前題下，絕對會同情她的處境。

但她們才準備沒多久，就聽見外頭一陣騷動：又有客人來訪。門倏地打開，華特爵士和伊莉莎白走進來，現場空氣似乎為之凍結。安看到他們立刻備感壓力，接著環顧四周，發現大家的感受似乎差不多。房內本來舒適、自由又歡樂的氣氛瞬間消失，所有人被迫端出冷淡有禮的儀態。為了應付這對故作優雅的無情父女，眾人不是堅決地保持沉默，就是不情願地閒扯一些乏味話題。多麼令人羞愧的一刻呀！

安非常痛心，卻在看到某個細節時感到滿意。她的父親與姊姊都向溫沃斯上校致意。伊莉莎白的態度比之前更有禮，甚至與他有過一次交談，之後也不只一次將眼神投向他。其實，伊莉莎白心中自有重要盤算，隨後行為也充分解釋了一切。她先是花了幾分鐘行禮如儀地寒暄，接著對方才沒見到面的人正式提出派對邀約。「是明天晚上的事。大家一起來見幾個朋友。不會是太拘束的派對。」她這話說得隨興優雅，接著露出一個極為有禮又面面俱到的微笑，同時把寫了「艾略特小姐家庭招待會」的邀請卡放在桌上。她還特地對溫沃斯上校微笑，伸手將一張邀請卡遞過去。原來伊莉莎白在巴斯待得久了，明白溫沃斯上校長相好看又氣宇軒昂，是社交場合不可或缺的人物，要是他能來參加派對，家裡也能更有面子。這張邀請卡被特別送出後，華特爵士和伊莉莎白也就起身離去。

屋內氣氛受到嚴重干擾，幸好時間不長。等他們離開、門一關上，眾人立刻重新自在活潑起來，就唯獨安例外。她才目睹了那場邀約，滿心都是無法置信的驚訝，以及溫沃斯上校接受邀請的神態。她知道他充滿疑慮，那表現是驚訝大於感激，與其說是真心接受邀請，不如說是禮貌應付。她了解他，也確定在他眼神中看見了輕蔑。他會願意將此舉視為對過往不敬的補償，並決定接受嗎？安根本想都不敢想，心情也為之一沉。溫沃斯上校則在兩人離開後緊握著那張卡片，彷彿還在尋思些什麼。

「你們想想，伊莉莎白邀請了所有人呢！」瑪莉用所有人都聽得見的聲音低語，「難怪溫沃斯上校那麼開心！你們瞧，他還捨不得把邀請卡放下呢。」

安對上他的眼神，發現他雙頰泛紅，嘴唇一瞬間輕蔑地撐起。接著安轉頭，不想再瞧見或聽見任何讓她苦惱的跡象。

一行人隨後分開行動，男士們要去找自己的樂子，女士們則繼續辦沒辦完的事，但等眾人再次聚首時，安就不在了。大家於是懇求她晚點回來一起吃晚餐，今天就一路陪伴他們到最後；然而她一直情緒緊繃，實在是累壞了，無法再承受更多，只想回家。只有在家，她才能如願享受片刻寧靜。

安答應隔天早上再來陪伴他們，之後費力地走路回到卡姆登寓所，才終於結束了白日的拖磨。一整晚，她幾乎都在聽伊莉莎白和克雷太太緊湊討論隔天的派對，她們時不時清點賓客人數，不停確認該如何加強各種裝飾細節，就希望辦得夠優雅，最後能算得上巴斯當地的一流派對。不過，同樣的問題仍在安心中揮之不去：溫沃斯上校究竟會不會來？她們確信他一定會來，但沒把握的焦慮仍啃蝕著安的內心，讓她連五分鐘都不得平靜。基本上安認為溫沃斯上校會來，因為根據她的判斷，他得來才得體。不過眼前這個狀況，她又不能光靠義務或審慎處世的角度來斷定，畢竟他內心也有完全不想來的一面。

安不安又焦躁，唯一振作起來的時候，就是告訴克雷太太，她曾在三小時前見到她和艾略特先生走在一起，但當時他應該早已離開了巴斯才是。之所以執意提起，是因為她等了又等，克雷太太似乎沒有打算提起這次親密的會面。安提了之後，似乎在克雷太太臉上看到一絲罪惡感，但轉瞬即逝。安也據此斷定，克雷太太要不是跟艾略特先生共謀了什麼把戲，就是懾於他的強勢姿態，被迫聽了或許半小時的說教，想方設法地要她別再算計華特爵士。不過她仍尚稱一派自然地嚷嚷起來。

「噢！親愛的！你說得真是沒錯。想想看呀，艾略特小姐，我真是驚訝死了，竟然在巴斯街上撞見艾略特先生！完全不可置信。他調頭跟我一起走到大水泵房的庭院，還解釋因為有事耽擱了，前往松貝里的時間得延後，但我真不記得是什麼事；我實在趕時間，沒法子注意聽，只能擔保他決心依照原定時間回到巴斯。他想知道明天多早可以過來，總之滿口講的都是『明天』的事，顯然我也是太興奮了，再加上得知你們計畫邀請更多人，以及之前發生的一切，不然，我才不會把撞見艾略特先生的事忘得那麼徹底哩。」

23

安跟史密斯太太談過才一天，就遇上了更感興趣的事。反正除了之前惹出的麻煩，艾略特先生做什麼都不太能影響安了，因此她本來隔天要去李佛斯街向羅素夫人報備的行程，理所當然決定再順延一天。她答應從早餐到晚餐都要跟穆斯格羅夫家待在一起，既然許下承諾，那麼艾略特先生偽裝的良好品格也就如同雪赫拉莎德王妃的頭顱[94]，看來可以再倖存一天。

然而，由於天公不做美，安無法準時赴約，在天氣不適合外出行走的這段期間，她因為使朋友失望感到遺憾，自己也同樣失落。等她終於抵達白鹿旅館、找到正確的房間，才發現自己不但沒有準時抵達，還有許多人比她更早到了。除了穆斯格羅夫太太正在跟克勞夫特太太說話，還有哈維爾上校正在與溫沃斯上校談話，而她隨即得知，瑪莉和亨莉耶塔急著要出門，等不及她趕到，天氣一放晴就先行出發了，但很快就會回來，而且還嚴正叮囑穆斯格羅夫太太，在她們回來之前，一定要好好把安留下。她只好聽話地坐下，努力維持外表鎮定。她本來以為在中午之前，只會稍微嘗到一點焦躁的滋味，此時卻一刻也沒有拖延，絲毫沒浪費時間，一頭就栽入了極度不安的處境。她才走進房間兩分鐘，就聽見溫沃斯上校開口說：

「我們該把這封信的內容寫下來，哈維爾，如果你有紙筆的話。」

因為紙筆放在另一張桌子上，溫沃斯上校於是走過去，幾乎整個人背對大家坐下，接著就埋頭書寫起來。

穆斯格羅夫太太正在對克勞夫特太太講述大女兒的婚事，明明姿態旁若無人，卻仍堅持要用她那所有人都清晰可聞的「耳語」。安覺得搭不上這話題，但哈維爾上校又若有所思，沒打算談話的樣子，她只好被迫聆聽一堆實在不甚感興趣的細節，諸如為了商討婚事，穆斯格羅夫先生和妹夫海特先生花了多少時間見面，某天妹夫海特先生說了些什麼，某天穆斯格羅夫先生又提議了些什麼，然後妹妹海特太太又發生了什麼事，那對年輕人又有什麼願望，另外還有件事我一開始死活都不打算同意，最後卻也被人說服，甚至覺得可能很不賴……總之全是這類敞開心胸的分享，極為瑣碎，就算說的人優雅又有品味，總之只可能是切身相關的人才會有興趣聽，更何況穆斯格羅夫太太人雖好，實在也不算特別高雅。不過幸好，克勞夫特太太今日情緒甚佳，無論怎麼應答都極為機巧。至於另外兩位男士，安只希望他們忙得沒空細聽。

「因此，女士，考量以上所有情況，」穆斯格羅夫太太繼續氣勢驚人地耳語著，「雖然我們也曾希望情勢能有所不同，但整體而言，這門婚事不該因為我們拖得太久。查爾斯．海特可是急得要瘋了，亨莉耶塔也不遑多讓，所以我們想，他們最好即刻成婚，盡量把婚禮辦得體

---

94 雪赫拉莎德王妃（Sultan Scheherazade）是《一千零一夜》（*Arabian Nights' Entertainment*）中的角色，她每多說一個讓殘暴國王滿意的故事，就能避免被砍頭，也才能再活過一夜。

面，別差之前其他人太多就好。再怎麼說，這都好過長期訂婚的作法。」

克勞夫特太太熱烈地附和：「這正是我想說的事，我寧可年輕人在收入不多時先定下來，共同面對未來的困難，總之好過長期訂婚。我一直認為，如果未曾共同經歷……」

「噢！親愛的克勞夫特太太，」穆斯格羅夫情不自禁地開口，根本等不及讓對方把話說完，「年輕人之間，我最討厭看到的就是長期訂婚了。我一向反對自家孩子這麼做。我常說，如果是確定會在六到十二個月內結婚的話，訂婚還算可行，但長期訂婚實在不好！」

克勞夫特太太說：「沒錯，親愛的女士，婚期未定的婚約也不好，訂婚時間只會拖得太久。也就是說，如果一開始不確定何時有能力結婚，我認為訂婚是非常不智也不保險的決定，任何家長見到都該極力阻止。」

安此時發現被意外牽扯了進去，覺得那話指的分明是自己，立刻緊張地打了個冷顫，眼神也不自覺地飄向另一張桌子，然後發現溫沃斯上校已經停下筆，抬起頭，專注地聆聽。下一秒，他迅速又意味深長地瞄了安一眼。

兩位女士繼續講個不停，不停強調早已彼此確認過的這項「真理」，接著舉出一堆足以支持此真理的實際反例，而安完全聽不進去。所有字句在她耳中只是嗡嗡作響，腦中更是一片混亂。

哈維爾上校倒是真的完全沒在聽。此時他已起身走向窗邊，安雙眼似乎注視著他，其實卻心不在焉，之後才慢慢意識到，哈維爾上校其實是在邀請她站到一旁談話。因為他不但微笑看著安，還輕輕對她點點頭，彷彿在暗示著「來吧，我有些話跟你說。」他的神態坦率、自在又親切，彷彿兩人早已是多年老友，希望藉此進一步發出邀請。安於是起身走向他。兩位女士在房內的一側閒聊，哈維爾上校則站在另一側的窗邊，他距離溫沃斯上校的桌子比較近，但也不至於太過接近。一旦安走近身邊，哈維爾上校的表情又謹慎嚴肅起來，也跟平常習慣的樣子比較相似。

「請瞧瞧這個，」他打開手中包裹，向安展示一幅小畫像，「你知道這是誰嗎？」

「當然，這畫的是班威克上校。」

他壓低聲音：「是的，你應該也能猜到這幅畫是要送給誰的，但這本來不是為她畫的。艾略特小姐，你還記得我們曾在萊姆一同散步，並為了班威克上校遭遇的悲劇而哀傷嗎？我實在沒想到……但也無所謂了。這是在好望角畫的。他當時遇上一位非常有天分的年輕德國畫家，再加上曾答應過我那可憐的妹妹，於是坐下來讓對方畫了畫像，也打算把畫帶回去給她。但我現在被交待要把畫帶給另一個女人！這任務竟然落在了我身上！但他又能委託給誰呢？我希望自己能諒解一些，不過若能將這份任務交給別人，說實在一點也不遺憾。是他接下了這個任務，」眼神看向溫沃斯上校，「所以正在為此事寫信。」接著又以顫抖的雙唇為這段話作結，「我可憐的芬妮！若換作她，才不可能這麼快把班威克上校拋在腦後。」

安回答：「確實不可能，」低沉的語調充滿感慨，「這點不難相信。」

「她天生就不是善變的人。她真心愛他。」

「任何真正愛過的女人都不是善變的。」

哈維爾上校微笑著開口：「你這是在為全體女性發言嗎？」她也笑著回答了這個提問：「是的。我們無法那麼快忘懷愛過的男人，不像你們老是忘得那麼快。但與其說那是我們的優點，不如說是我們的命運。我們沒得選擇。因為我們一直住在家裡，清淨、拘束，只能任由感情持續啃咬著我們。而你們男人非得勞碌，有職業、有嗜好，反正總有些事情要辦，所以能馬上重新投入這個世界，之後面對各種憂煩與瞬息萬變的人事，情感也就能迅速被沖淡了。」

「我並不同意這個說法。但若如你所說，世事紛擾足以讓男人迅速忘懷愛過的女人，班威克上校的情況卻絕非如此。他並未被迫勞碌些什麼。就在芬妮過世時，戰事剛好結束，他也因此上岸跟我們住在一起，此後也一直跟我們這個小家庭待在一塊兒。」

安回答：「確實，確實沒錯，我沒想到這點。但我們現在又能怎麼解釋呢，哈維爾上校？如果不是因為受到外在影響，那就是內在機制使然了。我想是天性吧，男人的天性，所以班威克才會如此善變。」

「不，不，這可不是男人的天性。同樣面對真正愛過的人，我不認為男人天生比女人更用情不專又善變。我相信情況正好相反。我認為人的身體與心靈互相呼應，也就是說，既然我們的體魄比較健壯，情感自然也比較剛強，不但足以承受各種嚴苛對待，也有辦法撐過驚滔駭浪。」

安回答：「你們的情感或許比較剛強，但若套用你的身心呼應概念，就更能證明我們的心靈較為柔韌。你瞧，男人的體格或許比較強壯，但卻沒有女人長壽，這也正好解釋了我為何覺得男人善變的看法；如果不善變，你們要怎麼受得了？你們得應付如此多的艱厄、苦難和危殆，成天勞累拖磨，還得暴露於各種風險及困境當中。你們總得被迫遠離家園、國家和朋友，無論時間或健康都不屬於自己。確實，若不善變，還得長期擔負著女人付出的情感，」安的聲音顫抖起來，「你們又怎麼受得了？」

「看來針對這議題，我們是不可能會有共識的，」哈維爾上校話還沒說完，本來始終安靜的溫沃斯上校那桌發出輕微聲響，吸引了兩人的注意力。原來是他手中的筆掉了，安卻因此驚訝地發現，他跟兩人的距離比想像中還近，因此猜測他之所以掉了筆，是因為掛心兩人的談話內容，過於努力想要聽清楚而分心。但安覺得他應該聽不到才是。

哈維爾上校問他：「你信寫完了嗎？」

「還沒，剩下幾行字，應該再五分鐘就可以了。」

「我這邊可不急。你寫好了隨時叫我便是。我這個船舶下錨點可好了呢，」他對安露出微笑，「補給充分，什麼都不缺。完全不急著收到出航指示。對了，艾略特小姐，」他壓低音量，「正如剛才所說，我想針對這個話題，我們不太可能有共識，所有男人跟女人大概也是。但請容我強調，歷史上的例子都不支持你的論點，無論透過小說、散文或詩歌傳達的內容都一樣。如果我的記憶力跟班威克上校一樣好，現在為了證明我的論點，就能立刻引用超過五十個例子，而且就我的記憶而言，這輩子只要翻開書，總會讀到跟女人善變有關的敘述。歌曲和寓言故事也一樣，常常提及女人用情的反覆無常。但，或許你會說，這些故事都是男人寫的。」

「或許我是該這麼說。沒錯，沒錯，如果可以的話，請不要引用書中的例子。在所有人之中，只有男人擁有發言的優勢，能受到的教育也比女人高多了。既然筆桿都握在他們手裡，我當然不願意透過書本來證明什麼。」

「那我們該如何證明任何事情呢？」

「永遠無法。針對這個議題，我們永遠都無法期望能證明些什麼。雙方的觀點就是不同，拿出證據也沒用。對各自的性別，我們一開始多少有些私心，接著勢必拿生活圈中對自己有利的例子出來證明自己的論點。其中許多例子或許對我們影響最大，但若要拿出來談，可能就得出賣密友，也可能或多或少說出些不該說的話。」

「啊！」哈維爾上校情不自禁地嚷著，「真希望能讓你理解，當一個男人最後望著妻兒、眼看他們搭船漸行漸遠，接著轉身說道：『天曉得我們能否再見面！』的心情。也真想讓你明白，當一個男人真的再次見到妻兒時，那種連靈魂都在發光的悸動。他或許剛結束十二個月的分離，卻隨即奉命要前往另一座港口，心中計算著妻兒多快能抵達，同時還得自我欺騙地想『看來得等到某日吧。』又暗自希望他們能提早十二個小時；最後，彷彿老天給他們裝了翅膀，他們提早了可不只十二小時！真希望我能向你詳細解釋這一切！解釋一個男人為了生命中存在的珍寶，願意承擔多少、付出多少，甚至因此感到榮耀！但你也明白，我所代言的是那些真正有心的男人！」他激動地按住自己的心口。

安急忙接話：「噢！希望我懂得賞識你的真心誠意，以及那些與你性情類似的男士。我竟然看不起明明同樣擁有熱情及忠誠情感的同胞，實在天理不容；我竟膽敢假設只有女人真正懂得感情專一，真是活該被看輕。不該是這樣的，我相信在婚姻生活中，你一定能表現得美好又崇高。我相信你們能在重要的事情上盡力，也懂得在家務生活中堅忍節制，只要——請容許我這麼措辭——你們有奉獻的對象，也就是說，當你們所愛的女人仍然活著，而且是為你們而活的時候。至於我宣稱女性所擁有的這項品格——說實在話也不怎麼令人羨慕，你也不用嫉妒——只是即便在愛人消失或成婚無望時，她們仍能長久地愛下去。」

安一時激動地說不下去，內心情感漫溢，幾乎要喘不過氣來。

「你心地真好，」哈維爾上校感動地將手搭在安的手臂上，「我不是在跟你爭論。況且一想到班威克上校，我也無話可說了。」

此時他們的注意力被別的動靜吸引過去。原來是克勞夫特太太準備離開了。

她對著溫沃斯上校說：「菲德瑞克，我想我們要先各自行動了，我打算先回去，你也跟朋友有約。或許今晚我們有機會再見面，」她轉頭看安，「就在你家的派對上。我們昨天拿到了你姊姊送的邀請卡，據我所知，菲德瑞克也有一張，只是我沒見著。你晚上沒約吧，菲德瑞克？你跟我們一樣都會去派對吧？」

溫沃斯上校正匆忙摺著手上的信，不知是出於慌亂或隱瞞，總之沒有正面回答。

他說：「是啊，確實沒錯，我們得分頭行動了。哈維爾和我應該很快也得離開，也就是說，哈維爾，你準備好了嗎？我只需要再半分鐘。我知道你也想走了，只要再半分鐘就能陪你離開。」

克勞夫特太太先告辭了。溫沃斯上校快速把信件封好，確實也準備好離開，還露出迫不及待的焦躁神色。安不知該如何解讀。兩人離開前，哈維爾上校還親切備至地向她說了「再見，上帝祝福你，」溫沃斯上校卻一個字也沒說，就連穿過房間離開時，也沒看她一眼！

兩人離開後，安才稍微靠近溫沃斯上校剛剛寫信的桌子，就立刻聽到腳步聲接近；門再次打開，原來是他走了回來。他對於再次打擾表示不好意思，實在是忘了手套，接著穿過房內走向寫字桌，背對著穆斯格羅夫太太，從一堆散亂紙張底下抽出一封信，放到安手上，發光的眼神炙熱地盯了她一陣子，接著才拾起手套，再次走出房間。穆斯格羅夫太太幾乎還沒意識到他回來了呢！一切都是瞬間發生的事。

這一瞬間的改變可說是翻天覆地，安驚訝地說不出話來。信上以潦草字跡寫著給「安．艾××小姐」，顯然就是剛剛他匆忙封緘的那封信。本以為他只有寫信給班威克上校，沒想到同時也在寫給她！安的人生走向全看這封信了！兩人之間懸宕的謎團無論結果如何，此刻都將真相大白。穆斯格羅夫太太在自己的桌邊忙著瑣事，相信一時不會注意到安，因此她坐上剛剛溫沃斯上校坐的那把椅子，也就是他剛剛傾身書寫的位置，展信貪婪地讀了起來。

我實在無法再沉默地聽下去了，只能以目前所能辦到的方式向你傾訴。你說的話深深地刺傷了我。我現在只能半是痛苦半是企盼地向你傾吐心聲。告訴我吧，告訴我一切還不算太遲，我們之間珍貴的情感尚未永恆消逝。我再次把自己獻給你，心意比你更堅定，也比八年半前被你傷透時更堅定。千萬別說男人比女人善變，說他們的愛比較容易死去。除了你之外，我可沒愛過任何人。我或許不算個公平的人，也可能有軟弱或怨天尤人的時候，但絕非用情不專。我完全是為了你才來到巴斯，心裡想的都是你，所有的計畫也都是為了你。你看不出來嗎？你完全沒發現我的心願嗎？我相信你一定能看透我的心思，若我也有這種能力，就不用等上這十天了。我幾乎要寫不下去了，每一秒都能聽到讓我傾倒的言語，就算你壓低聲音，我還是能聽出別人不會懂的深情語調。你真是個多麼美好、優秀的人呀！你確實有公平看待我們男人。你仍相信有男人能夠真心去愛，也能自始至終專情如一。請相信我對你的感情正是如此熾烈、如此一心一意。

菲・溫

我不確定你會如何裁定我的命運，但得先走了。我會盡快回來，或許之後還會跟你們一起去參加派對。只要一句話，或單單一個眼神，就能決定我今晚是踏入令尊的家門，或者此後再與府上無緣。

這封信讀完實在很難立刻冷靜下來。半小時的獨處與沉思或許會有幫助，但打從剛剛突然拿到信到現在，也才過了十分鐘，再加上身邊諸多干擾與限制，她實在難以平靜。安的心裡每一刻都湧起新的悸動、感受到席捲而來的幸福，還未克服第一波襲來的激動，就看到查爾斯、瑪莉及亨莉耶塔回來了。

安得立刻表現出若無其事的樣子，卻怎樣也辦不到，一陣子後便直接放棄。他們說了許多話，但安一個字也聽不懂，只好以身體不適為藉口，要他們自己出去玩。此時他們才發現她非常不對勁，又是震驚又是關心，說什麼也不願為了出外作樂丟下她。實在太糟糕了！其實，只要他們離開現場，讓安能安靜地獨處一下就沒事了，結果此刻他們全站在跟前等著，反而叫她分心，情急之下，她只好表示想回家。

穆斯格羅夫太太關切地說：「當然沒問題，趕快回家吧，好好照顧自己，說不定到晚上就好了。真希望保姆莎拉在，還能為你看看病，可惜我沒這能力。查爾斯，搖鈴找人招輛人力椅轎。她不該走路回去。」

椅轎反而礙事，對安而言，這簡直是個糟糕透頂的主意！若她能獨自安靜地走在小鎮上，或許還有機會跟溫沃斯上校說上兩句話，而且她覺得一定有機會碰上，但搭了椅轎就沒可能了。她急切地表示不需要椅轎，幸好，穆斯格羅夫太太一聽到她身體不適，想的都是女兒前陣子的毛病，在焦慮地確認過安沒有跌跤，近期也沒有滑倒或撞到頭，最後又反覆再三地確定之後，總算才安心愉快地與安道別，並確定晚上一定能再見面。

安怕有什麼疏漏之處，思索再三後還是開口。

「夫人，我擔心之前傳達的意思不夠明確，還請您好心告知另外兩位男士，我們非常希望今晚在派對上見到他們。我怕之前的說明造成什麼誤會，所以希望您特別告訴哈維爾及溫沃斯上校，我們真的很歡迎他們來。」

「噢！親愛的，我相信他們了解你們的意思，我向你保證。哈維爾上校一心想去呢。」

「您果真這麼想嗎？我還是擔心出錯，那樣就太遺憾了！您能否答應之後見到他們時再提起一次呢？我敢說，在中午之前，您一定有機會再見到他們。請務必答應我。」

「如果這是你的心願，那我一定照辦。查爾斯，若你在哪裡見到哈維爾上校，也務必幫忙轉達安小姐的口信。不過，親愛的，你實在不用如此不安。哈維爾上校確定會去，我敢擔保，而我敢說，溫沃斯上校也是。」

安頂多只能努力到這個程度了，即便心裡還有些不祥的預感，就怕哪個差錯妨礙了她的幸福。但就算出錯，也錯不了多久。就算他沒有親自來到卡姆登寓所參加派對，安還是能透過哈維爾上校帶個回應明確的口信回去。

但隨即又發生讓安著惱的事。查爾斯天性良善，又真誠關心安的身體，所以打算陪她走一趟，而且不容拒絕。這實在太殘忍了呀！但她實在不該再顯得不知感恩了，畢竟他為了陪伴她，還特地犧牲與造槍師傅的會面。安於是與查爾斯一同啟程，同時努力表現出無比感激的模樣。

他們走在聯合街上，身後傳來快速的腳步聲，而且聽起來很熟悉，安做好心理準備，之後也果然見到了溫沃斯上校。他趕上兩人，但似乎不確定該加入談話好，還是打個招呼後直接走開，所以始終沒出聲，只是盯著瞧。安還算鎮定地迎上他的眼光，心裡也不感到討厭。於是這廂原本蒼白的臉頰紅潤起來，那廂原本遲疑的舉動逐漸變得堅定。溫沃斯上校篤定地走在安身旁，此時，查爾斯像是突然想到什麼，於是開口：

「溫沃斯上校，你要往哪裡去呢？只到蓋伊街嗎？或者還要再往北走？」

「我還不確定。」溫沃斯上校沒想到有此一問，嚇了一跳。

「你會再往北走到貝爾芒特路嗎？會走到卡姆登寓所附近嗎？如果會的話，我就沒有疑慮了，希望你代替我護送安回家。她今天早累壞了，實在該有人陪著她回去。而我該去市場那邊找個傢伙，他答應讓我看一把正準備寄出的上等槍枝，不到最後不會包裝起來，就為了讓我瞧一眼。如果我現在不掉頭趕過去，就真的來不及了。根據他的描述，那是把好槍，跟我的二號雙管槍很類似，你在溫索普時也拿來打獵過的。」

自然沒人反對這項提議。就外人看來，溫沃斯上校和安之所以欣然應允，不過是出自必要的禮節，但兩人心裡都因狂喜而雀躍著，臉上更是藏不住笑意。才過了半分鐘，查爾斯就已經掉頭再次走到聯合街尾，兩人則繼續往前走，並在討論過後迅速決定繞去相對清幽的礫石步道。在步道上，兩人終於得以盡情交談，使得此刻成為名符其實的幸福時光，未來回想時，這也勢必成為幸福回憶中永誌不渝的一個片刻。他們互訴心意並許下承諾：曾經，他們藉此決定共享未來，之後卻遭遇好多、好多年的分離及疏遠之苦。此刻他們再次回到過去，甚至透過這次重聚，或許還感受到比之前更多的快樂。兩人之間的感情變得更柔韌、更經得起考驗，也因為對彼此人格、真實樣貌及情感的理解，兩人都顯得更為堅定。他們都更懂表達情感了，背後的情感基礎也更為穩固。於是，他們逐漸往上坡走，眼裡完全見不到身邊人群，無論是閒晃的政治家、奔忙的管家、風情萬種的少女還是保姆及孩子，總之他們只沉浸在過往回憶及此刻確認彼此心意的喜悅中，尤其忙著討論此前的種種，每件小事都讓他們印象深刻，足以回味再三。他們仔細討論上個禮拜的諸般小事，至於昨天跟今天的事，兩人更是講個沒完。

安之前的判斷果然沒錯。溫沃斯上校是嫉妒艾略特先生，才舉步不前、心存疑慮，甚至備受折磨，而且是與安第一次在巴斯見面時就開始了。過了一段時間，兩人在音樂會碰面，這毀人興致的力量再次前來攪局。更因為嫉妒，過去二十四小時內，溫沃斯上校的言行全受影響，有時根本直接放棄表達。期間是透過安的神態、話語及行動，溫沃斯上校才逐漸覺得還有一絲希望，最後，安與哈維爾上校一席充滿感情的深情談話，他心中的嫉妒之火才終於被澆熄，情不自禁抓了張紙，開始盡情傾吐自己的心聲。

對於信中的字句，溫沃斯上校沒有一絲後悔，也毫無保留。他堅稱始終愛著安一人，從未有人取代她的位置，甚至從未見過能與她媲美的人。這一切都使他不得不承認，儘管沒有刻意去做，他仍下意識地專情於安。他本來打算忘掉她，也以為早已成功，但即便想像自己對她無動於衷，也只是因為仍在生她的氣。而他之所以無法公正看待她的優點，也只是曾深受其害。安的剛毅及溫柔仍如同之前那般未有偏倚，但直到多年後的現在，溫沃斯上校才明白其中均衡之完美；之前也是到了厄波克羅斯，他才能持平看待這一切，也是到了萊姆，他才終於了解自己的心。

溫沃斯上校在萊姆學到的教訓可不只一件。艾略特先生那充滿愛意的驚鴻一瞥至少喚醒了他的情感，而在堤防及哈維爾上校家目睹的場景，更讓他確認安的性格是多麼優秀。

至於他曾試圖追求路易莎．穆斯格羅夫的舉動，他堅稱是鬧脾氣的自尊心使然，而且自始至終都不認為會成真。他從沒喜歡過路易莎，也無法喜歡上她，而直到之後去了萊姆出遊，之後又有餘閒真正反思時，他才明白，路易莎完全比不上另一人完美卓越的心靈，而那人無從匹敵的全面自制力，更是讓他本人望塵莫及。至此，他才終於理解堅持原則和固執己見的差別，以及任性妄為和審慎行事之間有何不同；至此，面對這個曾經失去的女人，他心中的評價節節升高，不禁開始深思之前對她生氣是多麼自以為是、愚昧又瘋狂，甚至兩人再次有了交集，這一切仍阻止他重新贏回她的芳心。

也是從那時候開始，溫沃斯上校感到極度悔恨。路易莎意外受傷的幾天後，他才從震驚與懊悔中走出來，好不容易覺得自己再次有了生氣，卻又發現儘管感覺活著，卻失去了自由。

他說：「我發現哈維爾上校以為我已經訂婚了！無論是哈維爾或他的妻子，總之都對我們互許終身一事沒有絲毫懷疑。我簡直嚇壞了。確實，我也可以立刻提出反駁，但思考之後，發現其他人可能也有類似想法，包括她的家人——不，甚至連她本人都是這麼想的吧！這下我可無法為自己作主了，因為只要她願意，我於情於理都得娶她。我之前始終沒思考這件事的嚴重性，沒意識到因為與她過度親密來往，可能在各方面引發危險的後果。我不該試試看能否愛上姊妹中的任何一人，我沒有這種權利，就算沒造成其它不良後果，也可能招人閒話。我真是錯得離譜，只能自食惡果。」

總之，一切都太遲了，他發現自陷僵局太深。即便確定對路易莎無意，但此時只要如同哈維爾上校所想，路易莎確實心繫自己，他就有與她結婚的道德義務。他因此被迫離開萊姆，在外地等她完全康復，只希望靠著所有可能的正當手段，盡量減輕任何有關他情感歸屬的流言。因此，他先去跟弟弟住了一段時間，打算之後回凱林奇再見機行事。

他說：「我在艾德華那兒待了六個星期，看到他過得幸福我再開心不過了。我就不配得到這種快樂。他特別問起你，想知道你有什麼改變，卻沒意識到在我眼裡，你永遠是那麼美好。」

安微笑起來，沒說什麼。這番胡話動聽得讓人捨不得責備。說一個二十八歲的女子青春絲毫未損，再怎麼想也太荒謬，但相較於他之前說過的話，此番盛讚的價值在她心中難以言喻地增加了。此外，她也覺得這並非他情感復甦的原因，只是情人眼裡出西施。

溫沃斯上校待在什洛普郡時，始終因為自以為是的盲目而後悔不已，當然也很懊惱失算鑄下了大錯。直到得知路易莎與班威克上校訂婚的幸福消息，儘管驚訝，但也總算是逃過一劫。

他說：「於是，我最糟糕的處境結束了。此刻至少能爭取幸福，總算可以為自己奮鬥，去努力些什麼。我已毫無行動地等待太久，而且結果並不好，想來就令人害怕。得知訂婚消息後不到五分鐘，我就說：『我打算星期四去巴斯』，也確實展開行動。認為自己有資格前來，甚至還抱持一絲希望，應該不算不可饒恕的妄想吧？你還單身，說不定也跟我一樣不捨舊情；而且，我偶然得知一件令我備受鼓舞的事。你一定有許多人愛慕，也一定有人追求，我對此深信不疑，也確定你拒絕過一位條件比我優秀的男士，於是我無法克制地想：或許是為了我的緣故？」

兩人在米爾森街的相遇確實有很多細節可聊，但音樂會更值得一談。那晚簡直充滿被老天精心設計過的各種時刻。首先是她一走進八角廳就找他交談，但艾略特先生出現把她帶走，接著又有一、兩個片刻，兩人因此重燃希望或失意消沉，總之他們聊得可是興致勃勃。

「你想想，」他忍不住嚷嚷起來，「發現你坐在一群不看好我的人之間，而你的堂哥又坐在一旁與你談笑，若你們成為一對，實在是既合理又得體——多可怕呀！那些希望影響你的人都是如此期待著吧！就算你並不情願，甚至無動於衷，強力支持他的人一定不少！此時我的出現看起來不是很愚蠢嗎？我見這情況怎能不痛苦？更何況你那位好友還坐在後頭，完全讓我想起過往錯失的感情，想起她對你的影響力，她的勸服曾造成的影響之大之持久，同時難以撼動——這一切不是都不利於我嗎？」

安回答：「你應該有辦法判斷清楚，不該再這麼懷疑我。以前和現在情況完全不同，我的年紀也長了。就算我當時接受勸服是一場錯誤，你也別忘了，羅素夫人是為我的安穩生活著想，不願我承擔風險，因此我接受了，覺得那是我的本分。但此刻沒人能以盡本分為由來說服我，因為假如我跟一位不愛的人結婚，後續要面對的風險更多，也更不可能盡到本分。」

他說：「或許我該如此推想才對，但就是無法說服自己。我最近才充分了解你的為人，還無法享受到因此寬心的好處。我的理性無法運作，畢竟多年來，我因為失去你而痛苦不已，理性仍被早年的負面情緒掩埋而顯得迷惘。對我而言，你就是那個曾經屈服於他人勸說的人。你放棄了我，而且除了我之外，誰都能影響你。我看見你和羅素夫人待在一起，在那悲慘的一年，就是她在導引著你呀。我沒有理由相信她的掌控力大不如前，更何況，習慣的力量也不容小覷。」

安說：「我本來真的以為，我之前的表現能讓你免去這一切疑慮。」

「不！不！你看起來太過自在，簡直就像已經和別人訂婚一樣。我就是深信如此才離開，但還是一心想再見到你。我的精神隨著早晨到來再次振奮，感覺應該還有繼續努力下去的理由。」

終於，安到家了，心情比家中任何人能想像的還快樂。經過深談後，安之前的種種震驚及疑慮已消失無蹤，早晨曾讓她痛苦的時刻也成過眼雲煙。再次踏進家門時，安的內心實在無比快樂，甚至患得患失起來，就怕太過幸福會招致災厄，一度想先給自己找些麻煩。不過在內心喜樂高漲的時刻，為了避免不小心自陷險境，最好還是來場心存感激的嚴肅沉思。於是她走進自己房間，終於逐漸能夠靜定、無畏且充滿感激地看待此刻的幸福。

夜晚降臨，客廳燈火通明，賓客也陸續抵達。其實這不過是場招待大家打牌的派對，賓客不是從未見過面，就是太常見面的一群人。整體而言平淡無奇，若想深交人又太多，若想熱鬧一下人又太少，但對安而言，今晚的歡樂時光卻結束得特別快。她的心中充滿幸福與柔情，顯得特別光彩煥發又可愛，雖然並不在意，但確實比想像中更受眾人讚賞；在面對身邊所有人時，她也一律有辦法保持愉快又寬容的心情。艾略特先生也在場，她只是一勁閃避，雖然心中也不無憐憫。至於瓦歷斯夫婦，她覺得認識之後也是挺有趣的人。道林波夫人及卡特雷小姐也不再像之前那麼惹她心煩。她完全不把克雷太太放在心上，即便面對父親及姊姊的公開行徑，也不再羞愧得臉紅。安與穆斯格羅夫家的人無比自在地愉快閒聊，也和好心的哈維爾上校情同兄妹地交談。她想和羅素夫人聊聊，但心中甜蜜的幸福感卻攪得她難以專注。至於克勞夫特夫妻，他們的態度跟之前一樣誠懇又熱切，但安還是得努力掩藏心中那份甜蜜情愫。她和溫沃斯上校當然是聊了又聊，不但總想聊得更多，更時刻感受到他與自己同心！

就在短暫交談的某一次，兩人表面上正在欣賞擺設精緻的溫室植物，此時安說了：

「我一直在想過去的事，試圖公正地判斷是非對錯；我是指我自己的部分。結論是，儘管我為此受苦，卻沒有做錯。接受這樣一位朋友的指引是對的。我知道你現在不敬愛她，但之後一定會的。對我來說，她就像我的家長。請別誤會，我不是說她的建議沒有絲毫問題，或許，以當時的情況而言，一個建議是好是壞，得看情勢的發展而定。但若換作是我面對類似處境，是絕不可能給出那種建議的。我的意思是，當時我接受建議是正確的決定，因為若沒放棄，我受的苦會更多——深受良心譴責所苦。只要人類仍允許良心的存在，我現在確實可說是心懷坦蕩，而且，若我沒有誤解，堅持盡本分本是女人重要的德行之一。」

他看看她，再看看羅素夫人，接著把眼神移回來，彷彿經過冷靜思考後才開口。

「我還無法諒解她，或許之後有機會，但相信很快就能寬容地面對她了。不過我也思考了過去的事，內心不禁浮現一個疑問：除了羅素夫人之外，我的敵人是否還有一位？也就是我自己？告訴我，我在一八〇八年時帶著幾千英鎊的財產回到英格蘭，當時受命擔任拉寇尼亞號的船長，當時我若寫信給你，你會回覆嗎？總之，你當時會願意恢復我們的婚約嗎？」

「你問我會嗎！」安這麼回答，但語氣再肯定不過了。

他喊著：「老天呀！你一定會！我不是沒想過這麼做，內心也不是不渴望，若真成功，我的成功也才算真正圓滿。但我太驕傲了，實在拉不下臉開口問你。我覺得不了解你，於是閉上雙眼，不願去了解或持平看你。如此回想之後，比起其他人，我最難原諒的會是我自己。想想看，我們本來可以省去六年分隔兩地的相思之苦。認識到這點對我來說是全新的痛苦。我向來自滿，相信所有幸福都是親手掙來的，也自豪擁有願意犧牲的高尚節操，並因此獲得合理報償，就跟那些面對逆境的偉人一樣，」他微笑著補充，「看來，我得努力讓心靈在面對命運時謙卑一些，並容許自己比理所應得的更加幸福。」

24

誰會懷疑接下來的發展呢？一旦兩名年輕人決意要結婚，就算過得貧窮、行事草率，甚至長遠來看無法帶給彼此幸福，幾乎仍會堅持到底。以此作結或許是負面的道德示範[95]，但我相信是真實情況。若這樣的人都能成婚——溫沃斯上校和安・艾略特此刻心智成熟、明辨是非，而且擁有足以自立成家的財產，怎麼可能抵不住眾人反對？事實上，他們必須應對的困境也比想像中來得少，大家頂多就是反應冷淡，對這門婚事不甚滿意，但也沒添什麼麻煩。華特爵士沒有反對，伊莉莎白再糟也只是表現出漠不關心的樣子。溫沃斯上校也早已不是無名之輩，此刻不但擁有兩萬五千英鎊的資產，服役時也因功績顯著而得到極力拔擢；反觀華特爵士則是個愚昧又揮霍無度的從男爵，因此溫沃斯上校完全配得上他的女兒。更別說這名從男爵理家毫無原則及智慧可言，保不住世襲得到的家產，明明應該在女兒結婚時給她應有的一萬英鎊，現在也只能先給一小部分[96]。

華特爵士不算真心疼愛安，這門婚事也沒滿足他的虛榮心，因此沒特別開心，不過倒也不覺得兩人不匹配。相反地，等他有機會在白天多觀察溫沃斯上校幾次後，覺得他長得還不錯，而且儀表堂堂，雖然地位不及女兒，但出眾的外表足以彌補缺憾。再加上溫沃斯上校名聲極佳，因此，華特爵士終於心滿意足地提起筆，打算將這門婚事加入尊貴的《從男爵名錄》。

在所有人之中，唯一令人焦慮的反對心思來自羅素夫人。安其實也知道，此刻她的內心一定很痛苦。畢竟她才剛得知艾略特先生的真面目，正努力接受兩人不可能有未來的現實，又得盡力持平地看待溫沃斯上校，想辦法真正認識這個人。然而，這就是羅素夫人此刻的功課。她必須去理解自己誤解了這兩人，她被兩人的外在條件誤導，才作出了不公平的判斷；只因為溫沃斯上校的舉止不符合自己的理想，她就立刻懷疑對方性格危險躁進；而因為艾略特先生舉止正當得體，基本上禮貌又溫和，她就馬上相信這是出自一個正直又懂得自制的心靈。因此，羅素夫人現在唯一需要做的，就是承認自己完全看錯人，同時重新評價他們，對他們產生不同的期許。

有些人天生敏銳，能精準判斷他人的性格，那是一種與生俱來的洞察力，就算是擁有多年歷練的人也比不上。羅素夫人與安相比，確實比較缺乏這方面的才華，但仍是一名非常善良的女性。如果她的次要目標是成為判斷精準的理性之人，那首要目標就是希望安過得快樂。比起自己的能力，她更愛安，因此，雖然一開始和溫沃斯上校相處起來有點尷尬，之後卻仍像面對

95 珍·奥斯汀帶來的「負面道德示範」或許正是吸引讀者的原因，比如《勸服》就帶有反抗既定階級及婚姻觀念的意味。
96 等安拿到全數嫁妝，每年約有五百英鎊（約今值一百二十萬新台幣）的收入。

帶給孩子幸福的男士，很快就喜歡了起來。

全家人裡，瑪莉大概是聽到消息時最開心的人。首先姊姊結婚當然是喜事，而且她還能聲稱自己是促成良緣的重要推手，畢竟是她要求安在前一年秋天來陪伴自己的。在她心裡，自己的姊妹當然比丈夫的姊妹好，因此，比起班威克上校及查爾斯．海特，溫沃斯上校更有錢一事令她非常滿意。真要說有什麼不是滋味，就是兩人再次見面時，她得把上位權利還給姊姊，而且她還擁有一輛非常漂亮的輕便四輪馬車。不過她還有大好未來得以盼望，這點令她深感撫慰。畢竟安無法擁有類似厄波克羅斯的宅邸，也沒有地產，家族也沒有受封爵位。只要他們能確保溫沃斯上校無法受封為從男爵，她和安的地位差距不會有太大改變。

至於安的大姊伊莉莎白，如果對自己的情況沒有怨言，這門婚事也不會給她帶來太大改變。不過很快地，她發現艾略特先生不再出現，內心備感羞辱，對未來抱持的希望瞬間破滅不說，之後也沒再出現條件適合的追求者了。

艾略特先生聽見堂妹訂婚的消息後實在驚訝。他的家庭幸福藍圖完全被打亂。艾略特先生本來一心想透過女婿的身分監督華特爵士保持單身，以免壞了他繼承遺產及爵位的計畫，此刻希望完全破滅，內心失望無比；既然他還有其它利益及享樂可圖，也就很快離開了巴斯。克雷太太沒多久也跟著離開了，之後大家聽說她在艾略特先生的照顧下定居倫敦，顯然他之前玩的是兩面伎倆。為了確保自己可以繼承遺產，他不惜借助一名機巧女人的力量，可見心意有多堅定。

克雷太太則是讓情感超越了自身利益，為了這名年輕男子，她竟犧牲了算計華特爵士能得到的長遠好處。不過除了情感之外，她也是有手腕的人。令人懷疑的是，若兩人繼續算計下去，究竟是誰的狡獪把戲得以勝出？就算成功阻止她成為華特爵士的妻子，也難保不會被她的蜜語溫情所擄獲，讓她成了威廉爵士的妻子呢。

無庸置疑的是，華特爵士及伊莉莎白在失去克雷太太這位夥伴之後，才發現始終受到欺騙，並深感震驚、受辱。當然，他們還有尊貴的親戚可以打發時間，但現在生活只能追著他人奉承，卻沒人追著奉承自己，怎麼想都只剩一半的樂趣。

羅素夫人很快就對溫沃斯上校表現出應有的善意，安非常高興，也覺得前景無比幸福，唯一煞風景的，就是自己沒有足以讓溫沃斯上校仰仗的明理親戚。單就這點，她覺得自己簡直配不上他。兩人之間的財富懸殊倒是無妨，她從未因此感到絲毫後悔，除了她家中沒人能得體地評價並接納他；此外，溫沃斯上校的兄弟姊妹全殷勤地歡迎她入門，她的家人卻無法回以相應的尊重、體貼及善意，關於這點，她心裡非常清楚，也因此感到痛苦，幸好除此之外，她仍感到無比幸福。安能為溫沃斯上校帶來的只有兩位朋友：羅素夫人和史密斯太太。而他也是非常樂意與她們來往。羅素夫人確實犯過錯，但他現在已經可以打從心底尊重她。當然，他無法說羅素夫人過往拆散兩人的舉動是對的，除此之外，他樂意為她說任何好話。至於史密斯太太，她本來就擁有許多良好品行，值得別人迅速與她深交。

史密斯太太這次可是幫了安一個大忙，光是這點就足以證明她的人格。安和溫沃斯上校結婚後，史密斯太太不但沒有少了一個朋友，反而多了一個好友。在那對夫妻展開新生活的初期，她是首先去拜訪的友人，而溫沃斯上校則替她辦好了丈夫西印度群島的遺產事宜，不但為她寫信、多方奔走，還協助她處理了過程中許多繁瑣的問題。他不只是一名以實際行動證明自己無所畏懼的男人，更是一名意志堅定的朋友，最後終於充分回報了她曾對妻子提供的協助，或者說曾經試圖提供的協助。

史密斯太太的收入增加，身體健康改善，還得到了這樣的好朋友，卻沒有被驕寵地傷春悲秋起來，仍保有愉悅活潑的天性。只要保持這些要緊的優點，就算世間財富源源不絕地來，她也可以不放在眼裡。她可以非常富有、健康，但又同時過得快樂。她的幸福泉源來自精神上的熠熠光采，正如她的朋友安內心擁有的溫暖。安就是纖纖柔情的化身，也藉此充分贏得了溫沃斯上校的愛。唯有談到溫沃斯上校的職業時，她的朋友才會希望她別那麼柔情易感，就怕未來發生戰爭[97]，她的活力會如同烏雲蔽日般黯淡下來。她以身為海員的妻子自豪，也明白丈夫的職業使她必須付出時時擔驚受怕的代價；如果可以，比起為國效力，這些海員還是可以在持家美德上更傑出一些。

97 安的友人害怕的戰事很快就會發生。一八一五年三月一日，拿破崙從厄爾巴島脫逃，返回巴黎重新掌權，但在一八一五年六月十八日於滑鐵盧慘遭聯軍擊敗，和平才正式到來。

譯後記

愛的勇敢反叛

葉佳怡

自從《傲慢與偏見》出版之後，珍．奧斯汀幾乎成為十九世紀以降的戀愛小說之母，其中經典公式更是不停被複製：女孩與男孩相遇、初見面就惹彼此心煩、各式各樣的誤會、各式各樣的時機不湊巧、男主角解救女主角的英勇作為、互相愛慕，從此過著幸福快樂的生活。其中多金又傲嬌的達西先生更堪稱霸道總裁始祖。即便到了奧斯汀的最後一部小說《勸服》，這組公式仍然存在，不過若深究其中細節，仍能發現許多與早期作品不一樣的驚喜。

《勸服》是奧斯汀的生前最後一部作品，定稿於她病弱的一八一六年，等到她於隔年底過世後，才與《諾桑格寺》作為四卷本的頭兩卷一同出版。奧斯汀本人曾於一八一〇到一五年時定居巴斯，因此常將故事場景設定在巴斯，《勸服》和《諾桑格寺》更以巴斯為主要舞台。巴斯曾是十八世紀大受歡迎的溫泉勝地，但到了奧斯汀的年代早已風光不再，對照《勸服》中舊封建制度逐漸瓦解的背景，也有了相互應和的味道。《勸服》的女主角安．艾略特出身於地主家庭，父親是揮金如土的從男爵，和安談戀愛的男主角則是一名海軍上校。海軍上校不是財產世襲的貴族，是新時代的專業人士，這些人不靠血緣鞏固階級，而是靠雙手打天下，而安對父親貪慕虛名卻罔顧責任的厭惡，以及最後不顧外界眼光與海軍上校結婚，都有象徵新時代展開的意涵。

此外值得一提的是，在奧斯汀幾部最受歡迎的作品中，包括《傲慢與偏見》及《愛瑪》，女主角都是聰明又固執的類型，但到了《勸服》中，卻是由男主角溫沃斯上校擔任這種角色，再加上女主角安的父親與姊姊安逸守舊，更讓浪漫不羈的溫沃斯上校與他們形成強烈對比。奧斯汀為了表達對這種個性的肯定，也讓溫沃斯上校的個性在職業上有所發揮，於是他不但在與拿破崙打仗的時期成功晉升艦長，最終也累積了不少財產。雖然跟「總裁級」的達西先生相比仍有落差，卻也是足以安家的數字。

不過，書名《勸服》到底是什麼意思？其實奧斯汀曾在數個書名中猶豫不決，本來傾向定為《艾略特一家》，但後來根據評論家推測，應該是珍・奧斯汀的哥哥亨利將書名定為《勸服》，原因當然是「勸服」（persuation）這個概念在書中以各種形式出現，此外，一開始男女主角情感之所以出現裂痕，也是因為有人對安進行「勸說」，認為溫沃斯上校個性不夠穩當，而年輕的安個性又容易被「勸服」，整個故事才得以開展。奧斯汀的小說向來擅長跟英國攝政時期的道德價值觀對話，《勸服》就是聚焦於人們面對舊時代觀念時，若想不被勸服，又該如何找到踏實的反叛道路。

「踏實的反叛道路」聽來矛盾，卻很適合用來形容奧斯汀的寫作策略。她的故事表面不談情慾流動，大家面對喜歡的人時往往壓抑個半死，心中小劇場演個沒完，但這些小劇場卻都在一步步鋪陳反叛的道路，也常讓讀者即便不見得完全同意作者觀點，卻仍不知不覺被乖乖勸服。

就拿做兒女的道理來說好了。安既然生活在攝政時期，聽從父母及家中長輩的話就是義務。比如一八〇八年出版的《給年輕淑女提升心靈的建議》（*Advice to Young Ladies, on the Improvement of the Mind*）當中就提到，「如果你人生中踏出的任何一步……沒有經過他們的贊同或許可……那你犯下的過失就嚴重了。」因此，身為孩子就是要乖乖聽長輩的話，更何況，身為女兒擁有的空間又比兒子小上許多。畢竟兒子若在婚姻之路上反叛，也不用冒險失去法律身分，但當時的女性只要結婚，就會失去法律身分，一切得靠丈夫或男性親友代辦。《勸服》中有一位史密斯太太，就是因此在丈夫死後沒錢找人代辦遺產事宜，所以窮困潦倒許久。因此，若想讓當時的女性不顧家長或世俗眼光追求愛情，奧斯汀決定花上一整本書來辯證也算合情合理。

於是透過安與溫沃斯上校的愛情，奧斯汀從血緣與道德兩個層面去瓦解舊時代的價值觀。所謂超越血緣，就是讓兩人的結合超越門當戶對的觀念，於是安與溫沃斯上校可以獨立於舊時代的大家族觀念存在，最後也不用對任何實體的親戚效忠，只需要對國家效忠。至於超越道德，一八一八年的《英國評論》（*British Critic*）曾指出，即便《勸服》有許多優點，但就道德而言，實在不該鼓勵年輕人想結婚就結婚，似乎落實奧斯汀本人在書中擔心自己做出「負面的道德示範」的擔憂，可見根深蒂固的道德觀念確實難以搖撼。然而，也有評論家指出，奧斯汀的小說之所以吸引人，就是因為對當代做出了「負面的道德示範」。《勸服》中幾乎大部分配角都同意兩位主角應該早早結婚，不用拖上八年半的時光，看來面對道德這頂大帽子，奧斯汀終究選擇向愛情脫帽鞠躬，又或者說，是愛情幫助奧斯汀卸下這頂大帽。

奧斯汀十九歲就完成《理性與感性》的初稿，當時她的態度雖然有所搖擺，但最後對理性的肯定仍勝過感性。奧斯汀對女性教育議題的態度也類似，她認為當時的女性教育只強調繪畫及音樂等感性層面根本不夠，十八世紀的女權作家瑪莉・沃斯通克拉夫特（Mary Wollstonecraft）也這麼想，她認為這些所謂女性要學的「才藝」根本就是讓女人軟弱，強調的全是作為取悅男性的特質。奧斯汀在《勸服》中特別寫到一段：因為溫沃斯上校堅持不願讓女性上船，溫沃斯上校的姊姊提出抗議，「但我還是不喜歡聽你一派高貴紳士的論調，言談間淨把女人當作高貴淑女，而不是通情達理的族類。我們女人可沒指望在海上的生活能夠日日順遂。」然而，相對於《理性與感性》，在人生的最後一本小說中，她對於感性的肯定似乎又多了一些，畢竟若不是多發揮一點感性，兩位主角終究無法掙脫時代枷鎖而結合。於是理性與感性的層次有翻轉，也有更新。

然而，若我們仔細去讀《勸服》中的角色，會發現奧斯汀對於如何在創新與守舊之間取得平衡仍充滿矛盾。比如拿「閱讀」這個主題來說，女主角安為了安慰一位朋友，曾建議他多讀名人寫的書，以從他們的經驗中得到慰藉，但之後為了證明許多舊價值觀偏袒男性，而大部分的書又都是男性寫的，於是一度強調人們無法透過閱讀得到真正的知識。當然，這些矛盾反映的不見得是奧斯汀的矛盾，也是角色在理性與感性之間的糾結。畢竟無論女性主義經過幾波變革，現代性別議題又跟奧斯汀時代的面貌有多大不同，不變的都是理性與感性的對戰，而奧斯汀的作品之所以吸引人，或許就是因為讓我們看到那條反叛之路上的各種猶豫為難。新舊交鋒當然火花耀眼，但奧斯汀總還雞婆地點亮幾根火柴，讓你去看火花底下那些行過黑暗的瑣碎腳步。

經典文學 49

雅藏珍・奧斯汀：逝世兩百周年紀念版

勸服

Persuasion

作者　珍・奧斯汀（Jane Austen）
譯者　葉佳怡
社長　陳蕙慧
副社長　陳瀅如
總編輯　戴偉傑
主編　張立雯
責任編輯　黃少璋、許景理
行銷企劃　闕志勳、廖祿存
排版　極翔企業有限公司

出版　木馬文化事業股份有限公司
發行　遠足文化事業股份有限公司（讀書共和國出版集團）
地址　231新北市新店區民權路108之4號8樓
電話　02-2218-1417　傳真　02-8667-1891
Email: service@bookrep.com.tw
郵撥帳號　19588272　木馬文化事業股份有限公司
客服專線　0800221029
法律顧問　華洋國際專利商標事務所 蘇文生 律師
印刷　成陽印刷股份有限公司
二版　2018年9月
二版4刷　2023年12月
定價　新台幣2499元（套書不分售）
ISBN　978-986-359-618-9

國家圖書館出版品預行編目(CIP)資料

勸服 / 珍・奧斯汀（Jane Austen）著；葉佳怡譯. -- 二版. -- 新北市：木馬文化出版：遠足文化發行, 2018.12
面；　公分. -- (經典文學；49)
譯自：Persuasion
ISBN 978-986-359-618-9(平裝)

873.57　　107019587